旧译珍藏

郁达夫

浮浪者

〔爱尔兰〕奥弗莱厄蒂等 著　郁达夫 译

山东文艺出版社

目　录

小　说

　　她邈想着一长列的未来的日子，看到了这些
日子都是圆滑无疵纯洁得同一串念佛珠上的珠子
一样。

马尔戴和她的钟

〔德〕施笃姆

　　学生时代的最后的几年，我寄寓在一家小市民的家里。这一家的父母和许多兄弟姊妹，都不在了，只剩着一位年老的未婚的女儿在那里守着老家。她的父母和两位弟兄，已经死了。她的姊妹，到她的最小的和一位本地医生结婚的妹妹为止，都跟了她们的男人到远处去了。因此只有马尔戴一个人剩在她父母的家里。她以从前她的家族的房间出租，并依一点仅少的租金，在那里苦苦地度日。虽则非要在礼拜天的中午，不能有一次好好的餐食，但她也不以为苦。因为她父亲因自己的信仰和清贫家计的顾虑而对于他儿女所施的严格节俭的教育的结果，她对于外表生活上的要求很少（所以她很能安分知足）。马尔戴的少时，虽则只受了平常的学校教育，然而因为她后来在孤独的生涯中的沉思默考，和她的敏捷的悟性及率真的性格的结果，到了我认识她的时候，她的教养的程度，在这一种平民的妇人阶级里，也可以算是很高的了。当然她说话的时候，文法也不是常常正确的，虽则她最爱读历史的和诗的作品，读也读得很多，读的时候也很注意。但她对于所读的东西，大抵能有正确的批评，就是能够依己见而辨别好坏，这却不是尽人都能够的一件事情。那时候刚出来的诗人美丽格著的小说《画家诺儿登》对她的印象很深，所以她老在读了再读。起初读它的全部，然后读读这一段或那一段，凡是她所喜欢的几节。作品里的人物，对她是现存活着的人物，他们的行动，对她却并非是系于作品的结构的必要而出现的。有时候她会作长时间的空想，想那些作品里的许多可爱的人儿，要如何才能够使那一种遭遇的事情变换避免得掉。

无聊之感，在她的孤独里，并没有十分的威力，但是有时候一种对于她的生活的无目的的感觉，使她不得不向外地来求安慰。她要求有一个人，为了这一个人，她可以为他去操劳照顾。因为缺少亲信的人的结果，她的这一种可赞赏的冲动，就时时惠顾上她的寄寓者的身上来，我也系曾经受过她的这一种亲切和细心的照拂的。——她很喜欢花，在花之中，她尤其喜欢白的，在白花之中，她又最喜欢很单纯的，我觉得这就是她的安分的对一切都绝了奢望的心的表白。每年春初，她姊妹的儿女们，将园里初开的雪钟花和小春花折来送她的时候，是她一年中最欢乐的第一次庆祝日子。这时候她总把架柜里的小瓷花瓶拿出来，殷勤护惜地将花插上，可以使她那小小的住房，在几礼拜中，有很好的装饰品。

因为自她的父母死后，马尔戴的周围没有多少往来的人，并且因为长长的冬夜，她老只是一个人坐在房里过着，所以她所特有的那种活跃造形的空想给与了她周围的器具什物以一种生命和意识。她把自己的灵魂的一部分给与了她的室内的旧的器具什物，这些器具什物就也得到了和她的交谈的能力。当然这谈话的性质，是沉默的谈话，然而因此她反而更能感到一种深沉的意义而不会有些须误解。她的纺织车，她的古铜色的安乐椅，都是奇怪得很的东西，它们都有一种最特别的幻想气质。其中最奇特的是她的一个旧式的摆钟。这摆钟系她已故的父亲，于五十余年前，在亚姆斯泰塘庙市上买的旧货。这钟的样子，当然也很奇怪，面上有两个铅刻着色的人鱼，从两边将她们的披长发的人面靠拢，支住着钟面上有数字的那块黄色的针牌。她们的从前大约是镀过金的有鳞片的鱼身，从底下包围着这针牌。钟的指针，仿佛是蝎虎的尾摆的那一种形状。大约是这钟的齿轮因为年久松滑了的缘故，弄得振子的摇动声音很强很不规则，并且有时候振子的下摆老要下垂出一二英寸的光景。

这一个钟，是马尔戴的最能谈话的伴侣。她的沉思默考的中间，是没有一处不混入这钟的形迹的。当她想沉入于她的孤寂的默想中去的时候，这钟的振子老是滴答滴答地一阵紧似一阵地催她，不使她安闲，终于在她的沉思之中，它会报起时刻来。最后她却不得不把头抬起来注意周围，太阳是很和暖地晒在窗上，窗板上的石竹花，也在发放清香，窗外的空中，有燕子在飞鸣交舞。于是她仍旧可以变得非常地喜乐，因为她周围的世界，实在是可爱得很。

这一个钟，实在也有它自己的思想。它已经是老了，与新时代有点不能相合了，所以应该打十二点的时候，它老是只打六点，此后，仿佛是要补足这些不足的敲音的样子，它会不息地敲打起来，直到马尔戴将它的白镴从铁链上拿去时为止。最奇怪的，是它到了时间，有时候会不能敲打的。齿轮里只是治治地响着，但是敲锤总不肯举起来，尤其是在半夜里的时候为多。像这样的时候马尔戴每次总醒过来，不问它是严寒的冬夜或漆黑的深宵，她总走出床来，非要把这旧钟的危难解除之后，不去睡觉。然后她走回床上去，想来想去地想。"为什么这钟儿要把她叫醒？"又问问自己，她在日间的工作里，究竟有没有什么事情忘了？她究竟是不是好好地将它做了的？

又是圣诞节的时候了。耶稣降诞的前晚，因为天下了大雪，阻住了我的归程，我所以就在一家小孩子很多的朋友家里，过这个年节。圣诞树上的灯火点旺了，小孩子们欢天喜地地冲进那间久不开放的圣诞节室里去了。我们随后也吃了鲤鱼，饮了屠苏，凡是照例的庆祝的事情，都照样地行了。第二天早晨，我为想向马尔戴道照例的年禧就回去走到她的住房里去。她两手支住了头，坐在桌子边上，她似乎已经是这样地停工闲坐了很久的样子。

"昨晚上您怎么地过了您的圣诞节？"我问她。

她将视线投往地下，轻轻地回答我说："唉，在家里过的。"

"在家里？没有上您姊妹的小孩们那儿去么？"

"啊，"她回答说，"自从十年前我母亲在圣诞节的晚上在此地这一张床上过去以后，我从来还没有于这一晚出外去过，我的姊妹们，昨天也来邀我过的，将晚的时候，我也很想去走一遭，可是——这个古旧的钟，却又真很奇怪的，它又似乎在很正确地对我说：'请不必去，请不必去，你去干吗？你的圣诞庆祝，并不在那里！'"

所以她就留在家里的那间小房里过了她的圣诞佳节。在这间她儿时曾经游耍，及她长大之后曾送她父母的终的小房里，并且在这间那个旧钟和曩时一样地在滴答鸣响着的小房里。但是现在，到了这钟的意见实行了，马尔戴拿出来穿的好衣裳仍复收到箱笼里去了以后，它的滴答的声音，却低下去了，渐渐儿地低下去了，最后几乎到了听不出来的地步。——马尔戴应该这样不受惊扰地、平平静静地回想她一生中所经历的许多圣诞节前晚的事情。她的父亲又依然坐上了那张古铜色的安乐椅，他戴的是一顶天鹅绒的帽子，穿的是一件黑色新上衣，他的严肃的眼睛，今天也在放着爱的目光。因为这是圣诞节，啊啊，这是，许多年以前的圣诞节的前晚呀！当然在桌子上没有圣诞树在发放光明——因为这只是豪富的人家的特权——但是在桌上也燃着了两枝高大的蜡烛，因此小室内照得通明，小孩们从黑暗的前室里得了应许踏进来的时候，不得不把小手拿上眼边，去遮蔽这强烈的烛光。于是他们走近桌边，守着他们家庭的规矩。不准着急，不准声张，好好地看他们各人所应得的、圣诞老人送给他们的东西。这些当然不是昂贵的玩具，当然也不是很低廉的物事，却完全是些实用的、必要的货品。或者是一袭衣裳，或者是一双靴子，或者是些黑板、赞美诗之类。当然，这些小孩得了他们的黑板和新的赞美诗之类，也一样地喜欢，一样地快乐，他们就一个一个地，向坐在安乐椅上很满足地微笑着的爸爸吻手作谢。和颜的母亲，头上包着紧窄的包头，或者把他们的新的前裙子穿上，或者在新的黑板上写些字母和数目给他们去摹写。但是在这一个当儿，她也没有怎样悠长的闲暇和他们伴乐，她还要上厨下去看新做的苹果糕儿，因为这苹果糕是在圣诞节晚上小孩子们的重要的赠品，她却不得不亲自去烧的。父亲打开了新的赞美诗本，用了他的清晰的歌声唱起"欢欣喜忭，赞美我们的上帝"的歌来，调子谙熟的小孩子们，就也和唱上去："救世主是来了……"这样地他们围在父亲的椅子边上，直到那一首诗唱毕的时候为止。在寂静的歌声稍稍停止的中间，他们听得见母亲在厨下的行动，和苹果糕在锅上烤炸的声音。

滴答滴答的钟声又起了，滴答滴答，一阵紧似一阵，一阵哀似一阵。马尔戴抬起头来一看，周围已经是黑了，窗外的雪上只静躺着了幽寂的月光。除了滴答的钟声之外，屋内静寂得可怜。哪里还有什么小孩子们的歌唱？哪里还有什么厨下烤苹果糕的声音？是的，她只是一个人剩在家里，他们，他们是都已经去了。——但是这一个旧钟又想怎么了？——唉，是的，它敲十一点了，——又是一个另外的圣诞节的晚上，蓦然浮现到了马尔戴的回忆中来，一个另外的圣诞节的晚上，许多年以后的一个完全不同的圣诞节的晚上。父亲和兄弟等都已死去了，姊妹们也已经结婚了，只有和马尔戴两个人剩在家里的母亲，早就代了父亲，坐在那张安乐椅上了。家庭琐事，但由马尔戴一个人在那里照料，因为自父亲死后，母亲就为疾病所侵，她的脸色，日见得苍白，和爱的目光，也渐渐地蒙眬起来了，到了最后，就不得不睡倒在床上。母亲病在床上，已经有三个星期，现在又是圣诞节的前晚了。马尔戴坐在母亲的床边，在听这昏睡者的微微的呼吸。室内寂静得同坟墓里一样，只有那个旧钟仍在滴答地响着。钟报了十一下，母亲张开了眼睛，说要水喝。"马尔戴！"她叫着说，"若到了春天，我回复了气力，让我们去看你的汉纳姊姊吧，我刚在梦里看见了她的小孩子们。——马尔戴，你在这里也真太受苦了。"——母亲完全把汉纳姊姊的儿女们在去秋死去的事情忘了，可是马尔戴也不愿使她想起，只默默地朝她点了点头，紧紧地握住她那双干枯的老手。旧钟又敲十一点了。——现在这钟也敲十一点了，——但是轻轻的，轻轻的，好像是从很远很远的地方传来的样子。

马尔戴听见了一声很长的呼吸，她想，母亲大约是要睡了吧？所以她坐在那里动也不敢动，一点儿声响也不敢作，只紧紧地握着她母亲的手。最后她自己也陷入了一种昏睡状态。像这样地经过了约莫一个钟头，那个钟打十二点了。——灯烛的光已烧尽，月光从窗里射了进来。母亲的枕头上只躺着一张青灰的脸，马尔戴手里捏着的，却是一只冰冷的手。她捏了这一只冷手，在母亲的死骸边上，陪坐到了天明。

她现在和她的回忆在一道，依旧地坐在这间房里，那个旧钟依旧在忽轻忽重地响着。这一个钟和马尔戴是在一道地经过了许多甘苦，它是什么也知道的，它处处都可以唤起马尔戴的回忆来，她的小小的欢娱，和她的重重的忧患……

在马尔戴的孤寂的家里，现在是不是和从前一样地使住客满意？我却无从说起，因为自从我在那里住后，到现在已经有许多年数了。并且那个小市镇，和我的故乡，相去也很远。——凡是爱惜生命的人不敢直说的话，她老是很响亮很直率地在说：

"我从来没有生过病，我大约可以活到很大的年纪的。"

若是她这一个信念是不假的时候，那么这几页的记事，定会传到她的房里去，她读了或者也会想起我来。那个旧钟或者可以助她的回忆，因为它是什么都知道的。

一女侍

〔爱尔兰〕乔治·摩尔

　　觉得自家是再也不会回司各脱兰来了，司替文生在他的小说*Catriona*的序文上说："同梦境似的我看见我父亲的幼时，我父亲的父亲（祖父）的幼时，我也看见在那极北一角的生命的源流一直下来，还带着些歌泣的声音，最后轮流到我就同山洪暴发似的将我奔流远送到这极边的岛国里来了。运命的播弄使我不得不赞美，不得不俯首。"

　　这一句话，岂不是像在一种热情奔放的时候写的，仿佛是一边在写，一边他还在那里追逐幻影的样子，你说是也不是？并且这一句话还可以使我们联想到扑火的灯蛾身上去。总之不管它的真意如何，这一句话，实在包含着几句很美的句子，虽则我们不能照原形地将它记着，但总是可以使人念念不忘的；我们即使忘记了"歌泣"两字和"奔流远送"等字眼，但在我们的记忆里，却马上有一个比较单纯的字眼来代替。司替文生所表现的情感，只在"运命的播弄""极边的岛国"等字上迸发出来。世人谁不觉得命运是播弄人的？又谁不赞美那运命迁他出去的极边的岛国？教皇命令出来，要活剥皮的琪亚可莫圣洗，大约也一定在赞美运命播弄他的那极边的岛国，就是行刑者用以将他的大腹皮同前褛似的卷起来的那块绑缚的板。有一次，我在大街上看见一只野兔在架上打鼓，它很有意思地望着我，我晓得这野兔也一定虽则和人不同地在赞美它的运命，将它从树林里迁徙出来，迁它到提架的上面，这提架就是它的极边的岛国。但是这两宗运命的播弄，并不算希奇，并没有我遇见的一位爱尔兰的女孩子的运命那么希奇。她系在拉丁区的一家极边的咖啡馆里侍候学生们的饮食的。她当然也在赞美运命，将她抛将出来，命定她在烟酒中送她的残生，侍候许多学生，他们爱听什么话，她就也不得不依顺他们。

在听完戏后，想寻些短时间的娱乐，艾儿佛、达伐利小姐和我三人，（有一天晚上）终于闯进了这一家咖啡馆。我本来想，这一个地方，对于达伐利小姐有点不大适宜，但是艾儿佛说，我们可以找一个清静的角落去坐的，所以结果就找到了一个由一位瘦弱的女侍者所招呼的地方。这一位女招待的厌倦的容颜，幽雅的风度和瘦弱的体格，竟唤起了我的无限的同情。她的双颊瘦削，眼色灰蓝，望去略带些忧郁，像Rossetti的画里的神情。波动的紫发，斜覆在额旁耳上也是洛赛蒂式地很低地环结在脖子的后面。我注意到了这两位妇人的互相凝视，一个康健多财，一个贫贱多病。我更猜度到了这两妇人在脑里所惹起的深思。我想两人一定各在奇异，何以一样的人生，两人间会有这样的差别？但是在此地我不得不先说一说谁是达伐利小姐，和我何以会和她认识。我有一次到罗雪泥曾在吃饭过的泰埠街角的咖啡馆托儿托尼去。托儿托尼从前是很有名的，因为据说音乐家的罗雪泥得到两万块钱一年的收入的时候，他曾说过："现在我对音乐也可以满足了，总算是得到报酬了，以后我可以每天到托儿托尼去吃饭去。"就是现在，托儿托尼，也还是文学家艺术家的聚会之所，这些文人艺士大约在五点钟的时候，都会到来的。我到巴黎的那一天所以也一直地进了这托儿托尼，到那儿去露一露脸，就可以使大家知道，我是在巴黎了。托儿托尼简直是一种变相的公布所。是在托儿托尼，我就于那一天遇见了一位青年。我的一位老朋友，是一位天才画家，他有一张画在鲁克散蒲儿古陈列着，巴黎的女子大抵都喜欢他的。这一位青年，就是艾儿佛，他拉住了我的手，很起劲地对我说："我正在找你。"他说他听见了我的到来，所以从妈特兰起到托儿托尼止，差不多几家咖啡馆都找遍了。他的所以要找我，就是因为他想找我去和达伐利小姐一道吃饭，我们先要上加飘新街去接她去。我把这街名写出来，并不因为是她所住的街和我的小说有关，却因为这名字是一种唤起记忆的材料。喜欢巴黎的人，总喜欢听巴黎的街名，因为街名和粉饰的墙上紧靠着的扶梯，古铜色的前门，叫门的铃索等，是唤起巴黎生活的记忆的线索，并且达伐利小姐自身，就是一个忘不了的好纪念，因为她是皇家剧场的一位女优。我的朋友，也是一个使人不能忘记的怪物，因为他也是一个以不花钱逛女人为名誉的游荡子，他的主义是"工作完后，她若喜欢到我的画室里来玩玩，那我们落得在一道快乐快乐"。但是不管他的主义是如何地不愿为妇人花钱，而当我在达伐利小姐的室内看她的装饰品的时候，和当她出来见我们的时候，他的那种郑重声明，我想是可以不必的。她的起坐室里，装饰着些十六世纪的铜物，掘雷斯顿的人形，上面有银的装饰的橱棚，三张蒲奢的画——代表蒲奢的法国、比利时、意大利三时代的作风的三张画。当我看了这些装饰品，正在赞赏的时候，他却郑重地申明说：这些并不是他送她的。她出来见我们的时候，他又郑重地申明说，她手上的手钏，也并不是他送她的。他的这一种申明，我觉得是多事。我觉得特别提起他的不送她东西这些话来，或者是一种不大高尚的趣味，因为他的说话，会使她感到了不快，并且实际上我也看出了她的同他一道出去吃饭，似乎并不同平常一样地十分欢喜似的。

我们在发耀馆吃的饭，是一家旧式的菜馆，那些墙上粉饰成金白色、电灯乐队之类的流行趣味，却是很少的。饭后就到间壁的奥迪安剧场去看了一出戏，是一出牧童们在田野里溪流的边上聚首谈心后，又为了不贞节的女人互相杀戮的戏。戏中也有葡萄收获，行列歌唱，田野里的马车歌唱等种种的场面，可是我们并不觉得有趣。并且在中幕奏乐的当儿，艾儿佛跑到剧场内的各处去看朋友去了，将达伐利小姐推给了我。我却最喜欢看一对恋爱者正在进行中的玩意儿，爱在这一对恋爱者所坐的恋爱窝巢的边上走走。戏散了之后，他说："去喝一杯吧！"我们所以就到了那家学生们常进出的咖啡馆。是一家有挂锦装饰在壁间窗上，有奥克木桌子摆着，有旧式的酒杯，有穿古式的衣裳的女招待的咖啡馆。是一家时有一个学生进来、口衔一个大杯、一吞就尽、跌来倒去地立起来不笑一脸就走的咖啡馆。达伐利小姐的美貌和时装，一时把聚在那里的学生们的野眼吸收尽了。她穿的一件织花的衣裳，大帽子底下，露着她的黑发。她的南方美人特有的丰艳的皮色在项背上头发稀少的地方，带着一种浅黄深绿的颜色。两只肩膀，又是很丰肥地在胸挂里斜驰下去，隐隐在暗示她胸前腰际的线条。将她的丰满完熟的美和那个女招待的苍白衰弱的美比较起来，觉得很有趣味。达伐利小姐将扇子斜障在胸前，两唇微启，使一排细小的牙齿，在朱红的嘴唇里露着，高坐在那里。那女招待坐在边上，将两只纤细的手臂支住桌沿，很优美地在参加谈话，只有像电光似的目光一闪射的中间，流露出羡怨的意来，仿佛在说她自己是女人中的一个大失败，而达伐利小姐是一个大成功。她说话的口音，初听还不觉得什么，然而细听一会，却听得出一种不晓是哪一处的口音来。有一处我听出了一个南方的口音，后来又听出了一个北方的，最后我明明白白听到了一句英国的腔调，所以就问她说：

"你倒好像是英国人。"

"我是爱尔兰人。是杜勃林人。"

想到了一个在杜勃林礼教中养大的女孩，受了运命的播弄，被迁到了这一个极边的咖啡馆里，我就问她，何以会弄到此地来的？她就告诉我说，她离开杜勃林的时候，还只有十六岁，六年前她是到巴黎来做一家人家的家庭教师的。她老和小孩子们到鲁克散蒲儿古公园去玩，并且对他们说的是英国话。有一天有一个学生和她在同一张椅子地坐在她的边上。其余的事情，可以不必说而容易地想得出了。但是他没有钱养她，所以她不得不到这一家咖啡馆来做工过活。

"这是和我不相合的职业，但是我有什么法子呢？我们生在世上，不吃究竟不行，而此地的烟气很重，老要使我咳嗽。"

我呆看她了一忽，她大约是猜破了我脑里所想的事情了，就告诉我说，她的肺，已经有一边烂去了，我们就又讲到了养生，讲到了南方的天地。她又说，医生却劝她到南方去养病去。

艾儿佛和达伐利小姐讲话正在讲得起劲，所以我就靠向了前，把注意的全部都注在这一个可怜的爱尔兰女孩子的身上。她的痨症，她的古式的红裙，她的在皱褶很多的长袖口露着的纤纤的手臂，却引起了我的无穷的兴味。照咖啡馆里的惯例，我不得不请她喝酒的。但她说，酒是于她的身体有害的，可是不喝又不好，或者我可以请她吃一碟牛排。我答应了请，她叫了一碟生牛排，我但须将眼睛一闭，而让她走上屋角上去切一块生牛肉下来藏着。她说她想在睡觉之前再吃，睡觉总须在两个钟头以后，大约是午前三点钟的时候。我一边在和她说话，一边却在空想南方的一间草舍，在橄榄与橘子树的中间，一个充满着花香的明窗，而坐在窗畔息着的，却是这个少女。

"我倒很喜欢带你到南方去，去看养你的病。"

"我怕你就要讨厌起来。并且你对我的好意，我也不能相当地报答你，医生说，我已经不能再爱什么人了。"

大约我们是已经谈得很久了，因为艾儿佛和达伐利小姐立起来要去的时候，我仿佛是从梦里惊醒过来的样子。艾儿佛见了我那一种样子，就笑着对达伐利小姐说，把我留在咖啡馆里，使和新相识的女朋友在一道，倒是一件好事。他的取笑的话插穿了，我虽则很想剩在咖啡馆里，但也不得不跟他们走出到街上去。皎洁的月光，照在街上，照在鲁克散蒲儿古的公园里。我在前头已经说过，我最喜欢看一对恋爱者正在进行中的玩意儿，可是深夜人静，一个人在马路上跑，却也有点悲哀。我并不再向那咖啡馆跑，我只一个人在马路上行行走去，心里尽在想刚才的那个女孩子，一边又在想她的一定不可避免的死，因为在那个咖啡馆里，她一定是活不久长的，在月光的底下，在半夜里，这时候城市已经变成了黑色的雕刻了，我们都不得不想来想去地想，我们若看看卷旋的河水，诗意自然会冲上心来。那一天晚上，不但诗意冲上了我的心头，到了新桥附近，文字却自然地联结起来，歌咏起来了，我就于上床之先，写下了开头的几行，第二天早晨，继续了做下去，差不多一天的光阴，都为这一首小诗所费了。

只有我和您！我且把爱你的原因讲给你听，

何以你那倦怠的容颜，琴样的声音，

对于我会如此地可爱，如此地芳醇，

我的爱你，心诚意诚，浑不是一般世俗的恋情。

他们的爱你，不过是为你那灰色的柔和的眼睛，

你那风姿婀娜，亭亭玉立的长身。

或者是为了别种痴念，别种邪心，

但我的爱你，却并非是为这种原因，

你且听，听，

我要把爱你的原因讲给你听。

我爱看夕阳残照的风情，

我爱看衰飒绝人的运命，

夕阳下去，天上只留存一味悲哀的寂静，

那一种静色，似在唱哀挽的歌声，

低音慢节，一词一句，总觉伤神，

可怜如此，你那生命，也就要消停，

绝似昙花一现，阴气森森，

你的死去，仿佛是夕阳下坠，天上的柔和暮色，渐减空明……

我要把你死前的时间留定，

我的爱正值得此种酬报，我敢声明。

我虽则不曾爱过任何人，

但我今番爱你，却是出于至诚的心。

我明知道为时短促，是不长久的柔情，

这柔情的结果，便是无限的凄清，

而这凄清的苦味，却能把浓欢肉欲，化洁扬尘，

因为死神的双臂，已向你而伸，

他要求你去，去做他的夫人。

或者我的痴心，不可以以爱情来命名。

但眼看你如春花地谢去，如逸思地飞升，

却能使我，感觉到一种异样的欢欣，

比较些常人的情感，只觉得纯真。

你且听，听，

我要拣一个麦田千里的乡村，

在那里金黄的麦穗，远接天际的浮云，

平原内或许有小山几处，几条树荫下的野路纵横，

我将求这样的一处村落，去度我俩的蜜月良辰；

去租一间草舍，回廊上，窗门口，要长满着牵缠的青藤，

看出去，要有个宽大的庭园，绿叶重荫；

在园里，我们俩，可以闲步尽新秋残夏的黄昏，

两人的步伐，渐渐短缩，一步一步，渐走渐轻，

看那橙花树底，庭园的尽处，似乎远不可行，

你将时时歇着，将你的衰容倦貌，靠上我的胸襟，

再过片刻，你的倦体消停，

我就不得不将你抱起抱向那有沙发放着的窗棂，

在那里你可吸尽黄昏的空气，空气里有花气氤氲。

最可怜，是我此时情。

看了你这般神色，便不觉百感横生。

像一天阴闷的天色，到晚来倍觉动人。

增加了那种沉静的颜色，蓦然间便来了夜色阴森，

如此幽幽寂寂，你将柔和地睡去，我便和你永不得再相亲。

我将悲啼日夜，颗颗大泪，流成你脸上的斑纹，

将你放向红薇帐底，我可向幻想里飞腾，

沉思默想，我可做许多吊莫你的诗文。

我更可想到，你已离去红尘，

你已离去了一切卑污的欲念，正像那颗天上的明星，

她已向暮天深处，隐隐西沉。

死是终无所苦，唉，唉，我且更要感谢死的恩神，

因为他给了我洁白的礼品，与深远的和平，

这些事在凡人尘世，到哪里去追寻。

　　这当然不是整个的好诗，但却是几行很好的长句，每行都是费过推敲的句子，只有末尾倒数的第二句差了些，文中的省略，是不大好的，光省去一个"与"字，也不见得会十分出色。

　　死是终无所苦，我要对死神感谢深恩，

　　感谢他给我了一个洁白的不求酬报的爱情的礼品。

　　哼哼地念着末数行的诗，我一边就急跑到鲁克散蒲儿古公园附近的那家咖啡馆去。心里却在寻想，我究竟有这样的勇气没有，去要求她和我一道上南方去住？或者是没有这样的勇气的，因为使我这样地兴奋的，只是一种幻想，并不是那种

事实。诗人的灵魂，却不是慈善家那丁艾儿的灵魂。我的确是在为她担忧，我所以急急地走往她那里去，我也不能说出为的是什么。当然不是将那首诗去献给她看，这事情的轻轻一念也是肉麻得不可耐的事情。在路上我也停住了好几次，问我自家为什么要去，去有什么事情。可是不待我自己的回答，两只脚却向前跑了，不过心里却浑然感觉到，原因是存在我自己的心里的。我想试试看，究竟我是能不能为他人牺牲一切的，所以进了咖啡馆，找了是她招待的一张桌子上坐下的时候，我就在老等。但是等了半天，她却不来，我就问边上的一位学生，问他可晓得那个女招待。他说他晓得的，并且告诉了我以她的病状。他说她是没有希望的了，只有血清注射的一法，还可以救她的命，她是已经差不多没有血液在身上了。他详细地说述如何地可以从一个康健的人的手臂上取出血清来，如何地注射到无血的人的脉里去。不过他在说着，我觉得周围的物影朦胧起来了，而他的声气也渐渐地微弱了下去。我忽而听见一个人说："喂，你脸上青得很！"并且听见他为我要了勃兰地来。南方的空气，大约是疗她不好的，实际上是无法可施了，所以我终于空自想着她的样子而跑回到了家里。

　　二十年过去了。我又想起了她。这可怜的爱尔兰的姑娘！被运命同急流似的抛了出去，抛到了那一家极边的咖啡馆里。这一堆可怜的白骨！我也不觉对运命俯了首，赞美着它，因为运命的奇迹，使我这只见过她一面的人，倒成了一个最后的纪念她的人。不过我若当时不写那首诗或者我也已经将她忘了。这一首诗，我现在想奉献给她，作一个她的无名的纪念。

春天的播种

〔爱尔兰〕奥弗莱厄蒂

马丁·弟来尼和他的妻子马利起来的时候，天还没有亮。马利从终夜未熄的炉灶灰里挖出还在燃烧的煤炭来的当儿，马丁只穿了一件短衫立在窗边在向外边呆看，一边还擦着眼睛，打着呵欠。外面雄鸡已在鸣了，一缕白痕从地上升起，渐渐地在驱散夜阴的残骸。这是阳历二月的一天早晨，一个干燥、寒冷、星光灿烂的早晨。

他们俩默默地坐下来吃面包、牛油和茶，这便是他们的早膳。他们是刚在去年秋天结婚的，在这样早的时候，就离开他们的温暖的被窝，实在是一件可恨的事情。他们都觉得不十分快乐，默默地在吃，沉浸在各人的默想里。马丁以他的古铜色的头发，褐色的眼睛，雀斑很多的面貌，和一簇很美丽的小胡子看来，实在还像一个不该结婚的青年；而他的妻子，简直还是一个小姑娘，两颊很红，眼睛碧色，漆黑的头发用了一个很大的放光的梳子一把缚在脑后，是西班牙的式样。两个人都穿的是粗糙的手织材料所制的衣服，是因凡拉拉的农民在田间工作时常穿的那种白色有皱纹的宽大的短衫。

他们默默地在吃，都还是没有睡醒似的，心里不十分快活，但兴奋得异常，因为这是他们结婚后第一次播种的第一天，春天的第一次播种。他们俩都觉到了那一日日子的魔醉，在这一天他们是合力地把大地来开辟、播种下去的。他们默默地坐着，心里不十分快乐，因为他们期待得很久，心里很爱，同时也有点怕，并且是准备得很周到的这一天的这件大事情，倒有点使他们忧愁不乐。马利用了多虑的女人的心，一边嚼着牛油面包，一边在想……噢，她想的事情，实在件件都想到了。当一个女人结婚以后，独立门户时的最初的忧喜中的事情，她件件都想到了。但是马丁的思想，却只集中在一个焦点上。就是他能够把这播种播得好好，使他能够证明他是可以做一家之主的有用的农夫么？

早餐后，在谷仓间道，当他们在取马铃薯的种子和划地的绳尺及锄粗的时候，两人间交换了几句不大高兴的话。马丁在谷仓间的阴影里，绊跌上一只洋铁桶后，咒诅着说，还是死了好，一个人像这样的……但他想说的话还没有说完，马利的两手已经抱在他的腰里，她的脸已经贴上他的去了。"马丁，"她说，"我们在今天不要这样地寻事生气吧！"她说话的声气，微微地在颤动。果然，他们俩紧紧地抱住，马丁用了农夫特有的那种粗笨喉咙，在叫着"心肝！宝贝！"的那些常套话的时候，他们那些气恼和不曾睡醒的不快，都已不知飞散到哪里去了。他们紧紧地抱着，立在那里，到了最后，马丁故意装了粗暴的样子，将马利推开，并且说："喂！喂！你这女孩子，像这样地过去，怕我们不曾开始工作，太阳就要下山了哩！"

但是，他们着了毛皮的鞋子，轻轻默默地走过那个小村落的时候，行人还是一个也没有。几家小屋的窗口，有灯光还在亮着。东天生了一大块灰色的裂痕，仿佛这天盖将要破裂开来，产生出一轮朝日似的。野鸟远远地在鸣唱了。马丁马利走到村子外头，将他们手里的几桶种子向栅栏上息了一息，马丁很得意地对马利轻轻地说："马利！我们还算最早在这儿哩！"于是他们的心头跳着，回转来向那一丛小屋看了一下，这丛小屋，实在就是他们的世界。他们心头的跳跃，却是因为春天的愉快现在已经把他们整个儿地笼罩住了的原因。

他们走到了应该播种的他们的小小地里了。这是在一条青藤绕满的石灰岩山下的一块小小的三角形的耕地。这一块小地里，在几礼拜前，是曾经用了海藻行过肥料的。海藻已经烂了，在草上面腐化成了白色。另外还有一大堆红鲜的海藻，堆在栅栏角里，预备播种子的时候，将它们用的。马丁不管那料峭的春寒，竟把他腰上的衣服等全部脱了，只剩了一件柳条的羊毛短衫。呸呸地向手上吐了两口唾沫，他拿起锄粗，对马利说："马利，你瞧吧，这一忽儿你才晓得你男人是怎么样能干的一个人啊！"

"嗳，嗳！"马利把她的围巾向颏下缚了一缚拢，对马丁说："早晨这样地早，我们可真不能夸一句口，或者我要等太阳落山的时候，才能看出我的男人是怎么样的一个人呀！"

工作开始了。马丁从南面栅栏起量地划成了第一轮，有四尺宽的一条土轮，将绳尺顺边沿放下钉住了两头。然后他将鲜的海藻应上。马利在衣兜里盛满了种子，一行一行地开始播了，四个，三个，四个。当她在土轮上前进了一段，播了一段的时候，马丁并头举起锄粗来很热心地在开始工作了。

"噢依霍，天老爷呀！"他又向手上吐了两口唾沫，叫着说，"让我们来辟第一块的土！"

"噢，马丁，你等着吧！让我来帮你！"马利嚷着，她把种子掷向了土轮之上，跑上他的身边来。她的露在羊毛半手套外的手指头，已经冻僵了，但她不能在她的围巾里窝一窝。她的双颊仿佛是火烧似的红。她把一双手抱住了马丁的腰，立着在看马丁将要用锄耙来辟削的青色的土，同小孩子似的兴奋到了极点。

"喔依，这孩子，快滚开！"马丁粗暴地说，"要是有人见了，看我们像这样地在这初播种的地里跳来跳去，还像什么样子？岂不是一对无用的、混世的、蠢笨的夫妻么？岂不是要饿死的一对夫妻么？喔依，快滚开！"他说这些话说得很快，他的双眼凝视在前面的地上。他的眼闪烁着一种野猛的、热诚的光，仿佛是一种原始的冲动在他的脑里燃烧，除了他的男性尊严的主张和征服大地的欲念之外，已将其他的一切，都从他的脑里赶了出去似的。

"嗳，怕什么？怕谁来瞧我们？"马利说；但她同时也把身子抽转，只远远地在注视着地面。于是马丁就辟进了土，用脚将锄耙深深地跌入，他用力将第一块土辟起了，草根被掘起的时候，锄耙下竟萨拉地响了起来。马利叹了一口气，皱了眉头，急急忙忙地走回到了她的种子那里。她捡起了她的种子，急促地将这些种子播散开去，她想借此以驱逐那突如其来的恐怖。当她看见第一块土被掘起来，他男人眼里忽然流露出那种毫不注意到她的存在的凶猛热烈的目光来的时候，突然袭来的那种恐怖。她忽然觉得这无同情的残酷的大地（就是农民的奴隶主人），可怕起来了。因为这大地，这奴隶主，将要缚住她做永久的苦役和做永久的贫民，一直到她仍复沉入地下，回到土壤的怀中去为止。她的短短的恋爱期间已经过去了。今后她不过是一个帮她男人辟地的人罢了。她在这样地想，马丁却毫无别念，专心一意地在工作，在将新的黑土盖上垄条上去，他的锋利的锄耜当向侧面破入土块的时候，也时时在放着闪光。

太阳起来了，青藤绕满的这小山下的村落里，充满了白色的粗呢短衫的点点，各到各处农夫都默默地拼命地在工作，同时他们的女人也在播种。太阳光线晒下来也并不觉得热，稀薄的寂静的空气里，还有料峭的寒气带着，致使那些农夫们很猛烈地扑上锄耜的柄去，拿起来任力地辟向土里，仿佛这些土块是活着的仇人似的。小鸟静寂地在锄耜前面跳跃，举起了小小的头，在向左右望，看有没有可以供它吃的虫类。为饥饿所逼，胆子放大了，它们就冒着危险，常常冲到锄耜下去争夺食物。

太阳到了一个相当的高度，妇人们就走回村里去为男子们预备中餐去了，而男子们只是不息地在继续做他们的工。妇人们急促地跑回到田里来了，个个手里都带着一个周围有绒布袱着的锡罐和用白色桌布包好的一个小包。马丁看见马利回来了，就把手里的锄耜丢掉。两人微笑着，就在那小山下坐下来吃他们的午饭。这是同早餐一样的午饭，只有牛油、面包和茶。

"啊啊，"马丁从大杯里长饮了一口茶后说，"啊啊，天下世界哪有这样痛快的午餐？在田野里，当做了一早晨的工作之后的这一种午餐？你瞧，我已经做好了两轮半的地了，村子里的人，怕谁也做不了这许多。哈，哈哈！"他又很得意地注视上他的妻子的脸上去。

"嗳，真好极了，这岂不很可爱么？"马利一边在注意看那地里的黑色土垄，一边说。她的嘴里，还在咀嚼着面包和牛油。急忙忙赶回村子里去的一段急步和忙着煮茶的一阵忙乱，把她的食欲减杀了。她不得不用了她的围裙的边角来扇那泥炭的火，结果烟得她两眼几乎要瞎。但是现在坐在这青青的小圆丘上，环眺着四围盖着鲜的海藻的深谷，新辟的地里，且有一缕一缕淡淡的轻烟在蒸发起来，她看了觉得是乐得不可以言语来形容了。这一种感觉，并且将她早晨所感到的那一种恐怖的感情也征服了。

感到了大大的饥渴的马丁，将身上的毛细管一个个张着，吸满了清新的空气，饱餐了一顿。他很得意地向四邻的地里看看，将他们的耕地和自家的比较了一下。然后转眼过来看了一下他女人的小小的圆黑的头，觉得她也是属于他的，更是得意满足。他侧身靠住手臂，伸出手来把她的手捏住。默默地含着羞涩，不晓得要说出些什么话来才好。他们羞感着他们自家的柔情——因为农夫们对于自家的柔情，老是感着羞愧的——吃完饭后，尽是手握着手坐在那里呆看远方。春天的自然的伟大的闲静充满着他们周围的空气。事事物物，好像都是静静地坐着，在等这中午的过去。只有光耀的太阳，在向西阔步，时时出没于天上洁白的云中。

远处忽而有一个老农夫立起来了，他拿起他的锄耜，用了一块石块在刮清锄耜上的泞泥。在静寂中，他的扦刮的声音，传得很远。这是使小村落一带的农夫起来工作的一种信号。年轻的人立起来，伸一伸腰，打个把呵欠。他们慢慢地又走回上他们土垄里去了。

马丁的背脊和手臂，有点觉得痛起来了，马利也觉得倘若她再伏下去播种，她的脖子就要掉下来的样子，但是两个人都没有说出来，一忽儿过去之后，他们的疲倦，就也在他们的身体的机械的动作中忘掉了。新辟的土块的那种强烈的香气，仿佛是一种对他们的神经的激刺剂的样子。

午后太阳晒得最猛的当儿，村中的老人们，出来到地里来看他们的子侄们的工作。马丁的祖父，把腰弯着，整个儿身体屈伏在一枝厚大的拐杖上，走到耕地边上的一条小道上来停住了。伏上了栅栏，他老人家很响地喊着说："靠菩萨保佑你的工作。"他一边喘气，一边叫着。

"嗳！老祖父，靠菩萨也来保佑你老人家。"他们俩同时地回答，但手里仍不停止工作。

"哈！"老人自对自地说着，"哈，他种得很好，而她也是一个很好的女人。他们的开始，总算不坏，嗳，真不坏不坏。"

自从他老人家和他自己的马利，满怀了希望和得意，开始播种以来，已经有五十多年了，而这无慈悲心的大地，年年春天只把他们紧吸在怀里，不使他们休息过一年。但他现在不想到这些过去的事情上去。大地是催人健忘的。到了春天，只有现在，盘旋在他们的脑里，就是那些把一生尽化在耕种之中的老者，也是如此的。所以这一位有一个红红的大鼻头的老人，黑软帽下脑袋上包着一块斑花手帕的老人，也把一切忘了，只在守着他孙儿的耕种，时时也给他们一点忠告。

"喂，你不要把土块辟得那么长！"他有时会喘着气说："你把土轮上的土搁得太多了。""喂，你这女孩子，不要把种子播得这么近边儿上，回头秆儿要长向外边去的。"

但是他们也并不注意他老人家的说话。

"啊，唉，"老人叹着不平似的说，"我们的年青的时候啊，男子汉一早做工做到晚，哪里知道吃一点什么东西的哩。那时候的工才做得好哩。但是现在却不行了。现代的青年，种子都弱得很。唉，不行了。"

于是乎他老人家就开始在胸腔里咳一阵，又跛行到另外的一块他儿子密舍儿在耕种的地里去了。

到太阳下山的时候，马丁有五轮地锄好了，他把锄耙丢掉，伸了一伸腰背。他的遍身骨头都痛了起来，他要躺一躺休息一休息了。

"马利，这是回家去的时候了。"他说。

马利直立了起来，但她太倦了，连作回答的精神也没有。她倦容可见地朝马丁看了一眼，她觉得自从早晨他们开始做工到现在，仿佛是已经经过了许多年月的样子。她又想到了走回去的一段路，想到了喂猪的事情，想到了鸡鸭等不得不使它们入笼就宿的事情，想到了准备晚餐的事情，一瞬间她感到了一种对于做一个农夫的女人——像奴隶一样的农夫的女人——的反抗。不过这一种想头，在一瞬间后，就过去了。马丁一边穿衣一边说：

"哈！这真厉害！这一天的工作，总算不错。耕了五轮地，并且每轮都是和铜条一样地直。嘿嘿，马利，你做了马丁·弟来尼的老婆真也可以自夸了，这一句话总不算过分吧？不过话又要说回来了，马利，你在今天做的工作，也的确比因凡拉拉的无论哪一个妇人做的都要好些。"

他们默默地立了几分钟，看着他们自己所做的工作。马利看到了她的和男人一道做好的这一种工作，一种非常甜蜜的安慰之情，把她心里所感到的倦怠和不满完全都遮掩下去了。这工作却是她们两人合做的。他们俩已经把种子种下地去了。第二天，第二个第二天，他们的一生，到春天来了的时候，他们就要去弯了背，做这一种工作，直到他们的手和骨头因风痛而扭歪了的时候为止。但是夜，不必做工的夜却总有安睡和遗忘的恩惠颁赐到他们的头上来的。

他们慢慢地走回家去，马丁走在前头，和另外的一个农夫在说关于播种的话，马利走在后面，把双眼注向了地上，一边走一边在想什么事情。母牛远远地在放声叫了。

幸福的摆

〔德〕鲁道夫·林道

　　多年地不见，海耳曼·法勃里修斯几乎把他的老友亨利·华伦忘记了。但是在大学里念书的时候，两人却是最要好也没有，曾经几次地设誓同盟，愿结为永久的朋友的哩。这是正当那一个时期里的事情，在这时期里青年是确信着“永久的友谊”的可能，而各自以为将来总有一番大业可成，或各自以为有一种天禀的奇才的。曾几何时，这一个时期也已成了过去，仿佛已经是去我们很远的样子。——现代的青年却聪明得多了。——可是当法勃里修斯和华伦的学生时代，两人都还幼稚得很，不但只在置酒高会的中间，两人欢饮着愿结为兄弟的誓酒，就是后来，在清醒的时候，也确信着他们将一生地如兄如弟，欢联过去，无论如何，总不会分离远隔的。

　　但是这一种无邪的狂热也只持续了不多时。等他们一长到成人，生活的铁手就将他们抓住，一个到东，一个到西，两人就学了劳燕的分飞。——别离之后，几个月中间，他们原也曾常通详信，后来且也曾见过一次面的。可是两人终于暌隔了，信也渐渐儿地少了下去短了下去——终而至于闻问不通。对于一个朋友，虽感着满腔的热爱，但终日营营，竟没有工夫写十几行信的事情是常有的，一边对于能给人谋一点好事情的路人，我们却可以天天留下许多时候来招呼他。我们的出此，也是万不得已，于我们为人对友的诚挚正直，是毫没有关系的。——当这篇故事开场的时候，法勃里修斯已经记不清两人之间，究竟是哪一个写最后的一封信的，已经记不清，将从前的这样热心的通信切断者究竟是哪一个了；总之，两人间的书信已经断绝了许久，一年年地过去，从前是在面前活跃着的旧友的面貌，也一年年地消弱了下去，模糊了下去，到最后几乎是完全忘记了的样子。——有几次，住在一个有大学校的都市里，在那里当教授，当著作家，曾博得了些相当的声誉的法勃里修斯，常常遇到一位学生，这学生分明是住在他的左近的。他头上有褐色的、卷曲的头发，脸上有一双喜乐勇敢、向世间直视的澄蓝的眼睛，年青的嘴角更浮有一种和蔼可亲的微笑；一张白脸，不狡不伪，是真诚信实的象征，使你可以信他，他也可以信你，在他眼睛里映射着的是莫名其妙的一种可以使你快乐的神情。法勃里修斯每遇到这一位青年，他总自然而然地会对自己说"十五年前，亨利的神气，也正是这一个样儿"——于是在几分钟间，他总要追思往昔，渴想和旧友华伦，再谋一次见面的机缘。于这样地遇见着这青年之后，他也曾几次地发意，想对这一位行踪消失的友人的情状，去打听个明白；——可是屡次三番，这终不过是一个想头罢了。等回到了家中，他就有在桌上堆着的不得不阅读批评的新著，来催促原稿的出版所的书函，和要决定去否的招宴的请柬等看到——总之，日常的琐事，要马上裁决的事情，实在太多，在他能有工夫再想到华伦身上去之先，总已经是时间变得很迟，身心也已经在倦极的时候了。——在大多数人的生活里，时间总是这样地安排着，总只够做做必要的事情——或者以为是必要的事情——而已。

有一天午后，法勃里修斯和平时一样，到五点钟左右，走回家去的时候，听差的交给了他一封有美国邮印的来信。在未开封之前，他很注意地用了脑筋察看了一番。——封面上写地址的那种粗大不驯的字体，是很熟的，可是一时他却想不起来，这究竟是谁人的笔迹。但忽然他脸上露出喜悦的形容来了。"这是亨利的来信！"他叫着说。信内只写着短短的几行文字：

亲爱的海耳曼！

我们两人中间，至少是有一个人成名了，这是何等荣幸的事情。在一本书上，看见著者的名氏是你的时候，我就写了一封信去给那位替你出版的人。多谢他的好意，他立刻就写了封回信给我，因此我晓得了你的住址。现在能够告诉你了，我将于九月底边回到故国的汉堡市来。请你写一封信到那里的邮局里存着给我，告诉我愿不愿我来和你聚晤几天。我于去故乡的途中，要从你现在住的那地方经过的，你若愿意和我相见的时候，那我就可以下车来看你，在我是最喜欢也没有的事情。

你的老友

亨利·华伦敬上

信后有一句附言——"这是现在的我"——法勃里修斯将

一个附封的封袋打开来看，里头是一张照相。他拿了照相走近窗前，充满着沉痛的忧思，对此呆看了多时。照相上分明印着一位老人的面貌：虽则是很多很长，但已经是灰白的头发；一个阴郁的前额；深深凹进，有一种阴惨不安的目光凝视着的两眼；紧闭住的，有两条深纹锁着的那嘴角儿上，显然呈露着一种悲痛的形容。

"可怜的华伦！——他就变了这一个样子了么！——他比我还小一岁。还没有满三十六岁哩。"

法勃里修斯走到了镜子的前头，看了半天自己的相貌。当然，这面貌没有像他手里的照相上的面貌那么憔悴，虽然这也已经不是一个少年的相儿了，这也绝不是一个无忧无虑、乐天玩世的相儿。他的目光并不觉得阴惨迟钝，但也已经是衰弱倦怠了，嘴角儿上，和华伦的照相一样，也呈露着两条沉重的深纹。

"啊啊，两个人都已经老了，"法勃里修斯叹了一口气说，"我却有好久不曾想到这件事情上去过。"——于是他就坐了下来写信给他的朋友，告诉他说，自己因为两人不久可以相见，对这事情的喜悦正是没有言语可以形容。

第二天在街上，他却又遇见了那个常常使他想起华伦，有褐色的头发，和正直的喜笑的眼睛的青年。

"二十年后这一位青年大约也要变得和现在的我的那位老友一样的，"法勃里修斯自己对自己说，"我们的生活，知道这玩意儿，能将活泼的眼睛弄成忧郁的，微笑的口嘴弄成皱纹很多的。——像我那么总算也还不坏……虽然也说不上什么特别地好。自己总算平平地过去了半生；时常在这里感到一点满足，在那里又感到一点苦闷与忧心。我的青春就这样地消逝了，也不曾成就些特异的大业，也不曾遭遇到些什么。"

十月二日，法勃里修斯接到了一个从汉堡来的电报，在这电报里华伦通告他说，他将于翌日午后的八点左右，到L……市来。到了时候，法勃里修斯为欢迎老友的到来，亲自去到火车站的前头。他看见他慢慢地、不能行动似的走下了车来，于走近他身边去之先，他又很仔细地审视了他一回，看究竟有没有认错。——他的这种衰老的样子，比照相上的更衰得多老得多了。穿的是一套灰色的行旅的衣服，在他的瘦而且长的身上，这套衣服飘飘然地松挂在那里。一顶阔边的帽子，这顶毡帽把他的额角和眼睛遮隐了。他向周围寻视了一回，似在寻找法勃里修斯的样子，然后慢慢地拖了疲倦的双脚走近了出口之处。法勃里修斯迎上去接他；华伦看见了他，一眼就认识了。一脸光明的，带有青年味的微笑在他的憔悴的脸上闪烁过了，很欢喜地、深深被感动地，他对他伸出了手来。

一个钟头之后，他俩坐在法勃里修斯的潇洒的屋里，在用俭约的晚饭了。华伦吃得很少。不过法勃里修斯却起初很惊异地，后来又不安地看出了一件事情来，就是这一位往年他当他作有节制的模范看的朋友，喝酒却过分地在喝。酒对他似乎是消失了醉人的效力的样子。他的苍白的脸上一点儿也不红起来，他的目光仍旧是冷冷的，在凝视似的，他的说话仍旧是很沉静，很缓慢，并不沉重起来。

侍食的使女，将杯盘收拾了去，把咖啡摆上桌子之后，走出房外去了。法勃里修斯安置了两张椅子，对他的朋友说：

"噢——现在我们只有两个人了。您且点上枝雪茄抽口烟吧，在这张椅子上宽坐宽坐，将您在我们不会面的几年中间的事情讲给我听听。"

华伦推开了烟匣。

"你若不反对的说话，"他说，"那我想将我的烟斗拿出来吸一筒淡巴菰。已经是习惯了，我觉得淡巴菰比最上的雪茄味儿还要好些。"

说完他就从一只破旧的箱盒里抽了一枝熏黑的、短短的木质烟斗出来。在这烟斗里他很有规则地将一种苍黑油润的淡巴菰装了进去。细心地点上了火，很响地拍拍吸了几口，吹出了几个大烟圈在面前的空气里后，他很明显地觉得满足似的说：

"一间很清静的房间，一位老友，食后的一袋烟——并且又不必愁明日的生涯！啊，真好，真好！"

法勃里修斯从旁边打量了一回他这朋友，觉得有点奇怪起来了。这一位瘦而且长，头发灰白，眼睛暗淡无光，老在凝视似的人，这一位身体略向前屈，搁起腿儿，坐在自己的边上吃烟的人，哪里有一点像自己的少年朋友亨利·华伦？他是完全变了别一个自己所不认识的人了？法勃里修斯有点觉得奇怪，害怕起来了。——同时在他的心里又引起了一种深切的同情。使他变得这样，——把他的形状都换过了的他的身世，一定是如何地残酷，如何地悲惨呢。

"喂，"法勃里修斯把因使女的时时来往而打断的话头重新接起地说，"您且说说看！——我们不会面的几年中间的事情。——或者您想先听我的自述么？"他很想将谈话弄得活泼一点，轻快一点，而在努力；但是他觉得，这努力是不能成功的。

华伦尽在热心吸烟，不回答他。在这静默的中间，法勃里修斯感觉起苦痛来了。他对于这一位他招待到自己屋里来的、很熟的、同时又觉得是别一个自己所不认识的客人，忽而感到了一种恐怖。最后他就鼓着勇气又说了一遍：

"喂，究竟你愿不愿意讲给我听，或者还是让我来先说吧？"

华伦轻轻地一笑。"我正在这儿想，"他说，"怎么回答你。——事实上，我却并没有什么可以讲给你听的。真奇怪得很，我自家想想看——这是我这一忽儿的默想的原因——我觉得在我的全生涯里并没有什么使我怀抱过苦闷。——你说我是多么蠢笨的一个傻子啊！说到这一个'并没有什么'——就是我的生涯——的享受，仿佛又是很不容易而且正因其如此仿佛又是十分有趣似的。总之我并不曾吃到十分的大苦。原是，我在无论什么地方也绝不曾有过什么的成功；可是我却也知道，在这一点我比成千成万的旁人也并不一定是更坏。烧烤好的鸽子当然没有飞到我的嘴里来，我也不曾得着过大白鸽票的头彩，我历来就辛辛苦苦只以勤劳去糊了半生的口，我也曾如一般人之所说，有过一次'不幸的恋爱'——这是很久很久以前的事情——我早已安之若素了。这些事情现在早已不能够苦我。我这一忽儿觉得不平的，只是我的整个的生涯竟这样地没有欢乐，没有愉快地白白消失了去了的一点。"

华伦停了一停，然后又慢慢地沉静地继续着说："没有几年前头，我还老在想着，事情或者会变一变过，或者会变得更好一点。我还正年青哩。时运可实在不好。那时候我在纽约州的一个学堂里当薄俸的教员。在那里我将我能教的东西都担任了；凡我所知道的及因为要教所以同时不得不学的东西：如希腊文拉丁文，德文法文，数学物理之类，并且在我的所谓闲空的时间里还有音乐。一天到晚，我简直没有一刻休息的工夫。一群闹得很厉害的、淘气的小孩子们包围着我，他们的唯一注意的工作，就是当我在教他们的时间中间，指摘我的对他们所说的英语的错误。——到了晚上我就变得同死也似的疲倦。——

可是我在睡着之前，总有三四十分钟要开着眼睛做许多豪奢的梦。于是我就看见我自家处在一个幸福的、特异的境遇里：我得着了大白鸽票的头彩，烧烤好的鸽子突然会从空中的各方面飞到我的身边来。我变得很富有，很有名，很有势力……真是！……我使全世界，或者说爱伦·琪儿玛吧，因为她就是我的世界，惊异。——喂，海耳曼，你有没有和我一样地做过这些可笑的笨事情过？你有没有开了眼睛梦见过你自家已经成了内阁首相，百万富者，现代世上最大文学作品的著作人，得胜的元帅，议会里的政党首领或其他与此相类的人物？我是通通经验过了……当然是在梦里。——嗳，item，那真是最华美也没有的时代！

"我刚才说过的爱伦·琪儿玛她是全校中最不喜欢读书的，一个我的学生的姊姊。可是这一个顽皮孩子的父亲，还在硬地主张要他儿子学得些学问。于是在校里有大耐性之誉的我，就被选作对此事负责的人，当然报酬是很优的。因这一个机缘，我就被介绍到琪儿玛家屋里去了，又因为我偶然流露了些音乐的技能——你总大约还能记忆吧，除了专门家之外——在平常的音乐爱好者中间，不是我弹钢琴弹得很好的么？——因此我就为教弗兰息斯以语学，教爱伦以音乐的原因，日日在琪儿玛家里进出了。

"老友，先请你把这环境想象一下，然后再请你笑我的痴愚，和我自家已经千遍万遍地笑过自家一样；你瞧，对手方面呢——就是琪儿玛家的一方面呢——有千万的巨富和与此不相下的自负骄矜，一位很狡猾而伶俐的父亲，一个虚荣心很大而最喜夸饰的母亲，一个他们一家的希望所钟的顽皮淘气的儿子，一个如花美丽，很有教养，举止闲雅，而且是理性丰富的十九岁的女儿。——还有一方面呢，是二十九岁的博士亨利·华伦先生。——在梦里呢：他是一个划时代的哲学著作的著者，或者北军的得胜将军，或者联邦共和国的大总统，虽然照美国的法例，大总统必须是在美国出生者方有资格，而亨利是在查儿河上的泰儿培出生的；——在实际上呢，他是一个七十块金洋一月的爱儿米拉高中的教员。——大约你总相信吧？我最初对于自家的这没有希望的癞虾蟆想吃天鹅肉的身分的可笑是知道的，这一件事情，你总相信吧？——当然我是明了的。我在不做梦的时候，也是一个很有理性的人，读书读得很多，自知也很明白，决不会失进退之度的，我又不是疯了，哪里会想我自家有和爱伦结婚的可能的呢？我很明白确实地知道，这事情的不可能，和我的不能够做美国联邦共和国的大总统一样。——可是呵，我还是在那里做梦，在那里痴想和这位百万豪富的女儿结婚，——话可又要说回来了，对我自己公平地判断起来，觉得我个人的这情热，并不是对一个什么人有什么妨害的。将此情热在我的胸中蓄养，在我是一种秘密的、无邪的享乐。关于这事情，我也决不想对人说出来，如关于我的梦想我自己做了朴督马克的总司令等一样。但是聪明的爱伦，对于我这缄默的、秘密的爱情，似乎有些看出来了。虽然她并没有片言只语，或一眼眼色流露出来表示她的晓得我对她的状态，可是我却毫无疑念地确信着她的看出了我的隐衷。她的这种谨严不露声色的态度，只有一件小小的偶然的事情，对它反叛破露了一次。

　　"有一天我看见她眼睛哭得很红肿。我当然不敢去问她，是什么苦得她如此。她当听讲的当中，也是十分错乱不注意的样子。我教完了正想走的时候，她却把眼毛低下，眼睛沉视着地面对我说：'我，我恐怕这学课不得不休止些时候了。这在我是很怅恨的。我只，只祝望你的好，华伦先生。'——说完她对我看也不看一眼就很急速地走出房外去了。我如同听到了一个晴天的霹雳。这几句话，她讲话的那一种凄楚的音调，究竟是什么意思呢？到了第二天，弗兰息斯来传达他爸爸的客气话后，告诉我说，他也要得四天的休假，在这四天之内我可以不必到他家里去，因为他姊姊和一位纽约的富商霍华德先生订婚，屋里将要设盛大的宴会的缘故。——到此我所猜不透的哑谜方才被他说破，而我的到此时为止把我的生活甜蜜化的梦想也告终结了。

"根本地说起来，爱伦的结婚与否，和林肯去后约翰生的继他而被选为美国总统等事情一样，对我是并没有什么不幸之可言；她的出嫁，美国总统的更换等，以理性说起来，于我有什么丝毫的关系呢？可是，朋友，你却想不到这一件事情——我说的是这一次的婚约——对我是如何的一个大打击呀。我的全部的'一无所有'忽然显示在我的面前。我的空中楼阁都倒毁了下来。我终于看到了在实世间的我自己：一个学校的教师——既没有过去的功业著作可以夸示于人，在现在也没有一点人生的乐趣，对将来呢，更是一点儿希望也没有了。"

在讲话的中间，他的烟斗已经熄了。华伦很仔细地把烟斗里的残烬清了出来。于是他就从袋里拿出了一块用果汁制过的甜味板烟来。用小刀切下了正足装一筒用的烟丝之后，他就装进了烟斗，点上了火又重新很舒服地吸了。在这样装点的中间，他并不说话，只轻轻地在齿间吹了几声口笛。法勃里修斯也同样地不作一声。停了一忽，很快很重地抽了几口之后，烟斗里啾地烧得很旺了，华伦又继续说：

"我在一个相当的时期内觉得非常地懊丧。并不是因为失掉了爱伦——因为一个从没有得到过什么，绝没有得到的权利的人，是不会感到失掉的——却因为我自己的那一种幻象的消失。我吃尽了无数的自知之树的果实，尝尽了这些果实的无限的苦味。——我离开了爱儿米拉，到别处去寻我的幸福。我对于我自己的职业问题是很有把握的。并且从实地的经验上我也知道如何地能得到最高的薪俸。我在职业上从没有过失业的事情，渐渐地一处一处我在美国的六七州里飘泊着教书也得到了相当的成功。我现在已经记不清了，曾在哪些地方教过书：在萨克拉门多，在芝加哥，在圣路易，在新西奈底，在波士顿，纽约……各到各处——各到各处。我无论在什么地方总只见到一样的淘气的、偷懒的学生和一样的希腊拉丁文里的规则和不规则动词。假如你想见到一个对学生及古典语文法完全厌倦了的人的时候，那你只教看我就对了。

"在无聊闲空的时间里——虽则我做的事情很多，但我却总有这些闲空无聊的时间的——我就把我浑身的注意投入到了哲学问题的思考里去。我的抽烟抽得很多的习惯，就是在这些时间里养成的呀……"他忽而停住不说了，仿佛是在追思什么的样子，双眼呆呆地只在向空中凝视。然后用了他那只瘦骨嶙嶙的手向额上的头发掠了一掠开，又慢慢地茫然自失似的重复着说："嗳，抽烟抽得很多……我还得了些另外的习惯。"他又比较快一点地继续着说："但是这些和我所讲的故事却无关系的。"

"将我的时间的大部分占去的，是一个我所发明的所谓'幸福的摆'的摆动原理。从这一个原理里我得到了安稳的觉悟，幸赖着此，我一时方得安身立命，而今天你才得见到我这一副心平气和的样子。我常常自慰着说，我的大大的不幸——假如许我将我的心境没有客气地这样命名的说话——是从我自己的过分的奢望，希望着过分的幸福而来的。——假如一个人在梦里将自己抬得这样高，变成了一个世界有名的人物，变成了爱伦·琪儿玛的男人，那醒来的时候于双脚得再踏实地之先，不得不深深地跌坠是应该的，这并不是一件奇事，假如我在我的希望里更安分谦抑一点，那这希望的实现当然要更容易，而最坏的幻灭，至少也更要减少一点苦味。——从这一个据最近的经验看来是明确的根本原理讲起来，我可以得到一个像底下那么的论理的结论，就是在人力所能做到的范围以内，想避去不幸的最上法门，是竭力地不要去希望幸福。这原是耶稣降生以前几世纪的先哲们所发见的真理，我也不想把这古代的思想据为己有而要求发明特许之权。可是将这真理表示出来的一个征象，至少我相信是我的发明。"

"请你给我一张纸和一枝铅笔，"他朝向坐在边上的法勃里修斯继续着说，"我只须画它几笔能够将这原理表示得非常简单明白。"

法勃里修斯不说一句话，将他朋友所要求的纸笔递给他。——华伦在纸上画了一个大大的、向上开的半圆圈，在这半圆中间画了一个向下垂直的摆，这摆的下端，正与半圆的底点相触，在时钟的圆面上，这正是Ⅵ字的地方。向右手的边上，自下面画起，在时钟的Ⅴ，Ⅳ，Ⅲ字等地方，他各写了这几个字："守分的愿望"、"热情的希求，功名心"、"对幸福的过分的渴想，夸大狂"——将纸又移回来，向摆的左手，自下而上，在时钟面的Ⅶ，Ⅷ，Ⅸ等字的地方，他又写了"怨恨和不平"、"苦恼，痛苦的幻灭"、"绝望"几个字。最后在摆的下面正是Ⅵ字的地方底下，他画上了一个圆圆的粗点。他一面很自在地微笑着，一面又在细心地用铅笔在这一点里画上阴影去。在这一个底点的下面，他写了这几个字："死点。

完全的静止。"

幸福的摆

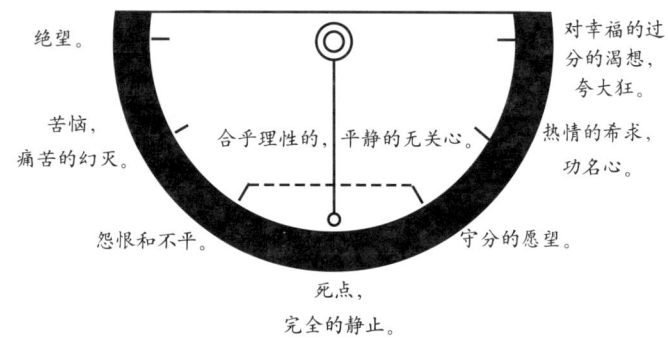

他然后把头歪在一边，眉毛蹙得高高，仿佛是要吹口笛似的把嘴尖起很注意地将这图看了半分钟。于是他又说："这罗针盘还没有完全。在'死点'和右边的'守分的愿望'与左边的'怨恨和不平'之间，是属于一条美丽的'合乎理性的，平静的无关心'线的……但是这图，即使像现在的样子，已尽够阐明我的定理了。——你信从我的意见么？"

法勃里修斯只沉默着点了点头。一种深沉的哀思，已经笼罩上他的心身了。他又举起眼睛来凝视了一回他的这位少年时候的挚友，对这位挚友，他从前是曾经祝望他有一个伟大的将来的，就是现在，法勃里修斯也还只在祝望他的好的，而他却变成了一个可怜的偏执狂者了。

"你瞧，"华伦很沉静地继续着说，仿佛他是在向一群注意听讲的学生们讲科学讲义似的，"假如我现在轻轻地将这幸福的摆向右手举起，正举得触着'守分的愿望'之点的那么高，然后就撒手放下，那这摆当然只会走回向'怨恨和不平'之点，这一点它再也不会越过的。它将在这两点之间的'合乎理性的，平静的无关心'线上摆动些时，最多也不过摇动一生的时间，然后终将止于'死点'而变成'完全的静止'。——这实在是安慰我们，使我们心平气和的一个想头！"——他静止了一忽儿，像在等法勃里修斯的反问似的。可是法勃里修斯只呆呆地沉默着没有说话，所以他又继续说：

"你大约现在总已经了解了吧，我底下所想说的结论？假如我将这摆举起，举到'热情的希求'或'夸大狂'等点的时候，那它一定会摇回到'苦恼'或'绝望'上去。这事情是明显得很的，是不是？"

"是的，明显得很的。"法勃里修斯只悄然地沉郁地回答了一声。

"是呵，"华伦热心地继续着说，"可惜我把它发见得太迟了。如我已经和你讲过的一样，我在梦里听想的事情，实在是非同小可。我想做共和国的大总统，打胜仗的元帅，世界有名的学者，爱伦的丈夫。——哼！——一个应该安分的人哪。——你说怎么样？——我和妄想狂者似的把那幸福的摆举得太高了，所以它突然地从我这双无力的手里滑落的时候，就飞打了过去，不得不摇半个大圈而回到'绝望'的地方去了。——那真是些艰险、苦痛的时间呵！——我希望你许没有这样地苦过，如那时候的我一样。——我真如同在一个恶梦里做着人的样子……真如同在一种最难过的恶醉里……"他的言语又同先前一样窒塞住了。忽而他又狂暴地高笑了起来……"呵呵！真如同在一种恶醉里！——我就拼命地喝起酒来了……"他的因狂笑的痉挛抽缩得阴险怕人的颜面到此又突然变得很认真而高雅，并且全身战栗着地说："一个人当有自觉地沉沦下去的时候，实在是一件可怕的事情。"——他沉默了好久。然后又重新把他的烟斗装满，移转身体向着法勃里修斯问说：

"关于我一生的事情，你已经听够了没有？或者你还想听听这一段故事的结局吧？"

法勃里修斯又悄然地回答他说："听你这样地讲，实在使我伤心，但是请，请你说下去吧。或者说完了倒反好些。"

"是的，把我心里的郁积倾吐一次，或者是要好些……所以我就吃上了酒……这一种轻贱的自暴自弃的习惯，在美国是很容易染成的……有几处地方，我就为此而不得不抛去我的位置，因为他们觉得我的品行已经是不复可敬了。可是寻一个新的位置，是一点儿也不费力的。我从来没有感到过经济上的穷迫，虽然我的生活也并不是过于富裕。我所要花的钱本来是不多。到此我衣饰也不讲究了。书也不再买了。——离开爱儿米拉的年半之后，有一天，在纽约的中央公园里我忽而撞见了爱伦。她结婚之后，已经有十五个月了。这是我晓得的。她一见我就认识了，来招呼我，和我说话。那时候我真想往地底里钻下去。我晓得我的衣冠是褴褛得不堪，样子是很潦倒的。我心里相信，我的甘心自愿的堕落，她一定已在我的脸上看穿了。但是她并不说一句话，或者她是不愿意说。她伸出手来给我，并且用了她那种柔和的声气对我说：

"'我真喜欢得很，我们终究又遇见了。我曾经问过父亲，问过弗兰息斯以你的事情；但他们都不晓得你在什么地方。我十分诚恳地请求你，请你在这一个冬天再来教我些音乐。你晓得我的住址吧——'她就把她的住址给我。

"我对她这些和蔼的话，只嗫嚅地作了几声惑乱的回答。她很情深地微笑着朝我看看，忽而又变得很诚挚地同情似的问我说：

“‘你莫非病了么？我觉得你仿佛是很憔悴的样子。’

“‘是，是的。’我回答说，心里很喜欢，因为我却找到了一个可以遮掩我的潦倒的外观的口实了。‘我是病了，现在还没有复原哩。’

“‘这，这真使我难过。’她轻轻地说。——法勃里修斯，请你轻笑我！请你痛骂我这不可救度的愚人！可是我可以赌着咒告诉你，在她的眼睛里我的确看出些超出乎平常一般的、虚文的同情以外的东西来。这一种为我愁虑、对我怜惜的柔情，在她的眼光里闪耀着。我觉得全身被一种不可言说的苦痛紧扎住了。啊啊，我究竟作了些什么孽，要受苦到这一步田地呢？痛饮，不安，失眠的夜晚等竟把我弄得成了一个毫无自持力的病弱者了。我跟跄倒退了一步，惑乱地注视着她。这中间大都会的繁殷的生息正如潮水似的在我们的周围汹涌着哩。

“‘你马上来看我，你一定马上来看我。’这样很快地说着她就不由自主地走开去了。我看见她走进了一乘车子，她分明是从这车子里出来到公园来散步的。我注视着她，又看见她那张灰白的颜面伏在车窗外头，当她临去经过我身边的时候，还在车窗外对我用了惊愕、凝视的眼光在呆看。

“我走回家来。我的回家的路线是要经过她的住处的。她住在一所宫殿似的大洋楼里。我闷坐在一间可怜的客舍的小房间里又做起梦来了：爱伦是爱我的，她是在叹美我崇拜我的，我还没有把她失掉哩。那个摆又高高指上疯狂的期待上去了。

“老友，你若能够的说话，那请你解释给我听，这究竟是怎么一回事？一个很有理性，很沉静的人，——因为我在日常生活里总是很沉默，很有理性的；就是在离开他们以后的今日，在那些八年间我曾经寄住在他们中间，正直勤劳以教授拉丁希腊文而糊过口的各学校委员们的眼里，我也还是一个沉静而有理性的人，——请你解释给我听，这究竟是怎么的，就是像这样的一个沉静有理性的人，有时候虽明明自家知道，可是终于会完全变成一个疯子的，这究竟是怎么一回事？——你的说明，也可以说是我的辩解，我极愿意承认，这一种状态确是一种神经病的预兆，其后我就为这病所缠住，不得不在病床上卧睡了许多个礼拜。

"病渐回复的中间，我又变得很沉静而有理性，可是我的青春的生命也就此完结了。在两个月的时日之内我竟老了二十岁的年纪。我离开病房的时候，就变得衰老龙钟，像现在的样子了。我的过去。虽则是这样空虚而乏味的，却成了我的生涯的全部。现在我已经没有什么事情可以做，没有什么可以希望，没有什么可以渴想的了。已经是黄昏的世界了。熙扰和火热的白昼已经过去了。境地变得凉爽清平。那个摆只是懒懒地在一个短小的距离内，在那条'合乎理性的，平静的无关心'线上摇动了……我却真想知道知道，那些在世上成就功名、达到他们的目的的人，那些真的成了得胜的元帅，内阁的首相，和其他与此相类的伟人的人，心状究竟是怎么样的。不晓得他们在人生的晚境，究竟能否感到一种得意的满足而休止，不晓得他们是否也只感到一种奋斗的疲倦而并没有胜利的喜悦，也只懒懒地退出那人生的旋涡。——难道无论哪一个人，为幸福这一个刑罚所禁止，就不能下降到他的内部深处，去算清他的以消耗生命而换得的东西的么？"

华伦静默了好久，只沉浸在痛苦的沉思里。然后他又轻轻地继续着说：

"我对于爱伦的招请，当然没有应她。但是她不知从哪里寻得了我的住处，并且也知道了我的害病。——这可并不是一幕浪漫的恋爱情景。我的床前，并没有她的辉耀的倩影前来看病，我在我的发热的乱梦里，也没有觉到她的冰冷的素手按上我的火热的额头上来。我只在病院里调养，并且他们也看护得我很好，我在那里叫作第三百八十二号，而这冗长的故事全部，也只是一件疏散无味的东西。——可是到了我想脱离病院对那慈和的院长诀别的时候，他却交给了我一封信和五百元金洋的一张支票。在那个封筒里有像底下那么的一张信：

　　　你的一位老朋友，请求你将封入的金额接受，当作他借给你的款子，等你病好之后找到了工作，再每月地还他，每月付到这病院里来。

　　"——这信是不署名的！

　　"这事情明明是对我的好意；可是却也使我痛心得很。我当然不得不辞却这金钱的惠借。假使我让一位我所热爱过而终与他人结婚的女人来帮助我，那也就是大大的过失。

　　"我就问那个当我在读信的中间很得意地笑着在旁边观察我的院长，问他晓不晓得，这发信人是谁。他回答我说不晓得。但是我却明明知道，他是在对我保守着秘密。——我想了一忽，然后又重新问他，问他能不能替我转送一封信给这位写信给我的人。这一件事情他答应了。于是我就对他说，明天可以将那信交给他的。

　　"我想了半天，想这封信将如何的写法。一边我在心里却一点儿也没有疑念，知道这将钱送给我的一定是爱伦。对此好意我却不愿意有所辜负，我真不愿意伤坏她的感情。可是我终于写定了一封信，现在就我的记忆所及，大约这信的内容是如此的：

> 我真感谢你得很；但是你借给我的钱，我却不能够收受。请你心里不要难过，因为我将钱送还了给你。你的为此，明明是为了我的好。以后我将努力地为人，使我不至于辜负你这一种深情。请你相信我，在我心上将永远保留着你的记忆。你的好意我是没世也不能忘记的。

"将这信交给病院院长之后没有几天，我就离开了纽约到了美国西岸的散弗兰西斯珂。——往后好几年我没有见到听到爱伦·琪儿玛的事情。她的印象也渐渐地消弱了下去。我已经把她忘了。我并且也忘记了我是曾经有过年青的时代的。我是老了。——那条暗澹的河流，将载着我和我的幸福的小舟并无激动很和平地流送到那个最后是无人不去的神秘的海里去的那条暗澹的河流，不过在一个荒凉的大漠里经过了它的流程。我所航过的河流两岸，只是惨澹怖人的单调罢了。我是，啊啊，极端厌倦地站在这扁舟的——人生的舷上。——我从没有故意地做过恶事。美的物事我是爱的，善的事情我是想勉力做的。——为什么我会这样地感不出人生的乐趣来的呢？我对于可以冲破我这只船底的岩石，对于能将我卷入河流深处去的旋涡，倒反想祝福它们。——到我听见爱伦的婚约那一日止，我还老是相信，我的生活将于明日重新。这一个明日到了，可是我的新生活仍没有开始——而我的生涯已经是完结了。"

华伦现在说话说得这样地轻，弄得法勃里修斯要听他的话的时候不得不耸肩努一番力了。与其说他是在和他的朋友说话，倒反不如说他在和自己说话更像些。他将右手的示指高高举起，指示着一个摆的摇动，从右到左地在空中慢慢画了半个短圈。然后将手指指上那个在纸上他所画过的黑点，轻轻地说："完全的静止……我只希望，各事都快点过去。"

一个长时间的静默继续了下去，终于法勃里修斯因难耐而破了这个沉默。

"那你又怎么地，"他问说，"决心离开美国，回到欧洲来的呢？"

"是的，不错，"华伦忽而同惊醒似的回答说，"还少个所谓结尾吧。本来我这故事就没有结局的……和它的也没有冒头是一样。这故事所述的不过是些无形状的、无目的的事情罢了；并不是人的一生，却只是人的丧生——死。——但是你若还没有疲倦的说话，那我还可以依了年代的顺序继续说下去。"

"请你继续说下去。"

"是的……我在美国各处流浪了好几年。那个幸福的摆是很有规则地限制住了。它只在很容易达到的'守分的愿望'和不再长时苦我的'怨恨和不平'之间摆动。——我开始了一种安静的简易生活，人家都当我作一个怪人看了。我只勤勉忠实地做完我的义务责任，旁人的事情一点儿也不去闻问了。一到了我的钟头教完闲空下来的时候，我就一个人走出市外到最近的树林里去休卧在大树之下。一年四季的时间，在我是一样的；养花的春季，丰殷浓绿的夏天，悲哀的秋日，荒冷的冬时，在我都是一样地好的。我总只觉得树林的可爱。静默的树林我觉得是世界上最美的东西。在树林里有一脉和平之气会吹入到我的心里来的。我变得非常地和平安静了，对于在我周围的事事物物毫不关心，甚至于成了这样的一种习惯，变得凡对关于我的无论何物，和对向我提议或劝止的无论何事，我都只回答一个'很好很好'。我自己却毫不曾注意到这一个回答，这一个字是非常自然地流到我的口头上来的，到了有一天一位同事对我说，在校里人家把我取了一个绰号叫'很好很好先生'我才觉得。——人人对我这么一个从来也不曾遇到过好事情的人，叫我'很好很好'岂不是一件很滑稽的事情么？

"现在我只须告诉你一段最后的小小的冒险谈，我的故事就可以算完结，希望来听你的了。

"去年我偶尔到了爱儿米拉。是学校里休假的期中。我没有什么事情好做，口袋里还存着几百块的金洋钱在那里。我决心再去看一遍我那悲喜交感到过的背景故地。自我离开那里之后已经有七年了。我十分地有把握，确信着在那里再也没有一个人能认识我了。并且即使被他们认识了，在我也更有什么要紧？

"当我在市上走了一圈之后，看访了一回我曾在教书过的学校和爱伦·琪儿玛住过的邸宅以后，我就走上那个市外的小公园去，在这公园里当我年青的当日，曾经消磨去许多幻想的时间，并且那园里的一草一木，我当时也都认识的。那些我在那里的时候都还是矮矮的小树，现在已经长成了摩天的大木了。树木中长成大树的也不是全部。这里那里有几株是枯死了的，有几株是被砍伐了的。——那是新秋的九月——将晚的时候。太阳已沉落在西天，红红的炫目的夕照阳光，穿过了苍黑的树枝在那里闪射。——在一棵树下的椅子上，有一个暗黑的人影坐在那里。无情无绪地走近了那黑影的身边，我真吃了一惊，我马上就认清了。——她是爱伦。——我被钉钉住似的立住了一忽儿。

"她身体屈俯向前地坐着，在用了遮日光的伞子长柄向地上的泥沙里画字。——她穿的是一身丧服——她还没有看见我哩。我屏住了气不声不响地仍复离开了她。走远了百数步后，我从那条树荫下的甬道里走入了旁边树木的底下，在树下我又惊惶地回转来看了一眼。她还是仍旧坐在那里。啊啊，只有上帝知道，何以这一种想头会突然又涌到我的脑里来的。我想看她一看了。她已经是不会认识我的这事情，我是确实知道的。我于是装作在散步的一位闲人的样子慢慢走近了她的身边，几分钟后，我就走到了她的前头了。——她在路上看见了我的黑影，毫不注意地将她的头儿举起，我们的四条视线就冲接在一道。我的心脏的鼓动仿佛要停止的样子。她的目光是不相关的，冷冷的。可是一忽儿的中间，她眼睛里突然放起异样的光来了，她把身体急速地掣动了一下，似乎是要站起来似的。此外我不能看见。我已经走过了她的身边，一步一步地离她远了，绝对地不敢转过头来，再回看她一眼。我还没有走到公园出口处之前，一辆无篷的敞车很快地在我的身边转过；我又看见了爱伦，看见她靠出在车外，脸色苍白，眼睛张得很大，同五年前头在纽约的中央公园外看见她的时候一样。——我为什么不同她招呼呢？——真是愚人愚事，——但我终没有招呼她。她那双眼睛，约有一分钟的时间，忧心似的向我注视着的她那双眼睛，忽而又变得冷冷的了。我还看见她深深地吐了一口气，然后又慢慢地将身体靠回了车中。——然后她就去我远了，消失了。

"我现在是三十六岁了。可是还不免有点羞缩，当我将我所做的那件应该是小学生才配做的愚事在此地不得不对你说出的时候。我写了一封信给她：

　　一个十分尊敬你的朋友，对于他你在数年前曾经示以好意的，他昨天也曾见过你一面，可是你不曾认出他来，他在这里送上他的一个敬礼。

"——这信当我在乘上自爱儿米拉开向纽约去的火车一分钟前投在邮筒里的，那时候我的心脏鼓动得非常地厉害，仿佛是正在冒险做一件极危险的事情似的。——这真是一个大冒险呵！是不是？……我平生觉得从没经验过比这事情更大的冒险，就是现在，在我的回忆里，我也常常只以此而在自慰的哩！

"差不多过了一年之后，在去今没有几个月以前，我偶尔在百老汇路上又撞见今年是长到了二十岁的弗兰息斯·琪儿玛。——世界实在是小不过——认识的人是怎么也会撞见的。——长得和他姊姊很像的弗兰息斯，已经不认识我了。——是我招呼他的。他很和气而又很困惑地微笑着朝我看了几分钟。——忽然他就满心欢喜地向我伸出了手来。

"'啊，华伦先生！'他叫着说，'我真喜欢，终于又见到你了！我和爱伦常在谈起你，并且猜想你不知究竟怎么样了。——你为什么一点儿也不使我们知道一点消息呢？'

"我回答说：'这些没有价值的事情，我怕敢使你们知道。'我说话说得非常之幽。现在我是很有勇气了。但在当时那青年却使我变得胆怯。可是我却从来没有向他要求过什么，也不在期望他些什么的哩。

"弗兰息斯以青年的和蔼的热忱回答说：'对我们这样地狐疑，那是你的不是。你是我的唯一的先生，只有从你那里我才学得了些物事，我衷心所感谢的，只有你一位先生。你想我会把我们的那些长时间的、美丽的散步忘记的么？那时候我虽则还是一个小孩子；可是在那时候你讲给我听的一切善的美的事情，都还牢牢铭刻在我的记忆里哩。——爱伦吗？——她自你先生去后，就不愿意再学音乐，她现在在那里弹奏的，还只是从你那里学来的那些老调子，她不愿意再学些另外的音乐。'

"'父亲母亲都好么？——你姊姊怎么样了？'我问。

"'可怜的母亲三年前病故了，'弗兰息斯回答说，'现在在我们家里管理家务的是爱伦。'

"'那么你们姊夫也和你们一道住的么？'

"'姊夫？'弗兰息斯很怪异地回答，'难道你还不晓得么？去年他坐船从里凡浦儿到纽约来的途中，那只"阿脱兰脱"号沉没了。'

"我一句话也说不出来。

"'是的，'弗兰息斯直率平静地追加上去说，'这是不能够向外人说的；他的死也算不得一个大损失。姊夫并不是一个好人。在他突然遭难之先，爱伦已经和他离开别居了三年了。——她俩的结婚生活，并不是幸福的。'

"我把头动了一动，做了一个表示我的同感的姿势。但是无论如何，却总不能够说出一句话来。

"'你一定马上就来看我们，'弗兰息斯继续着说，'此地是我的卡片。——请你决定一个日子，到我们家里来吃饭。我们一家都在希望着见你哩！'

"我回答他说，我将写信给他，我们就此分别了。

"我的精神——我想，幸亏是如此——已经将它的少年时候的弹力性消失尽了。那个摆这一回并不高举起来。它只在数年来来往摆动惯的那个短距离的小弓形内摇动。我自己晓得，和琪儿玛家一族的重新的关系一定又要发生苦痛和失望的。我觉得我自己还没有完全的把握，一到爱伦的面前，我怕自家又要变成一个呆子的。我有十足的理性，足够看出向这位富有的、高贵的、年青的寡妇求婚是一种疯狂。同时我又觉得，只须短短的和爱伦在一道几天，我这可怜的理性又会完全失掉的。——我在各抒情诗里也曾读过，知道爱情能使人净化，能使他变而为神。——可是爱情也能使他变为顽迷的傻子。这至少在我这一回的事里是如此的，所以我不得不加意地留心。

"在我和弗兰息斯·琪儿玛遇见的前几天，我曾接到有一位我的旧亲死去的通知。——关于他的记忆，我已经有点记不大清楚了。——我只记得小孩子的时候，曾在他那里住过一个假期，那时候他待我是很亲热的。他是一位沉静而率真的人，只寂寥地过了他的一生。我模糊地记得曾听见人说过，他从前是对我母亲发生过爱情的，等她结婚之后，他就避去了尘世，在乡间过他的孤独生活了。有许多年不曾听到他的事情了。可是现在推想起来，这一位悲哀沉郁的老人，仿佛是把我常放在心里，从没有把我忘记过似的。总之：他在临终之前，曾把他的小小的财产的大部分遗赠给了我。因此我就变了一间在R……附近的很安适的房子的所有者，和一块永年出租的不动产的主人了。每年的一千二百'泰来'的租金，已经尽够我全部的开销了。

"于是我就决心马上离开美国，回到我的多年不见的故乡里来。你的住址，我已经打听到了。我在想，和你，我的最旧的唯一的老友的相见之欢，一定能将我在一生中所受的苦痛轻减几分。我到这里来一看，觉得这推想果然没有错。我终于有了这一次——还是第一次哩——将我胸中的苦闷尽情吐露的机会，我现在觉得心里轻快得多了，这是我年来所没有感到过的事情。——我晓得你不会责备我过于严刻。——你一定在伤痛我的软弱，但我晓得你不会因此而下一个严刻的判断。——我平生原没有做过一件好事——但也没有犯过一件坏事。我是一个完全无用的东西，同杜葛纳夫（Turgenev）①那篇阴惨的小说里的一位悲哀的主人公一样，是一个homme de trop（零余者）。

"我在从纽约出发之先，曾写了一封信给弗兰息斯·琪儿玛。——我告诉他，一位亲戚的突然的死亡，使我不得不回到欧洲来。我把你的通信地址给他，可以使他不至于看出我在逃避和他们一家的来往交际，以后我就出发了。现在我却在此地了。——好，总算讲完。Dixi！"

在讲话的中间，没有使他的烟斗熄灭过的华伦，马上要求他的朋友法勃里修斯，也将他自己的历史讲出来给他听。可是法勃里修斯却已觉得伤心之至，在消沉的情绪里不想再说话了。所以他就告诉他的朋友，时间已经晚了，并且提议说，明天再来将这谈话继续下去。华伦回答说："很好很好。"将烟斗里的烟煤敲出，他就把还在桌上放着的一瓶酒拿起，把瓶里残余的酒和法勃里修斯两人分倒了。然后他将杯举起，很快乐地叫着说："为纪念我俩的青春！"——连杯里的最后一滴也吞饮尽了以后，他将杯子放回桌上，很感到满足似的说：

"这是我年来干饮过的第一杯适口的酒；因为我今天所饮的，并不是为了想忘记过去，而是为了纪念着过去。"

二

华伦在他的朋友法勃里修斯那里住了好几天。法勃里修斯觉

<hr />

① 今译屠格涅夫（1818—1883），俄国著名作家。

得他朋友是他生平遇到的人中间的一个最质朴最谦逊的人。他对什么东西都不再要求，无论什么你给他，他总是觉得满足的。法勃里修斯对他提议无论什么事情，他的回答总只是"很好很好"。——假如法勃里修斯有时候不去和他说话呢，他却会自得其乐地在安乐椅里坐着抽烟，手里或拿一本书，可是他并不是读得很起劲的，他从他那短烟斗里向空中吹吹一个个的大烟圈，就似乎是与世与人都无争恨似的和平适意。——他说，他很不喜欢会见生人。可是时常在法勃里修斯家里进出的几个人，和他也算结了表面上的相识的几个人，都觉得他是一位很有学问很谦和的长者。凡接近他的人，总没有一个是不喜欢他的。他身上有一种特异的足以使人欢喜的牵引力。法勃里修斯也觉不能了解，华伦的这一一种特质究在什么地方，可是他自己也不能逃出华伦的这一种迷力的影响。他在几日中间，又对华伦有起那种同在少年的学生时代一样的献身的亲密的友谊来了。——"谁能禁得住不爱他呢，"法勃里修斯每自己对自己地说，"爱伦·琪儿玛的爱他，也绝不是一件奇事，是应该的……我真想尽我的能力，来把他弄得快乐一点。"

有一天晚上法勃里修斯带了他的朋友到一家戏园里去，在那里有一出滑稽的短剧是演得很好的。他记得华伦做学生的时代对于这一类的东西是特别喜欢，在这一种剧场里他是最快乐也没有的。当时他朋友的那一种快乐的、清新的笑声，还在法勃里修斯的耳朵里响着哩。——但是到了那里，法勃里修斯又感到了一种新的失望——华伦一点儿也没有兴趣地在那里看这一出滑稽短剧。旁边在静静地观察他的法勃里修斯，看他一次也没有笑过。他不过很注意地听了一刻，可是歇了一歇，他就把这一个视听的注意抛去，似乎是不愿再去用心看取的样子，只在无精打采地看戏园的周围了。到了第二幕完结，法勃里修斯问他"我们还是回去呢还是怎么？"的时候，他很快地回答说："很好很好，我们回去吧！对这一种没意思的滑稽我已经感不到趣味了。还是让我们去抽一筒烟闲谈闲谈吧。怕那倒是更有意思更舒适些。"

华伦已完全不像十五年前法勃里修斯所认识的那个华伦了。可是在法勃里修斯方面却并不因此而减轻他对他的亲爱。他心里满怀了忧虑在守护着他，和一位慈父的守护着他的病的爱子一样。他孳孳不倦地在设法想使他的朋友快乐一点；假使可以使他的客人的呆钝的脸上露出一脸满足的微笑来的说话，那他就是很大的牺牲也有所不辞的。华伦也早看出了这一层好意，所以当他要和法勃里修斯别去的时候，他就深深被感动似的捏紧了法勃里修斯的手对他说："老友，你只在希望我的好，那我，我也很知道的……请你相信我，对你这好意我是满心在感谢。我们以后总不会再不通闻问的了，我们以后就互相守着吧。我到家之后将严守着和你的通信。"

华伦动身后的没有几天，法勃里修斯接到了一封从美国寄来的给华伦的信。信封上的略字是"E. H."两字母——爱伦·霍华德，正是华伦所爱的那女人的名字。法勃里修斯马上将这信转给华伦，并且写上了一句话说："我希望你在这里能接到从美国来的喜音。"——华伦在回信里对这一句话并不提及，并且也完全没有讲到爱伦的事情上去。他只将他现在弄得很舒服的那所他的新住宅的样子说得很清楚，而在邀法勃里修斯就到他那边去看他，可以多住些时。在往后继续的通信当中，两位朋友就约定冬假里耶稣圣诞节和新年，当在一块儿住着过去。

十二月初头上，华伦又写信给法勃里修斯，促他务必要早一点动身。"我身体不好"——在那信里说——"我有时候觉得衰弱到房门也不能出一步。我在此地并没有一个人认识,并且也没有去结识新相知的心想。你的和我在一道能使我感到无上的快乐。又和你相习惯了,无论什么地方我都少你不得。我已经为你准备好一间房在这里,你可以自由自在地和在L……市一样地工作的,或者也许会比你自己的房子更清静些。你不要等到二十三日才来吧,愈早愈好。我们可以不必等到十二月廿五,就是在十二月十五难道不是一样地可以庆祝耶稣的圣诞的么?"

法勃里修斯也没有什么事情,正在可以适从他朋友的愿望的地位之下,所以就于十二月的初旬里到了他的朋友那里。他觉得他朋友瘦得太厉害,样子太难看了。华伦还没有去看过医生,并且他也在拒绝去看病。

"医生能把我怎么样呢?"他说,"我自家的病苦难道会不晓得的么?我并且也很晓得我的病源。医生大约不过会劝我散散心罢了,正譬如他对一个穷苦的病人,劝他吃吃丰美的食物,和陈年的好酒一样。可是穷人哪里有这些必要的钱呢?我们为身体的健康起见,有些物事是不能够一定常办得到的。——譬如我叫我如何地去散心呢?——去旅行么?——我觉得世上的无论什么都没有比这个安逸的静坐更好的事情。——去结识些新的朋友,见见生人的面孔么?——那我觉得世上只有你一个人,只有和你在一道能比一个人的枯坐好些,此外更没有第二个人了。——看书么?——我哪里还有求知识的欲念?我所晓得的东西,对我都已经失掉了兴趣。"

法勃里修斯,和在与华伦初次遇到的时候一样,注意到了他的不吃什么东西而只喜欢喝很多的酒。他的对于好友的健康上的忧心，鼓起了他的向华伦进劝的勇气。

"你的话原是不错，"华伦回答他说，"我喝酒喝得太多；可是我不能吃旁的东西，而又觉得不得不咽些东西下去以维持我的气力。我是和轧伐尼（Gavarni）的感情残疾者（invalides du sentiment）的可悲的状态一样；'Toutes ces bêtises m'ont dérangéla constitution.'（'原只是那万种的愚行损伤了我的元气'）"

有一天晚上，窗外面正风狂雨骤，而他们朋友俩却对坐在舒适温暖的房里的时候，华伦忽而讲起了爱伦身上的事情。

"我们现在是不断地在通信了，"他说，"她写信给我说，她希望不久就可以和我再见。——海耳曼，你晓得么？女人的心理，我实在有点不懂起来了。她的不把我当作她的第一个最要好的人看待，那是确实无疑的。——那么为什么她又想和我发生起关系来呢？——为恋爱么？——就是光这一个想头也是可笑得很的。——大约是为了怜悯我的原因吧。——可是这就到了我的矜持的梦的末路了；我已经变了一个怜悯的对象了呵。所以我写信给她说，我已经在此地定住下了，今后别无他望，只想在无为与隐遁中间过我这无用的一生。决不会和她再见了……你还记得海涅（Heinè）的《旅行记》里的那一段么？一位大学生在窗口和一位美丽的小姑娘亲嘴的那一段？这位小姑娘让他来亲嘴，就因为他说：'明天我又将远去，今生今世怕再也不能和你相见。'——这一个再也不至相见的想头，却使人会得着一种勇气，能说出平时是惹也不敢惹着的事情的。——我觉得我的死期近了。——亲爱的老友，请你不必再说别的话来宽慰我。——我自家是晓得的，死期近了。我也将这事写信给爱伦告诉她了。……我更写了许多另外的事情……唉，真是些没意思的事情！……我平生所做的，都只是些无用的无目的的事情罢了。到了这垂死的病中，才向情人来宣布恋爱，这岂不是和我的一生很调和很合理的一个结局么？——比这事实更无意识的徒劳，世上还寻得出第二件么？——可是我却如此地做了。"

关于这信的事情，法勃里修斯实在想知道得更详细一点；可是华伦却不愿意作断然的回答。——"假如我有一张誊清的信稿在这里的说话，"他说，"那我很愿意将它给你去看。你已经知道这事情的经过全部了，我对于自己做出来的那一种愚劣的事情，不管它是如何地无聊如何地笨大，我在你的面前，却可以不感到羞缩。——当我在第一次很确实地觉得死期近了的时候，就写了那一封信，这是两礼拜前头的事情。那时候我睡在床上发烧。我对于死是一点儿恐怖也没有的，实际上即使把我的生命交给了死的手里，和现在的这种状态比较起来，也未见得生比死好。可是我却兴奋了，精神亢进了。简直是可以做一部非常之有诗意的作品——一篇《辞世之歌》——出来的样子。我现在还在想这信写了也好。非但如此，我并且还在喜欢，因为爱伦终究知道了我是如何地爱她过的；既不将我的爱对她陈诉，也不希望着她的对我之爱的给与。——我觉得这是很高尚、不利己的爱！"

圣诞节的祭日一天天地在静默里悲哀里过去了。华伦变得一天只有几个钟头可以从床上坐起来那么地衰弱。法勃里修斯现在只能独断地去为他请了一个医生来到病床前来看他的病。可是诊察之下，华伦也没有什么一定的病症。是他的生命力消失完了。他同一盏烧尽的灯火似的在那里慢慢地萎灭下去。还有在几次很少很少的但是间隔时间却渐渐地比较长起来的间歇时间里，他的精神又会奋燃起来放几朵火花；但是死的阴影已经笼罩住他，渐渐地渐渐地在暗下去黑下去了。

在除夕的当夜，华伦于十一点钟的时候从床上立了起来。"这一个新年我将照旧式的对你述祝贺之辞，"他对法勃里修斯说，"希望这新年能给你以快乐。给我以永久的和平。"

将近半夜的时候，他走上钢琴的前头，很庄严地弹奏起和教会的合唱歌相像的罗拔忒·须曼（Robert Schumann）①的《死友的饮盏之歌》（*Auf das Trinkglass eines verstorbenen Freundes*）来。——寺院里的钟敲十二下的时候，他倒满了两杯的酒。举起杯来，他慢慢地在追思似的，从他刚才所奏的歌里，谱诵出了一节的歌：

> 我在你杯底之所见，
>
> 并非是凡人能解的东西。
>
> （*Was ich erschau'in deinem Grund*，
>
> *Ist nicht gewöhnlichen zu nennen.*）

然后他靠转了背，一长饮就把那满杯干下了。——他当在说那一节歌和饮那一杯酒的中间，并不曾对法勃里修斯注意到。法勃里修斯只是悲哀无语默默地在旁边看着他。现在他看到了法勃里修斯了，他的眼睛又光明喜乐地充满了少年的热情。

"再喝一杯！"他叫着说，"为祝我俩的刎颈的交情！祝你新年如意，我的哥哥！"

---

① 今译罗伯特·舒曼（1810—1856），德国音乐家。

他同干头一杯似的将第二杯也干了，然后就很沉重地在一张椅子上倒了下去。他的目光又变得呆滞无神了，法勃里修斯扶他到床里去的时候，他就像一个已经是很想睡的小孩，好好地顺从了一切。

以后几天他一直不能起来。医生来看了也只深思着摇摇头，没有法子好想。他以为法勃里修斯是华伦的近亲，所以告诉法勃里修斯说，还是预备后事吧。

正月初八，华伦的别庄所在的那个小市里的旅馆里有一个人差来，来送一封给华伦的信。使者说，这信是要即答的。法勃里修斯因为他朋友已经有好几个钟头陷入了昏睡状态，差不多就快完全失去知觉了，所以就替他开了这信。信的署名者是"爱伦·霍华德"，内容如下：

> 父亲在好久之前计划中的欧洲旅行，这一回忽然实现了。我的所以不预先通知你以此事者，原想使你惊喜一回，所以开一回玩笑。到了此地，我听逆旅的主人所说，才知道你在前回信里所说的病症还没有离身。因此我所以不愿不通知你而突然前来，并且先要问问你，你的病状究竟能否应许你接待我们？在此地的是我和弗兰息斯，他也和我一样，硬地想和你，我的尊敬的朋友，在这一个巡游的途上来相见见，盘桓几天。父亲已从汉堡直行上巴黎去了，我和弟弟打算在此地住几日后，马上上那里去和他作一道的。

法勃里修斯想了一想。然后就拿上帽子对使者说，他想自己直接去传达回音。——到了那小旅馆里，他就马上被介绍给了那位外国夫人。他曾先把名片交给过一位旅馆的佣人，嘱他去说，是受了"华伦博士之托"而来的。

爱伦只有一个人在那里。法勃里修斯很快地看了她一遍。她真是美丽得同花一般的样儿。她的一双大大的碧眼很不安地带问似的在注视着这进她房里来的人。

法勃里修斯生平和妇人来往得很少，在妇人面前，大抵是局促不安的。可是这时候他的想头已全集中在病友的身上了，所以这一回他倒完全是平静得很的。他只简洁地说了几句话，华伦是病了，——病得很凶——就快死了。给他朋友的信是他开拆了读的。

爱伦默默地也有几分惊惶似的朝他看看。她仿佛是不能了解所听见的话的意思的样子。可是慢慢地她的眼睛里就充满起眼泪来了。

"可以许我去见见华伦先生么？"最后她问着说。法勃里修斯答应了。

"我的弟弟可不可以和我一道去，或者还是我一个人去的好些？"

"我觉得还是先由你一个人去的好些。你的弟弟或者可以迟一点去看我们那位可怜的朋友的。"

"我突然地去看他，一种惊异，不会使病人更衰弱而失神的么？"

"大约是不会的。凡一种喜悦，对他总只有好的影响；我晓得他是很喜欢见你的。"

爱伦在几分钟之后就准备好跟法勃里修斯前去，不多一忽，两个人就都到了华伦的屋里了。法勃里修斯教爱伦在客室等了一等，他一个人先到华伦的病房里去。

华伦张大了两只被体热蒸烧得红红的大眼躺在那里。他在那里说昏话了。可是他还能认清这进来者是谁,他向他要求,要一点可以消渴的饮料。他把渴消了以后,就闭上了眼睛,仿佛是要睡了。

"我为你接了一位你的好朋友来,"法勃里修斯说,"你愿意见他么?"

"是不是法勃里修斯?——请他进来吧,欢迎之至!"

"不是的。——是从美国来的朋友。"

"从美国?……在那里我是住得很久,很久,的……啊,那沉郁的,悲哀的两岸……"

"你愿不愿意见你那朋友?"

"我航下了那条暗澹的河流——航下了。在雾蒙蒙的远处呢:高高的、黑暗的形状;茂树的高山;……我是再也……再也达不到的远处。"

法勃里修斯踮起了脚尖,轻轻离开了他,几分钟后他又和爱伦一道地走进这病房来了。华伦似乎仍旧是什么也不晓得的样子。他只是用了轻轻的、声气也没有的喉音在说:

"这暗澹的河流,渐渐地到海了。我听见有海里的钝重的浪声。两岸是绿色的。高山也移近前来了。那是树林,我曾在它们之下常常息躺着的树林……树林的黑暗……在这些树木之间却浮出来了一个辉耀的女身……爱伦!"

她踏近了他的床边。这将死者一点儿也没有惊异,只和蔼地微笑着在朝她看。

"天呀天!我还能见到你!"他说,"我晓得你是会来的。"他又喃喃说了些听不清的话;然后静躺了好久。忽而他又叫起来说:"海耳曼!"

被叫者就站在爱伦的边上。

"那个幸福的摆！你明白么？"——一种无邪的同小孩子似的笑容飞过在他的脸上。他将瘦得只剩了皮骨的一只右手举得高高，用示指在空中画了半个摆动的大圈，又追加着说："从前是这样的！"然后又同样地自右到左，慢慢地画了几次短小的半圈，说："现在！"——最后同威胁人似的又将手指停住，坚决而不动地在空中指着："即刻！"——于是他闭上了眼睛，很苦地呼吸了几口气，默默地静躺着了。

爱伦一边哭着，一边将身体俯伏了下去轻轻地叫说："亨利！亨利！"他又将衰弱极了的眼睛开了一次。她将嘴凑近了他的耳边，如泉地涌流着眼泪，轻轻地向他耳里说："我是爱你的，老早就爱你的，还没有把你忘记过。"

"我也老早就晓得了。"华伦很平静地很有自信似的回答说。——他脸上的呆滞的表情立刻就变得和润了一点，有了一点生气。眼睛也很亲爱似的、密昵似的发起光来了，和许多年前头的时候一样。他拿住了爱伦的手，将它拿上了已经是枯燥了的唇边。一脸微笑流露在他的脸上。

"现在你觉得怎么样？"法勃里修斯问他。

"很好很好……"又是那个旧日的回答。他的无力的手指向被单上摸捏了一回，仿佛是想将这被单扯拖举起来的样子。然后将手臂长长地伸上放落，手指也静止地摊着不动了。——"很好很好……"他还轻轻地说了一遍。他似乎沉没在深远的回忆里了。一个长时间的沉默闯入在三人之间。最后他又充满了热意和悲哀将他的已经在散神的眼睛举起，对他的爱人看着，极轻极轻地，嗫嚅地，将一个无力的重音摆在头一个字上，说了一声："很——好。"

废墟的一夜

〔德〕F·盖斯戴客

一八四一年的秋天，有一位年轻气壮的青年，背上背着背囊，手里拿着手杖，在遵沿了自马利斯勿儿特（Marisfeld）驰向味希戴尔呵护村（Wichtelhausen）去的大道，缓慢地，舒徐地逍遥前进。

他决不是一个浪行各处在找工作做的手艺工人；这只须看他一眼，就可以明白，更不必由他在背囊上缚着的那个小小的样子很清趣的羊皮画箧来透露详情。无论如何，依他的样子看来，他一定是一位艺术家无疑。在头上深深斜戴着的那顶黑色阔边的呢帽，很长很美丽的卷曲的鬓毛，及软柔新短的那丛唇上的全须，——总之一切都在证说他这身分，就是他身上穿着的那件在这一个阳和的早上许觉得太热一点的半旧的黑绒洋服，也在那里证说他是一位艺术画家。他的洋服的纽扣是解开在那儿的，而洋服下的白色衬衫呢——因为他是不穿着洋服背心的——却只用了一块黑绸的巾儿在颈下松松系缚在那里。

从马利斯勿儿特算起约莫走了一哩路程还不到的时候，他听见那里教会堂的钟声响过来了。停住了脚，将身体靠住了行杖，他在聚精会神地倾听着这实在是奇妙地向他飞渡过来的钟声。

钟声早就停了，他可是依旧还呆呆地站着，同在梦里似的茫然在注视着山坡。他的神思实在还留在家里，还留在那个小小的融和的讨奴斯山旁（Taunusfgebirge）的村里，留在他的家人，他的慈母，与他的弟兄姊妹之旁。他觉得似乎有一行清泪，要涌出在他的眼睛里的样子。可是他那少年的心，他那轻松快乐的心，却不许这些烦忧沉郁的想头滋盛起来。他只除去了帽子，含着满心的微笑，朝了他所素识的故乡的方向，深深鞠了一躬。然后比前更紧地拿起那枝结实的手杖，重新遵沿着他所已经开始的行程，他就勇猛地走上大道，走向前去了。

这中间，太阳已经在那条宽广的、单调的大道上射烧得很暖很热了，大道上且有很深的尘土成层地积在那里，我们的这位行旅者已向左右前后回看了好多次了，他的意思是在想发见一条比这大道更可以舒服一点走去的步道。当然在右手是有一条岔路来了，但这路也并不见得比他在走的那条大道更会好些，而且这路的去向，比他所指的方向，也似乎离得太远。所以他仍循原路又走了一程，终于走到了一条清冽的山溪之旁，溪上是还有一架古旧的石桥残迹遗留在那里的。过桥去是一条浅草丛生的小路，小路的去向，是山谷的低洼之处。本来是没有一定的目的的他——因为他也不过是为清丽的魏拉河流（Werrathal）的美景所牵诱，此来也原不过想饱饱他的画箧而已，——就从溪流中散剩在那里的大石块高头脚也没有溅湿地渡了过去，跳到了那边的浅草丛生的地上。于是他就在这里的富有弹力性的浅草高头和浓密的赤杨树荫之下，心里满怀了这一回所换的道路的舒服之感，急速地走向前去了。

"现在我却得到了这一点好处了，"他自对自地笑着说，"就是我可以完全不晓得我到的是什么地方这一点好处。这里没有那些无聊的路牌，真是无聊，这些路牌大约在几哩路前就在对人说了，此去下一个地方是叫什么名字，而每次每次记在那里的路程远近却总是不对的。我真想问问他们看，在这里，他们的计算路程究竟是如何在计算的！可是在这里的山谷里，是多么寂静啊，——那也是当然的，礼拜天农夫们还要在野外做什么呢，一礼拜整整的六天他们既不得不在锄后车旁勤劳辛苦，那礼拜天他们当然是不愿意再出来散步的了，早晨在教会堂里的一忽儿安息，才能补足他们的睡眠，中饭吃后，他们当然是要向酒店的桌下去伸伸脚了啦。——酒店桌下——哼吓——像这样怪热的时候，一杯啤酒倒也很不错——可是在我能够得到一杯啤酒之先，在这里的这清清流水，不也可以权消口渴的么。"——于是他就将帽子背囊丢下，走下水边，去任心饮了一个痛快。

因此感到了一点清凉，他的眼睛却偶然看到了一株老残灵奇的柳树，他以熟练的手法画下了一张这老树的速写之图；现在是完全休息过了，心气也觉得清新了，他就又背起背囊，也不管那小路的路线是引他向何方去的，便又开始向前走了。

像这样的，这儿一块岩石，那儿一丛奇异的赤杨树丛，或又是一枝节瘤丛生的櫟树之枝等收了许多速写在他的画箧里，他又约莫逍遥前进了一个钟头。太阳愈升愈高了，当他正决下心来，预备走得更快一点，至少想赶上下一个村子里去摄取午饭的时候，他却看见在他的面前，山谷的道旁接近溪边，一块从前大约是有神龛立着的老石之上，有一位乡下少女坐在那里，她是在俯视着那条他所走来的小道的。

为赤杨所遮住，他的看见她，比她的看见他还要早些；可是当他沿着溪边，正从那个到这时为止把他从她的视线里遮去的树丛里出来的当儿，差不多和这是同时地她就跳了起来，欢呼了一声，竟向着他而跑上前来了。

亚诺儿特（Arnold，这是这青年画家的名字）倒吃了一惊，呆站住了，而同时也马上看出了她是一个同画上的美人儿般美丽的姑娘，年纪怕还不满十七岁，穿的是一套非常奇异，但也非常清洁的农妇的衣服；她伸出了两臂，在向他跑上前来。亚诺儿特也明明知道，她大约总是把他弄错当作了一个另外的人了，而这一个欢欣的接遇总并不是为他而发的——那个小姑娘一到认清了是他也立刻惊惶站住，颜面先变得青苍然后满面通红最后才嗫嚅难吐窘急得什么似的说：

"你你这位不认识的先生，请不要生气，——我——我把你——"

"当作了你自己的爱人看了，是不是？小姑娘！"那青年笑着说，"而现在你却要发怒了，怒恼你在路上遇见了一个另外的，不相识的，与你是完全不相干的生人，是不是？请你不要因为我不是你那个他而发怒才对呀。"

"嗳，你说哪里的话？"那小姑娘感到窘急似的幽幽地说——"我凭什么要发怒呢？——嗳，你正不晓得，我却在这儿非常地欢喜着哩！"

"那么他也不值得你再这样地等待下去了，"亚诺儿特说，他这时候才初次注意到了这纯洁的村女的实在是奇妙不过的爱娇，"假如我是你那个他的说话，那我就一分钟也不教你无谓地在这里等我的。"

"啊，你真说得奇怪，"那小姑娘羞缩地说，"他若是能来的说话，那他就老早来了。或者他是病了也未可知——或者竟也许是——死了。"她缓慢地也是从心底里出来似的叹着说。

"你不听到他的消息，已经是很久了么？"

"嗳，是很久，很久了。"

"那么他的家里总大约是去这儿很远的吧？"

"远么？当然——从这儿去是远得很哩，"那姑娘说，"是在别蓄府斯罗达（Bischofsroda）。"

"别蓄府斯罗达？"亚诺儿特叫着说，"我在那里是在最近住过四星期的，那村里的孩子我差不多个个都认识。他叫什么名字呀？"

"亨利——亨利·福儿古脱（Heinrich Vollgut），"小姑娘羞羞缩缩地说，——"是别蓄府斯罗达村村长的儿子。"

"嗯，"亚诺儿特想了想说，"村长那里我是常在进出的，我的姓字是鲍爱林（Bäuerling），据我之所知，则全村里没有一个姓福儿古脱的人。"

"在那里的人，你或者总不全部都认识吧。"小姑娘辩着说，在她脸上的那一层悲哀忧怨的形容上，却潜入了一脸淡淡的、狡憨的笑容。这笑容在她的脸上，比起先前的那副忧郁的形容来，实在更是相称，更是好看。

"但是若从别蓄府斯罗达来的话，"那青年画家说，"那翻山过来，有两个钟头，也尽可以来了，至多也不过三个钟头。"

"可是他却仍是不来，"小姑娘说，又发了一声沉郁的叹声，"而他却是和我那么确实地约定的哩。"

"那么他一定是会来的，"亚诺儿特很忠心地保证着说，"因为倘若和你约定了，那他是必须有一个坚决如石样的心才忍心背言而不守约——我想你的那位亨利总不至于如此吧。"

"是啊，亨利是不会如此的，"小姑娘也很信用她爱人似的说，——"可是现在我想不再等下去了，因为无论如何我总要回家去吃午饭去，否则怕爸爸要骂起来哩。"

"你的家在什么地方？"

"就在这村谷里一直地进去——吓，你听见那钟声么？——教会堂的礼拜是刚在散呀。"

亚诺儿特倾听了一下，在距离并不很远的地方，他听见有一种慢慢撞击的钟声传了过来；但这钟声并不深沉响亮，却只是尖锐不和谐的，而当他看向那钟声响的地方去时，他看见简直似乎有一层浓密的雾霭遮障在村谷的那一部分上似的。

"你们的这钟是有裂痕的，"他笑着说，"这钟的声音真有点怕人。"

"是的，我也很知道，"小姑娘冷静地回答说，"这钟的声音真不美，我们早想把它改铸了，可是一则我们老没有钱，二则也没有时间的余裕，因为这附近是没有铸钟师的。但是倒也没有什么；因为我们都已听惯了，晓得这钟打的时候是什么意思了，——所以就是这破钟也尽可以通用的。"

"你们的村子叫作什么名字呀？"

"盖默尔斯呵护村（Germelshausen）。"

"从你们那里可以走上味希戴尔呵护村去的？"

"那很容易——走步道而去，怕只要小半个钟头好了——

或者还不要的呢，若你走得快一点儿的时候。"

"那么，小宝贝，我和你一道去吧，去走过你们那个村子：假如在你们那儿有一家好好的旅馆的话，那我就也到你们那儿去吃午饭去。"

"那旅馆只是太好了一点。"小姑娘叹着说，临行时她又朝后回顾了一眼，看看她那所久候的爱人究竟来也不来。

"旅馆哪里有太好的道理呢！"

"对农夫自然是如此的，"小姑娘认真地说，这时候她已在他的边上并着，缓缓地在走向村谷中去了，"农夫于日里的工作完了之后，晚上在家里是还有许多事情要做的，假使他在一家好好的旅馆里晚上坐到了深夜回来，那岂不要把家里的事情耽搁起的么？"

"可是我今天总再没有什么事情耽搁落了吧。"

"城里的先生们是不同的——他们本来就不做什么工，所以也没有多大的事情会被耽搁，而农夫却是要为他们而做工，做出粮食来供养他们的。"

"那倒也不尽然，"亚诺儿特笑着说，——"他们为我们务农（植造）是有之——可是做出工作来供养却还是有待于我们自己的哩，并且我们有时候也很苦，因为农夫的工作，是容易得到相当的报酬的。"

"可是你们是并不在做什么工的呀？"

"为什么不做工呢？"

"你们的手并不是像做工的样儿。"

"那我就马上试给你看看，我是如何地做工而且能够做点什么的，"亚诺儿特笑了，"你且上那丛老的紫丁香花树下的平石上去坐下来吧。"

"我上那儿去干什么？"

"你且坐下吧。"青年画家叫着，就很快地把背囊丢下，把画箧和铅笔取了出来。

"可是我要回家去了！"

"有五分钟就行——我极愿意将你的纪念品留一个在身边，携带到外边的世界上去，就是你的亨利，大约对此总也不会反对的。"

"我的纪念品？——你说得真可笑呵！"

"我想画一个你的像去。"

"你是一位画家么？"

"是的。"

"那好极了——你马上可以把盖默尔斯呵护村教会堂里的画重新点染点染画一画新，因为它们实在是太旧太难看了。"

"你叫什么名字？"这一回亚诺儿特问她说，这中间他早把画箧打开，很快地在画取这小姑娘的娇容的速写图了。

"盖屈鲁特（Gertrud）。"

"你爸爸是做什么的？"

"是村里的村长。——你若是一位画家，那你可以不必上旅馆去；我就马上带你回家去吃午饭，饭后你可以和爸爸商量商量一切的事情。"

"是不是关于教会堂的画的事情？"亚诺儿特笑着问她。

"当然是的，"小姑娘很认真地答他，"那你就非要住在我们那里不行，总得和我们住一个很长很长的时期，直到——我们的日子再来而那些画是完整了的时候。"

"盖屈鲁特，这些事情让我们慢慢地往后再说，"青年画家一边很忙碌地在调使他的铅笔，一边说，——"我且问你，假如我有时候——或者竟是常常要和你在一道，而——又和你说闲话说得非常之多，那你的那位亨利不会生气的么？"

"亨利？"小姑娘说，"他以后怕不会来了。"

"今天自然不会来了啦，可是明天呢？"

"不，"盖屈鲁特完全很平静地说，"他今天十一点钟的时候不来，是不来的了，直要到我们的日子再来的时候止。"

"你们的日子？那是什么意思呀？"

小姑娘只吃一惊似的诚恳真率地朝他看看，可是对他的这一句问语，她仍不回答，而当她把视线擎往罩在他们头上的高空云层上去的时候，她的眼里却现出了一种特异的苦痛和忧郁的表情，在凝视云端。

这一忽儿的盖屈鲁特真有天使般的美丽，而亚诺儿特在急于他的速写画的完成，注意全为这事所吸引，把其他的一切都忘掉了。这中间他并且也没有多少时间的余裕。那小姑娘突然站起来了，把一块方巾向头上一抛，遮住了太阳的光线，她站起来说：

"我非走不行——这日子是那么地短，他们家里的人，全在等着我哩。"

可是亚诺儿特也已经把那张小画画完了，用了几笔粗线，将她的衣服折痕表示出来之后，他一边就将画擎给她看，一边说：

"像不像？"

"那真是我呀！"盖屈鲁特急速地叫了一声，几乎似吃了一惊的样了。

"可不是么？不是你是谁呢？"亚诺儿特笑了。

"你要将这画留着拿了去么？"小姑娘羞缩地差不多是忧

闷地问。

"当然我要拿去的，"青年叫着说，"我若从这里远远地，远远地离开了的时候，也可以常常看看想念你呵。"

"可是不晓得我爸爸答应不答应？"

"是不是说准不准我想念你的话？——他能够禁止我不想你么？"

"不是的——但是——喏，就是你要将画带去——带到外边的世界上去的话呀？"

"他不能阻止我的，我的心肝，"亚诺儿特很亲爱地说，——"可是将这画留在我的手里，你自己是愿意不愿意呢？"

"我么？——那有什么！"小姑娘想了一下回答说，——"假如——只教——嗳，我还是要去问问爸爸才行。"

"你真是一个傻孩子，"青年画家笑着说，"就是一位公主，也不能反对一个艺术家来将她的容貌画取而为自己保留着的呀。对你是并没有什么损害的。请你不要这样地跑走吧，你这傻孩子；我要同你去的呀，——或者你想这样地使我中饭也没得吃，剩我在这里么？你难道忘了教会堂里的画了么？"

"是的，那些画。"小姑娘停住了脚在等着他说；但是急急把画篮收拾起来的亚诺儿特，在一瞬之间，又已走在她的边上了，他们便比前更快地在走他们的路，走向村子里去。

那个村子却距离得非常之近，比亚诺儿特听了那破钟的声音在猜度的距离更近了许多。因为青年从远处看来，以为是赤杨树林的一丛树木，等他们跑近来一看，却是一排以篱笆围住的果树丛林，在这丛林之后深深地藏着的，在北面和东北的方面可仍是宽广的耕地，却是那个有低低的教会堂尖塔和许多被熏黑的村舍的古旧村子。

在这里他们开头也踏上了一条铺得好好的坚实的街道，两旁是各有果树培养在那里的。可是在村子上面的空中却悬着那块亚诺儿特在远处已经看见了的阴郁的雾霭，把亮爽的日光弄得阴沉沉的，致使在那些古旧灰色风雨经得很多的屋顶之上，只有些黄黄不亮、异常阴惨的光线散射在那里。——亚诺儿特对这些光景可是几乎不曾注一眼目，因为当他们走近开头的几家房子的时候，在他边上走着的盖屈鲁特慢慢地将他的手捏住了。把他的手捏住在她的手里，她就和他走入了第二条街。

因与这一只温软的手的一接触，这位年轻气壮的青年竟周身感到了一种不可思议的奇异的感觉，他的眼睛不能自已地在找捉那年轻的小姑娘的视线了。但是盖屈鲁特却并不流盼过来，眼睛优婉地俯视着地面，她只在领导她的客人上她父亲的屋里去。所以最后亚诺儿特的注意就只好分向到那些对他并不招呼一声、只静默地从他边上走过去的村民的态度上去。

他开头就注意到了这一点，因为在这地方近邻的各村子里，走过的人对一位不认识的陌生人至少也该说一声"您好啊"或"上帝保佑你啊"的客气话的，若不说这些的时候，那大家几乎会把这事情当作一宗犯罪的行为来看。在这村子里却并没有人想到这件事情，这些村民只同在大都会里的住民一样，只是静默着无情地走过去了，或只是在这里那里地站立下来朝他们看看——而没有一个人来和他们攀谈一句话的。就是对那小姑娘也并没有一个人说出一番客套话来。

那些古旧的房子，那些有用了雕刻装饰着的尖顶八字式的门面与坚强的被风雨所打旧的草盖的房子，又是多么奇特呀——并且是礼拜天也不管，人家的窗门是没有一扇擦拭得光亮的，那些圆形的镶在铅框里的玻璃，看起来都是沉郁斑斓，在它们的灰垢的面上都只在那里放虹霓的光彩。当他与她走过去的时候，这里那里也时有扇把窗门开开来的，里面也有亲和可爱的小姑娘的颜面或年老有福的老婆婆的颜面在那里看望出来。那些住民的异样的服式也使他感到了奇怪，因为他们的衣服实在是与附近各村的根本地不同。此外且到处只充塞着了一种几乎是万籁无声的沉默，亚诺儿特到最后觉得被这寂默压得苦痛起来了，所以就对他的那女伴说：

"在你们这村里难道把礼拜天守得那么严谨的么？难道教大家遇着的时候也不准交换一句客气话的么！若不是这里那里地听见一声狗叫和鸡鸣，那我们几乎可以把这全村当作是沉默的或死了的地方看了。"

"现在是中饭的时候呀，"盖屈鲁特平静地说，"这时候是大家不想多说话的；因此到晚上怕你要更觉得他们的吵闹嘈杂哩。"

"真要感谢上帝啊！"亚诺儿特叫着说，"那儿却终究有起几个小孩子来了，他们倒是在街上玩儿哩——我已经觉得在这儿有点奇怪起来了，仿佛是怪可怕的样子；在别蓄府斯罗达他们过礼拜天可不是这么过的。"

"那儿是我爸爸的家里了。"盖屈鲁特轻轻地说。

"对他可是，"亚诺儿特笑着说，"我不应该这样出其不意地在吃中饭的时候去打搅他的呀。我对他或者是一个不被欢迎的不速之客，而我在吃饭的时候呢，又只喜欢看到亲和的面色在我的周围的。我的好孩子，还是请你告诉那旅馆的地方吧，或者由我自己去找也行，大约盖默尔斯呵护村总不会和别的地方不同吧？在平常的村子里旅馆总老是紧接在教会堂的边上的，大约跟教会堂的尖塔走去总不至于走错。"

"你是不错的；我们这里原也是和别村子一样的，"盖屈鲁特沉静地说，"可是在家里他们已经在等候我们了，你可请不必担忧，怕他们会对你有不客气的地方。"

"他们在等候我们？啊，你的意思，是你和你的亨利吧？好，盖屈鲁特，假如今天你能把我当作亨利看待，那我就上你那儿去，和你们在一道儿住下去——一直住下去——直到你自己再想赶我出去为止。"

他不能自已地用了极感动的声气将最后的几句话说出，同时又轻轻地将还在捏着他的手的那只纤手捏了一把，盖屈鲁特忽而站住了，张大了眼睛朝他深深地看着，她就开始说：

"你真的愿意这样么？"

"一千一万个愿意。"青年画家被她的奇艳迷人的美色所征服而叫着说。盖屈鲁特可是不再回答他了，就又开始走她的路，仿佛是在深思她同行者的刚才所讲的话的样子，最后她走到了一间高大的房子之前又站住了，一条有铁栏围住的宽大的石级是引入到这房子里去的，站住之后，她又回复了从前的那种羞缩的态度说：

"亲爱的先生，这儿就是我的住家，假如你喜欢的话，那请你和我一道走上我爸爸那里去吧，他一定要以能招你去和他一道吃饭为无上的光荣。"

当亚诺儿特能够回答她些话语之先，在石级的高头那位村长已经走出来立在门口了，一扇窗开了开来，里面有一位老妇人的亲和的颜面在向外看望而在朝他俩点头，这中间那农夫叫着说：

"可是盖屈鲁特，今天你可在外面耽搁得久了，嗳唷，看啊，她又带了一个多么漂亮的美少年来！"

"我的亲爱的村长先生——"

"请不要在台阶上叙客套吧——快请进来；肉丸子早就做好了，否则怕要硬起来要冷了哩。"

"这可不是亨利，"那老妇人在窗里说，"我不是说了么？'他怕是不再来了。'"

"这也很好的呀，娘；很好很好！"那村长说，"这也很可以的。"对这新来者伸出了欢迎的手，他就继续着说："欢迎你到盖默尔斯呵护村来，我们的少先生，那丫头是在什么地方把你拣取了来的呢。现在请进来用饭吧，请随意吃吃——其余的事情我们往后再谈吧。"

他真不让这青年画家有一刻可以作告罪之类的话的余裕，等他一踏上台阶，盖屈鲁特将他的手放开之后，村长就很重地和他握过手，亲亲热热地将他的手夹在臂下引他上那间宽广的居室里去了。

房子里只充塞着了霉败气土壤气很重的空气，虽则亚诺儿特对于德国农人的那一种习惯，就是在房子里最喜欢把新鲜空气统统塞杀，与在夏天也常常把火生起好享受那种他们以为舒服的蒸人的热气之类的习惯，是十分知道的，但到了这里，他也觉得有点奇特了。那间狭窄的进口房间，也觉得有点不大令人快活。墙上的粉刷石灰都已剥落了，仿佛是刚才很匆促地扫集收拾到边头上去的样子。在这房间后部的一扇唯一的幽黑的窗，几乎是一线的外光也透射不进来的，而从这房间引到高一层的住室里去的那条阶梯呢，又是很旧很坏，似乎是年久失修的模样。

可是他在这里并没有可以详细观察周围的余裕，因为一瞬间之后，他的那位好客的主人已把客室的门儿开了，亚诺儿特看自己已经进到了一间虽然不高但也很宽广的房间，在这里的空气是清新的，地上还有白沙铺着，室内当中摆着一张以雪白的桌布罩好的很大的食桌，却与这古旧的房子的周围各种灰陈的设备作了一个很好的对照。

在那个老婆婆之外，——她已经把窗门关上，将她的椅子移向食桌边上来了，在她之外，还有几个双颊红红的小孩子坐在房间的角上；一位强壮的农妇——可是她的衣服也完全和邻村的不同的——为拿了一大盘东西走进来的使女开了门。于是那盘肉丸子就热气蒸腾的放在桌上了，大家就各跑上椅子边上去分受这正合饥饿的人的胃口的饭餐。可是没有一个人坐下椅子来，而小孩子们呢，由亚诺儿特看来仿佛是都在举起了忧惧的视线在朝他们的父亲看着。

父亲走近了他的椅子，将手臂搁在椅上，只静默地沉寂地并且是阴郁地将视线低注在前面的地上。——他难道在祈祷么？亚诺儿特只看见他将嘴唇紧紧地包紧，而他的右手却捏了一个拳头在身边挂落在那里。在他的面上绝没有一种祈祷的表情，依他的样子看来，却只是一种顽强的，可也是未曾决定的骄抗的神气。

盖屈鲁特轻轻地走近了他的身边，把她的手搁在他的肩上，那老婆婆也只一言不发地和他对立在那里，在用了一种忧怨哀恳的视线朝他呆看。

"我们吃吧！"那男子粗暴地说，——"是没有办法的！"将椅子推了推开，对他的客人点了点头，他就自己坐下椅去，拿起那柄很大的食器来替大家分装起菜来了。

这一位男子的这种种行为，亚诺儿特真觉得有点莫名其妙地可怕，并且在其他各人的都似在受压迫似的氛围气中他也同样地不能感到舒畅。可是那位村长并不是将他的中饭来和忧思一道吃的人。他在桌上一拍，使女就又进来，拿了许多酒杯酒瓶来了。与他所倒给人的那种可口的陈酒之来的同时，食桌上的各员中间也马上都感到了一种完全不同的比前更愉快的情怀的恢复。

那种名贵的饮品真像是化成液体的热火在亚诺儿特的血管里循流起来了——他自从出世以来绝还没有吃到像这样的好酒过，——盖屈鲁特也喝了，老婆婆也喝了，老婆婆往后马上就到屋角上她的纺轮边上去坐下了，她并且用了轻轻的音调唱出了一曲歌咏盖默尔斯呵护村的快活的生活的小曲儿来。村长自己也完全像变过了一个人的样子。和前头是异常地沉郁异常地静默时一样，这一忽儿却变得异常地快活异常地高兴了，亚诺儿特当然也不能逃出一种美酒的自然的影响。他也不晓得究竟是从哪里来的，村长的手里却横捏了一把提琴在抽一个很快活的跳舞曲子，亚诺儿特抱住了美丽的盖屈鲁特，就和她在屋里乱舞起来。他俩跳舞得有如此之狂，甚至于把纺轮打翻，许多椅子也被跌倒，而把那个正在把食器收拾搬出去的使女也几乎闯倒，总之他俩演尽了种种可笑的狂跳乱舞，弄得在旁看着的其余的人都笑断了肚肠。

突然之间，室内的一切都沉默了，等亚诺儿特吃了一惊回过来看那村长的时候，他却以提琴的弓子指了一指窗外，就把那乐器仍复收拾到了那只他前回是从这里头取出来的大木箱子里面。亚诺儿特看见外面街上正有一具棺材在从那里抬过。

六个穿着白衬衫的男子将棺材扛在肩上在前头走，后面只冷清清地跟着了一位老人，手里带着一个金发的小小姑娘。老人似被忧伤所摧毁似的在街上走着，但那还未满四岁的小孩，大约是因为还不晓得睡在那黑棺里的是何人的缘故吧，到处若遇着一个认识的人的时候，就在很亲爱地点头，而当看见了两三只狗跑跳了过去，其中的一只闯着了村长的房子前面的石级而滚倒的时候，却很高兴地笑了起来。

但是只当那棺材还看得见的中间室内沉默了一忽。盖屈鲁特走近了青年画家的身边对他说：

"现在你暂时休息一忽儿吧——你跳也跳得够了；否则那猛烈的酒性怕要渐重地逼上你的头来。来吧，拿着帽子，让我们一道去散一回步。等我们回来的时候，正好上那家旅馆去，因为今晚上那里有跳舞哩。"

"跳舞？——好极了，"亚诺儿特很满足地叫着说，"我真来得凑巧呵；你总该和我跳头一个跳舞的吧，盖屈鲁特？"

"当然，假如你愿意的说话。"

亚诺儿特也将帽子和画箧拿起来了。

"你那本书干什么的？"村长问。

"他是画画的，爸爸，"盖屈鲁特回答说——"他已经把我画过一张了。你且看看那张画吧。"

亚诺儿特开了画箧，就将那张速写图擎给那男子去看。

那农夫静静地沉默着看了一会。

"你要将这画带着拿回去么？"他最后问说，"或者将装进一个框子去挂在你的房里吧？"

"那是不行的么？"

"爸爸，你许他带回去么？"盖屈鲁特问。

"假如他不和我们在一道，"村长笑着说，"我也没有什么好反对——但是这画上还缺少一点背景。"

"什么呢。"

"刚才的那个丧葬的行列。——你把那葬式画上这纸上去吧,那么你可以带了回去。"

"但是那个丧葬行列和盖屈鲁特?"

"纸上还空得很呢,"村长很顽固地说,"一定要把葬式画上去才行,否则我不许你带了这只画着我的小姑娘的速写图拿去。在这样的严肃的背景之内或者没有人会想到坏事情上去的。"

亚诺儿特对于这奇怪的提议,就是对一位美丽的姑娘要借一个丧葬行列来作名誉保证的这提议笑着摇了摇头。但是这老人似乎已经决下了心而不能变动的了,为使他满足起见,亚诺儿特就从了他的提议。往后他以为尽能够把这悲哀的添加品很容易地再擦去的。

他以熟练的手法把刚才走过的人物情景画了上去,虽则是只追溯着他的记忆在画的,但他仍将全部都画入在纸上,于是全家族的人就都挤拢在他的身边,表示着很明显的惊异,在看他那种神速的画法。

"我画得还不错吧?"最后亚诺儿特从椅子上跳起,将那张画伸直了手臂拿着在看的时候叫着说。

"真不错!"村长点了点头,——"我真想不到你能这么快地就把它画好了。好,现在是好了,你就和那小丫头出去吧,去看看我们这村子——或者你第二次不能马上有再来看的机会吧。到了五点钟的时候就请回来——今天我们有一个庆祝的盛会,你一定要来参列才行哩。"

那个土壤气重的房间和已经升上头来的酒性把亚诺儿特弄成了一种不畅放的被压迫的气氛感觉,他早在渴慕着外面天空下的自由开放了。几分钟之后他就走在美丽的盖屈鲁特之旁，遵沿了那条贯通村子的大街在逍遥阔步了。

现在路上可没有同从前那么的沉寂了；小孩子们在街上游戏，老人们这儿那儿地坐在门前在看他们。充满着古旧的奇怪的房屋的这地方全部，只教太阳能够通过那层像一块云似的挂在人家上面的深厚紫褐色的烟霭晒射下来，那一定就能够呈现出一种亲和悦目的景象。

"这近边有荒野或森林里在起火么？"他问那姑娘说，"像这样的烟霭是旁的任何村子里所没有的，这当然也不是从烟囱里出来的呀。"

"这是地气，"盖屈鲁特很平静地回答说——"但是你还没有听人说起过盖默尔斯呵护村么？"

"从来没有听见过。"

"这倒也奇怪了，这村子是很古——很古的呀。"

"至少从这村里的房屋看起来是如此的，并且那些村民的行动举止也奇怪得很，而你们的言语也完全和邻近的各村不同。你们大约是从你们的村里很少出去到外间去的吧？"

"很少。"盖屈鲁特简单地答。

"在这里并且一只燕子也没有了？——难道它们已经都飞完了么？"

"唉，早就，"那姑娘呆板地回答说，"在盖默尔斯呵护村它们是不来造巢的。——大约是因为它们不能受那地气的缘故吧。"

"可是你们这里总不是老有这地气的吧？"

"老有的。"

"那么或者你们的果树不生果子，也是这个原因，在马利斯勿儿特今年他们却非要把树枝用支柱来支住不行，今年的果子真生得多呀。"

盖屈鲁特对此也不作一句答语，尽是默默地在他边上在村子里向前走去，到最后终究走到了村子的尽头。在路上她只有几次很慈和地对小孩子点了些头或对年轻的少女中间的一个说几句轻轻的话——大约是关于今晚上的跳舞与跳舞会内穿的衣裳之类的话吧。那些年轻的姑娘在这中间都用了满抱着同情的眼光在朝这青年画家注视，致使他也不晓得是什么原因会变得心里热起来，悲痛起来——但是他也不敢问一声盖屈鲁特这究竟是什么缘故。

现在他们终于走到了村子最外面的几家人家的边上了，因为在村子里头是异常地热闹的原因，所以在这里觉得格外地冷静沉寂，几几乎觉得周围是完全死绝了的样子。那些庭园似乎是很久很久地有许多年数没有人迹到过似的：路上只长着荒草，尤其是惹这年轻的异乡人注意的，是那些果树，果树中竟没有一株生着一颗果子的。

在那里他们遇见了几个自外面进来的人，亚诺儿特一看见就认得他们是刚才搬葬仪出去回来的人物。这一群人只沉默地从他们身边经过，又回向村里去了，两人的脚步便自然而然地走向了墓地中间。

亚诺儿特觉得他那同行的女伴变得很忧郁了，所以尽力地想使她高兴起来，于是就讲了许多他所到过的另外的地方的事情给她听，并且告诉她外面的世界是怎么样的。她从来还没有看见过铁路，并且听也还没有听见过，所以很注意地满怀了惊异在听他的说明。她对于电报以及各种新一点的发明之类，都完全没有一丝的概念，致弄得那青年画家不能了解，何以在德国境内竟能有这样保守的人，完全和外界相隔绝，竟能不与外界发生一点极微细的关系而这样地在生活过去。

在说这些话的中间他们就走到了墓地之内，在这儿那年轻的异乡人就又被那些古代的石头和墓碑之类所惊异了，虽则它们的样子一般是很单纯的。

"这是一块很古很古的石头。"当他伏下身去，看了身边最近的一块石头，费了许多苦心，将石上的蜷曲的文字翻出来后，这样地对盖屈鲁特说，"安娜·马利亚·白托耳特，生姓须蒂格利兹（Anna Maria Berthold, geborene Stieglitz），生于一一八八年十二月初一——卒于一二二四年十二月初二——"

"这是我的母亲。"盖屈鲁特严肃地说，两行亮晶晶的大泪在她的眼睛里涌出，慢慢地洒上她的衣上去了。

"嗳，你的母亲？你这好孩子？"亚诺儿特吃了一惊对她说，"你的曾曾曾祖母吧，只有这是可能的。"

"不是的，"盖屈鲁特说，"是我自己的母亲——爸爸后来又结婚了，在屋里的那位是我的后母。"

"可是在石上不是说是在一二二四年卒的么。"

"那年份有什么关系呢，"盖屈鲁特很悲哀地说，——"像这样地不得不和母亲死别开来，实在是一件最伤心的事情，但也——"她又轻轻地而也很沉痛地加上去说，"——许是很好的——完全是很好的，像这样地她能够先到了上帝那里。"

亚诺儿特摇着头又伏下身去，想将石上的碑铭再仔细点寻探一下，看年号中的头一个二字是不是八字，因为在古代的书法里这也并不是不可能的；但是第二个二字却和头一个丝毫也不差一点，而写的若是一八八四年这年份呢，又太嫌早了，因为一八八四年正还没有到来呢。或者是石匠的错误也未可知，看那姑娘是深沉在故人追怀的沉思里了，他也不想再以大约是她所不乐意的问题去打断她的念头。他所以让她一个人跪下在那块石头的边上在轻轻地祈祷，他自己就又去寻看另外的墓碑去了。但是看来看去，那些墓石上所刻的年份毫无例外地都是几百年前的年号，竟有古到耶稣降生后九百三十年及九百年代的；新一点的墓石一块也寻不出来，可是村里的死者就是现在也还是上这里来葬的，那穴最近的新墓就是一个证据。

从低低的墓地墙上望出去，也看得到一个这古村全村的很好的全景，亚诺儿特马上就利用了这机会，画下了一张速写图来。但是在这一块地方之上，也有那层奇怪的雾霭悬着，而在远一点的近树林的地方呢，他却能看见明亮的日光皓皓地晒在山坡的上面。

村子里那个旧的有裂痕的钟声又响过来了，盖屈鲁特急急地站了起来，将眼睛里的泪痕弹了一弹，她就很亲爱地向那青年打了一个招呼，教他跟着她去。

亚诺儿特马上就走到了她的边上。

"现在我们可不该再伤悲了，"她微笑着说，"教会堂的钟声在响，礼拜已经散了，现在是可以去跳舞去了。你到现在为止大约总以为盖默尔斯呵护村的村民都是阴郁虔敬的人吧；今天晚上你却可以看到相反的事实。"

"可是那边是教会堂的门吧，"亚诺儿特说，"我却不见有什么人出来呀？"

"那是当然的，"小姑娘笑了，"因为并没有人进去的缘故，就是牧师本人也并不进去的。只有那教会的老役人自己不肯休息在那里召集催散地打打钟罢了。"

"那么你们这里的人难道没有一个上教会堂去的么？"

"不——弥撒也不去——忏悔也不去的，"那小姑娘沉静地说，"我们和教皇的争执还没有解决呢，他住在外国人的中间，非要到我们再服从他的时候，他是不允许我们到教会堂去的。"

"可是自从出生以来，我倒还没有听到过这一件事情。"

"是的，那还是很早很早的事情啊，"小姑娘不经意地说了开去，——"你瞧，那不是教会的那老役人么？他只一个人从教会堂里出来，在关门了；他在晚上也不上旅馆里去的，只是一个人静静地坐在家里。"

"那牧师也去的么？"

"我想他是去的——他在众人之中是一个最会寻快乐的人。他把什么事情都不搁在心上的。"

"这些事情究竟是怎么一回事呀？"亚诺儿特问说，实在他对那些事实的惊异，还是对这姑娘的无邪纯朴的态度的惊异来得大些。

"那却有一段很长的历史的，"可是盖屈鲁特却在这样地答他，"而那牧师却把这些事情全部写入在一部很大很厚的书里。你若有兴趣，若懂拉丁文的说话，那你可以去读读试的。——可是，"她忠告着他加上去说，"假如我爸爸在边上的时候，请你不要说起这些，因为他是不欢喜这事情的。你看呵——青年的男女已经各从他们的屋里出来了，现在我却不得不马上赶回家去，去换衣服去，因为我不愿意做落后的最后一个。"

"盖屈鲁特，你的头一个跳舞呢？"

"我要和你来跳，就算约定了吧。"

两人急急走回村里来了，村里的样子却完全和早晨的换了一个相儿。到处只立着在欢笑的青年群众；少女们都装饰穿戴着参加盛会的衣饰，青年们也一样地都把顶好的衣服穿上了。他们从那旅馆的门前经过，看见窗户上都一扇一扇地接连着装有绿叶的花彩在那里，大门之上，且装着有一弯广大的凯旋牌坊。

亚诺儿特因为看见大家都穿着装饰得非常华丽，自家也不想穿了行旅的服饰去夹在这些庆祝盛会者的中间，所以就在村长家里把他的背囊打开，将他的好衣服拿出来穿上，当他准备正完毕的时候，盖屈鲁特已在敲门叫他了。而这小姑娘现在穿上了她的虽简单而也很华贵的衣饰之后，看起来又是何等地美丽呀，实在是要惊骇杀人地美丽呀！她的央请他陪她前去——因为她父亲母亲要迟一忽儿再去——的态度，又是何等地真诚纯挚呀！

"她的对亨利的思慕似乎是不十分能抑压她的柔心的样子。"当他围拉着她的手臂和她一道在刚晚下来的暮色之中走往跳舞场去的时候，那青年私下在想；可是他自然在深留着意，免得将这一类的想头偶尔在言语上流露出来，因为在他的胸里已经有一种特异的奇妙的感觉在流动了；而当他在手臂上感到了那少女的心在强跳的时候，他自己的心也跳动得异常地厉害。

"可是明天我是又不得不走的。"他一个人自己在轻轻地叹着说。可是他在不注意的中间，这叹着的自语已经传到了他那女伴的耳里了，于是她就笑着对他说：

"请你不要为这事情担忧吧——我们是要比什么都长久地在一道了——或者是比你所想的还要长久地。"

"盖屈鲁特，假如我和你在一道的说话，你是喜欢不喜欢的？"亚诺儿特问她说，而同时他觉得满身热血都猛烈地涨向头上脑里来了。

"那还待说么？"那小姑娘诚实地说，"你是又好又可爱——我爸爸也很欢喜你哩，我是晓得的，而——亨利却没有来！"她轻轻地如怒了似的加上了这一句。

"那么假如他明天来了呢？"

"明天？"盖屈鲁特用了她那大而且黑的眼睛深切地注视着他说——"在这中间却隔着一个很长——很长的暗夜呢。明天！你到了明天，大约才能够了解这明天两字是什么意思吧。可是今天还是让我们不要说及那些事情的好，"她简洁地多情地将这话切断了，"今天是一个欢乐的有盛会的日子，我们满怀着喜悦地等这一个日子的到来，已经等得很久很久，真等得太久了，让我们不要把这难得的机会以不快的想头来弄坏吧。——这儿却早到了跳舞场了——那些野青年怕要睁大眼来看看我们哩，假如我带了一个新的对舞者来的说话。"

对此，亚诺儿特本想回答她几句话的，可是从场里面传出来的喧阗的音乐把他的话声吞没了。那些乐队所奏的乐曲实在也奇怪得很——乐曲之内他竟没有一个晓得的，并且向他照耀出来的那些灯火的光头也来得真亮，在起初他几乎是为此而变得眼睛也昏了的样子。可是盖屈鲁特仍旧在引他进去，到了跳舞场的中间，在那里有许多农家的少女正在一块儿地谈着话立着哩。到了这里，她才放开了他，好教他于真正的跳舞开始之先可以看看周围，并且可以和其他的许多青年认识认识。

在最初的几分钟中间，亚诺儿特觉得夹在这许多不相识的生人之中，心里有点不大安泰；况且大家的奇怪的服饰和语言更使他感到了和他们的不能融洽，这一种粗暴不听惯的语音从盖屈鲁特的红唇上响出来的时候，虽然是十分地可爱，但由另外的人说来，却总觉得野暴不适于他的耳朵。那些不相识的青年可是对他都很表示着友好，他们中间的一个，并且走上前来拉了他的手说：

"你这位先生，你的想和我们在一道地住下去是很好的事情——我们过的真是快乐的生活，而那中间的时间呢，却是过去得很快的。"

"什么是那中间的时间？"亚诺儿特问说，其实他对这话的惊异，比他对那青年的已很决定地把这村子代他定作了故乡的这种态度的惊异还来得轻些。"你的意思是在说我要再回到这里来么？"

"那么你想就离开这里么？"那年轻的农夫粗暴地问他。

"明天——是的——或者后天——但是我仍就要上这里来的。"

"明天？——是么？"那青年笑着说——"那就对了——嗳，让我们到了明天再说吧。现在请你来，让我来把我们的娱乐指给你看看，因为你若到了明天就想走了，那么怕你到最后也没有看到这些的机会的。"

其余的人都在互相会心地笑着，可是那青年农夫却拉了亚诺儿特的手引他向这屋内的各处去看去了，屋内到处都紧挤着了许多为快乐所醉的人群。最初他们走过了那间赌室，里头满坐着打纸牌的赌客，在他们的面前都有一大堆的金钱堆着的，其次他们走到了有光亮的石块铺着的投球场。第三间室里是抛环与其他的游戏之室，许多年轻的少女笑着唱着在这里进进出出，并且和那些青年在任意地调情，直到在奏着快乐的曲子的乐队的喇叭突然一响，跳舞开始的信号下了，盖屈鲁特也已经到了亚诺儿特的边上握起了他的手臂。

"来吧，让我们不要落后变成最后的一对，"那美少女说，"我是村长的女儿，所以跳舞一定要由我来开始的。"

"可是那乐曲的调子真奇怪呀！"亚诺儿特说，"我简直合不上拍。"

"你马上就能够合上的，"盖屈鲁特微笑着说，"在最初的五分钟之内你就可以合上了，我也可以告诉你应该怎样。"

除了那些赌钱的人以外，群众大家都欢天喜地地挤上跳舞厅去了，亚诺儿特只因为他手里所抱着的是一个绝世的美人，心想全为这一个美感所摄取，便把其余的一切都忘掉了。

他和盖屈鲁特再四再三地跳舞了好几次，其他的青年似乎没有一个想来和他争夺这美丽的对舞女郎的，虽然在飞舞过去的当儿，其他的少女也有几次来向他调弄的人。使他感到奇异而搅乱他的心的和平的，只有一件事情，那个跳舞场的旅馆原是紧接着那古旧的教会堂的，在舞场之内大家都能够很清晰地听到那破钟的尖锐不调协的钟响。可是钟声一响，马上就会同一枝魔术者的拐杖触到了各跳舞者的身上的一样。乐队在一曲的中间也会突然停止下来；熙熙扰扰在狂舞的群众，也会同就在那个地方被魔术所封锁似的，站立下来动也不敢动一动，大家只是静默着一下一下地在数那长慢的钟声。而等那最后的一下钟声响完的时候呢，那种活动那种狂呼欢跳又会重新开始起来。八点钟的时候是如此，九点十点的时候也都是如此，而当亚诺儿特正想问问这一种奇特的行为的原因的时候呢，盖屈鲁特就会把手指搁上嘴唇禁他发言，同时她的样子也会变得很沉郁很忧伤，终至于弄得亚诺儿特无论如何也不敢再去苦她问她了。

十点钟的时候跳舞停了一下，大约是具有铁铸的消化器的音乐队员就走在各青年之先，走下食堂里去吃取饮食。在那里又是快乐的浓欢的再现；酒只在同江河似的乱流，以致不愿落在他人之后的亚诺儿特，不得不私私地在心里计算，计算他这一个浪费的晚上，在他的本来是并不大丰的袋里将要开成如何的一个大孔，飞出多少的青蚨。可是盖屈鲁特坐在他的边上，和他在共一只杯喝酒，他又哪里能够顾虑到这些劳心的细事呢！——更何况明天她的亨利若来，啊啊？

十一点的第一下钟声响了，那一批正在鲸吞牛饮的快乐儿又忽而沉默了下去，又是那种气也不吐一口的默默的对那冗慢的钟声的谛听。一种阴森森的莫名其妙的恐怖笼罩上了他的全身，他自己也不晓得是什么缘故，只觉得想念他在家中的老母的一个想头逼上了他的心来。慢慢地举起杯来，他遥对他在远处的诸亲爱的人儿干了一杯。

钟敲十一下时，桌上的诸人都又跳了起来；跳舞要重新开始了，大家就又都急急走回到了跳舞的场中。

"你最后的一杯是为谁饮的？"当她又把手臂交给他的时候，盖屈鲁特深沉地问他。

亚诺儿特踌躇了一下，想答又是不敢。若把真情说了，怕盖屈鲁特难免不笑他吧？——但是否否——她在今天的下午不也在她自己母亲的坟边那么深情地祷告过的么，于是就用了轻柔的声气他对她说：

"是为我的母亲！"

盖屈鲁特噤声不答，只默默地和他走上了台阶，——可是她脸上的笑容也没有了，而当他们还没有去跳舞之先，她就又问说：

"你也很爱你的母亲的么？"

"比我自己的生命还爱。"

"她也一样地爱你的么？"

"世上哪有不爱自己的小孩的母亲？"

"假使你不能再回家去上她的身边去的时候呢？"

"那我那可怜的母亲，"亚诺儿特说——"她的心肠怕要因此而寸裂呢！"

跳舞又开始了，盖屈鲁特急迫地叫着说——"来吧，我们是一刻也不能迟延的了。"

跳舞比从前更猛烈地开始了；那些被强酒所激刺的青年，更是狂乱欢呼叫跳了起来，一阵喧嚷几乎把乐队的声音都要压倒。亚诺儿特觉得自己不愿再这样地狂乱了，盖屈鲁特也变得分外地阴沉分外地静默。可是看其他的各人呢，欢嚷只是有加而无已，而在一个小息的中间，那村长却走上了前来，亲亲热热地向青年的肩上一拍，他笑着说：

"我的好画师呀，那很不错，今晚上你请使劲摇跳你的双脚吧，我们在这中间休息着的时候正很多呢！嗳，屈鲁丫头，你为什么作了这一副阴沉的脸色——这和今晚的跳舞却不适合的呀！尽量的快乐吧——吓，又开始了！现在我却非要去找着我那老太婆来，和她跳个最后的跳舞才行哩。你们去入列再跳吧，乐队员又把嘴颊吹张得很大了呵！"——欢叫了一声，他就从正在欢乐的人众中间挤出去了。

亚诺儿特又抱住了盖屈鲁特，正想再去跳舞的时候，她却突然从他的怀中脱出，拉住了他的手臂只向他耳边叫说："来！"

亚诺儿特并没有问她要上什么地方去的余裕，因为她从他的手中滑出已急急走向跳舞厅的大门去了。

"屈鲁小丫头，上哪儿去？"有几个她的女伴向她叫着问她。

"马上就来的，"她只简洁地回答了一声，几秒钟后她和亚诺儿特已立在房子外面的清新的夜空气里了。

"盖屈鲁特，你想上什么地方去？"

"来！"——她又拉了他的手臂向村子里走了，走过他父亲的家里的时候，她就跳了进去，去拿了一捆东西出来。——"你打算怎么样呢？"亚诺儿特倒吃了一惊追问起来了。

"来！"这是她答他的唯一的话，她和他走尽了全村的房子，直到了包围着村子的最外层的围墙之外。他们到这时为止是跟着那条宽广坚实的走硬了的大街在走的；现在盖屈鲁特却从大街折向了左边，走上一堆小而且平的小山上去了，从这山上望去，那跳舞场的照耀得很亮的窗户和大门，却正看得见的。到此她立住了，将手伸出来给亚诺儿特吻捏，一边很动人地从心坎里叫出来似的说：

"请你为我望望你的母亲——再会吧！"

"盖屈鲁特！"亚诺儿特如呆了似的惊异着叫她说，"现在像这样的暗夜之中，你就要如此地送我走了么？我难道有什么话得罪了你不成？"

"不是的，亚诺儿特，"小姑娘才头一次叫他的名字说，——"正——正因为我很爱你，所以你非去不行。"

"可是像这样的我哪能让你一个人在黑暗中走回村子里去呢！"——亚诺儿特叹求着说，"小姑娘呀，你真不晓得我是在如何地爱你，在这几个钟头之间你已经深深地坚确地将我的心儿占去了。你真不晓得——"

"请，请你不要再说了吧，"盖屈鲁特急切地截断他的话头说，"我们还不想如此地别去哩。若那钟打了十二下的时

94

候——大约怕已经只有十分钟了吧——请你再到那旅馆的门口头来——我将在那里等候着你。”

“这中间呢——”

“请你站在这里。请你答应我吧，答应我在那钟未敲第十二下之先决不往左或往右移动一步。”

“我当然可以应承的，盖屈鲁特，——但是到了那时候呢——”

“那时候么就请你来。”小姑娘说，一边又伸手给他和他握别并且回转身想去了。

“盖屈鲁特呀！”亚诺儿特用了很沉痛很伤心的声气叫了一声。

盖屈鲁特在一瞬间似乎犹疑不决似的又立定了下来，然后突然地又向他旋转了身，张着双臂把他的头颈抱住了。而亚诺儿特同时却感觉得了那美少女的冰冷冰冷的嘴唇紧紧地吻到了他的嘴上。可是这只是一刹那的事情，在下一秒钟里她已经从他的身上跑开，跑向村子里去了。亚诺儿特被她的这一种奇特的行动弄得几乎昏呆了，一边在记着他答应她的约守，一边他只直立在那一块她从那里弃他而去的地上。

现在他才初次晓得，天气在这几个钟头之内已经变过了。风在树林里咆哮，天空满被很厚很厚的在飞走的云层遮盖在那里，而一点两点的绝大的雨点却在预告着暴风雨的将次到来。

穿过了阴黑的暗夜那旅馆的灯火还在光亮出来，风自那边吹来，他还听得见一阵一阵的断续的乐器狂噪之音——但是并不长久。他在那地方不过立了几分钟，那老教会堂塔上的钟声就响起来了——同时那乐音就沉默了下去，或者也许是被那咆哮的大风所吞没了的，因为暴风在山坡上吹刮得如此厉害，甚至亚诺儿特为保持重心的平衡防止被风吹倒起见，不得不伏下地去蹲着了。

在他面前的地上，他摸着了那捆盖屈鲁特从屋里替他拿出来的东西，是他自己的背囊和画篓，吃了一惊他就又将身子立了起来。钟声敲过了，暴风从他边上吹了过去，但是在村子里却一个火光也看不见了。在一忽儿之前还在吠着叫着的犬声，也沉默了，从低洼的地方升起了一层厚而且湿的雾来。

"约定的时间已经到了，"亚诺儿特一边将背囊背起，一边在自对自地念着，"我还得和盖屈鲁特去再见一面，我不能像这样地就和她别去的。跳舞是已经完了——跳舞者大约现在总都已回家去了吧，假使那村长不愿意留我过夜，那我可以在那家旅馆里过夜的。——并且在这一个黑暗之中，教我如何地从树林里去找着路来呢。"

小心翼翼地，他又从那个盖屈鲁特带他上来的平斜的山坡上走了下去，想到那儿去走上那条引到村子里去的宽广的大道的，但是在低洼的地方的草树丛里，他摸来摸去摸了半天终究摸不着那一条路。低处的地面是软而且湿，像一个沼泽的样子，穿着薄皮靴的他深深陷了下去，几乎到了脚膝踝上，而他以为应该是坚实的大路的地方呢，却到处都只长着低低的赤杨树丛在那里。虽然是在黑昏之中，他是万不至会在不觉得的中间将那条大路跨过的，因为他若踏着了它的时候，他是一定会觉到的。并且此外他还晓得，那村子的外围墙是横筑在路上的，这一点他总不至于弄错失落跨了过去。但是他虽则心里又急又担忧地寻觅了半天，却终于寻找不着；他寻找着向前进去，地面变得愈软愈湿了，矮树草丛也愈进愈生得密，而且上面都长着了些尖利的刺针，致把他的衣服钩破，手上也被刺得淋漓都染了鲜血。

他难道是向左或向右走了开去，把那个村子走过了么？他不敢再摸走远去了，到了一块比较干燥一点的地方，他就在那里站住，打算在那里候着，候到那旧钟敲一点钟的时候再说。可是等等总是不敲，犬吠声也没有，人的声音也一点儿都没有传渡过来。费了千辛万苦的苦心，身上淋得满身通湿，又为奇冷的寒气弄得发抖，好容易他才又走回到了那个高一层的小山坡上，就是盖屈鲁特和他分开的那一块地方。再从这一个地方起，他也曾试了两三回，想把那丛密林穿过，去寻出那个旧村子来，可是终究没有成功。疲倦得几乎要死的样子，又为一种奇妙的恐怖所充满，他最后才避去了那深陷在底下的、黑漆漆的、阴气森森的低地，而寻出了一株有遮蔽的树来，打算到那里去过夜。

对他是这一夜的时间过去得真太慢了！因为为寒气逼得身上发抖，他在这长长的一夜中间一刻也不能睡着。一息不息地，他只在黑暗中耸耳而听，老是觉得那种尖锐的钟声响了，但谛听一下又发见是被自己的耳朵在欺骗，如此地周而复始，他竟一夜也没有息过。

最后从东天远处有一线初光亮起来了；云也渐渐地散了开去，天上又变得净碧微明，映着星光，睡醒了的野鸟在暗沉沉的树里也轻轻地叫了起来。

金黄的天上，同带也似的一圈渐广渐明地扩张了开来，——他已经能够很明晰地看出周围的树梢来了——但他的视线却终究寻不出那个古旧紫褐的教会钟塔和那些被风雨淋灰的屋顶来。在他的面前，除了几丛荒野的赤杨树丛，和中间散点着的几枝屈曲的老柳之外，什么也没有，什么也看不见。无论是向左或向右的路线也一条都没有，在近旁简直连一个人类的住所的影子都看不见。

天色愈来愈亮了，太阳的光线射在他前面的绿色的平野之上，亚诺儿特怎么也猜不透这个哑谜，就又向山谷低洼之处去追寻了一段。他想必是在暗夜之中，当他在东寻西觅寻找那地方的时候，不自留心，竟迷失了路，从那个地方离开了很远的了；可是现在他却很坚决地决下了心，无论如何想再把那地方寻它出来。

最后他却走到了那块石头边上了，他是叫盖屈鲁特坐在这一块石上来让他画那张速写图的；这一个地方他是无论如何总记得的，因为那丛有生硬的树枝的老紫丁香花太仔细地在说明这一个地点。他现在是很精确地知道了他是从哪一个方向来的，与盖默尔斯呵护村是应该在什么地方的，于是他就急急沿山谷而走回，遵守着昨天他和盖屈鲁特走过的那条路线走去。在那里他也认出了那个有那层阴郁的雾霭遮着的山坡的曲处，他与村里的头几家房子之间，只有那丛赤杨树林之隔了。现在他到那地方了——他硬是穿了过去——可是他又陷在那个昨夜在那里迷陷得很久的低湿的沼泽之中了。

完全没有了办法，对他自己的理性知觉都怀抱了疑念，他总想勉强地走渡过去，可是那种污浊的沼水最后又逼得他不得不再去寻出一块干燥的地来走着，在燥地上他现在只能向前往后地在那里回环踱走。那个村子是完全不见了。

像这样的不得要领的努力大约总继续了好几个钟头了吧，最后他的困倦的四肢也不听他的吩咐了。他纵想再是这样地瞎寻过去也是不可能的了，起码也得先休息一下；这种不得要领的寻觅究竟有什么用处呢？等他到下一个村子里的时候，大约总很容易找一个领路的人来带他到盖默尔斯呵护村来吧，那时候大约路总不会再弄错了。

感到了将死的困倦，他就在一株树下投坐了下去，——他的那套出客穿的好衣服竟糟得不成样子了！——但是现在他哪里还有顾及这些的工夫呢；他拿起画篋，从画篋里又拿出了那张盖屈鲁特的速写像来，心里充满着酸痛，他的眼睛只钉住在那小姑娘的可爱的，真太可爱的脸上，这一位小姑娘现在竟牢牢地，实在是太坚牢地把他的魂灵全部都夺了去了，他发见到这一层的时候，自己也骇了一跳。

忽而他听见背后的树叶儿响了——一只狗却开始叫了起来，等他突然地站跳起来的时候，他看见一位老猎夫离他不远站在那里很好奇似的又很不懂似的在看他那种衣服穿得很好可是样子又似很狼狈的形状。

"多谢上帝！"亚诺儿特对于在这里的遇到这一个人，真喜欢得不可言喻，一边将那张画纸很迅速地放回画篋，一边他就叫着道，"猎夫先生，你的到这里来真像是我所招请了来的一样，因为我相信我是迷失了路了。"

"嗯，"那老人说，"假如你在这丛林里过了一夜——而从这里到那边的啼儿须戴脱（Dillstedt）的很好的旅馆，只有半哩路不到呢——的说话，那我也相信你是失迷了路了。只有天老爷知道，看你那样子是什么样子呀！你仿佛是头脚颠倒地从荆棘刺丛和沼泽泥里通过了来的！"

"在这儿树林之中，你老先生总是通通认得很熟悉的吧？"在比什么都要紧想先知道这里究竟是什么地方的亚诺儿特这样问他。

"我想大约总可以这样说的。"老猎夫一面点火烧旺他的烟斗，一面笑着说。

"最近的一个村子是叫什么名字？"

"啼儿须戴脱——那儿过去就是。你若上了那面的那个小小的高墩，那你就很容易看到它横在你的脚下的。"

"那么从此地到盖默尔斯呵护村有多远呢？"

"到什么地方？"老猎夫吃了一惊，将烟斗从嘴里拿开了问他。

"到盖默尔斯呵护村。"

"上帝请保佑着我！"那老人举起一副惊骇的眼色向周围看了看说，——"这里的树林我是知道得很详细的；可是那个天诛地灭的村子究竟在地底下有几千尺深，那只有上帝知道——并且——那与我们也毫没有一点关系的。"

"那个天诛地灭的村子？"亚诺儿特惊异着问说。

"盖默尔斯呵护村吧——自然，"——那猎夫说，"正在那沼泽的地方，现在是正长着那些赤杨老柳的那地方，总约莫在几百年前吧，听见人说，是有过那个村子的，不过后来它是陷下去了——谁也不晓得是为什么，也不知道是陷上了哪里去了；但是传落来是这样地说的，说它每一百年在一个一定的日子里要升起来在天光里露现一次的——可是基督教徒大约总没有一个人愿意遇到这事情的吧。可是天呀，在丛林里的一夜居停，你似乎过得不很好的样子。你的脸色竟苍白得同乳浆似的。来吧——这儿，到我的瓶里来喝它一口，或者对你是有益的——来吧，好好喝它一口！"

"谢谢！"

"得，得，这只可以算得半口还不到——再使劲喝，好好儿地三倍大地喝它一口——不错——这才是真货，那么现在你好赶快去了，上那边的旅馆去向温暖的床上息息去吧。"

"到啼儿须戴脱去么？"

"当然——再近的地方哪儿还有呢？"

"那么盖默尔斯呵护村呢？"

"请你心好好，不要再叫那个名字了吧，在我们立在这儿的这一个地方。让死者也安息安息，不要去惊动他们的好，尤其是那些连安息也不能保持、而老要出其不意地显现在我们中间的死者。"

"可是昨天那村子还是在此地的哩，"亚诺儿特对自己的理性也几乎失了信用似的叫着说，——"我是往那村子里去过来着，——我还吃、喝、跳舞过的哩。"

那猎夫平静地把那青年的身体面状从上至下地看了一遍，然后他笑着说：

"但是那是叫作另外一个名字的吧，是不是？——大约你是直从啼儿须戴脱来的吧，那儿昨晚上是有跳舞的，而那旅馆主人现在在造的那种强烈的啤酒，并不是个个人喝得下，禁得起的。"

亚诺儿特在回答之先，就把他的画篮开了，把那张他从墓地里看出去画的画拿了出来代作回话。

"你认得这一个村子么？"

"不，不认得，"猎夫摇着头说——"像这样低平的塔，是在这儿附近的全部地方所找不出来的。"

"这就是盖默尔斯呵护村呀！"亚诺儿特叫着说——"那么这近边的农妇所穿的衣服，有像这图上的少女所穿的样子的么？"

"哼，没有的！你画在纸上的，那又是一个多么奇怪的葬仪行列呀？"

亚诺儿特并不回答他；他只把那两张画又收回到画篋里去了，然而一种奇怪的伤痛的感情却穿透了他的全身。

"你到啼儿须戴脱去的路是不会走错的，"那猎夫善意地说，因为他现在有一种隐隐的疑惑起来了，疑心这个青年的头脑或者是有点不正的，——"假若你愿意的话，那我可以陪你一段，陪你到那个我们可以看见它横在脚下的地方；那倒与我的去路相差也不算很远的。"

"很感谢你，"亚诺儿特辞谢他说，"那边过去我自己可以寻得着的。那么只有每一百年间那个村子会浮现到高头来的吧？"

"大家是这样在说的，"猎夫说——"但是那究竟是真是假又哪一个知道呢。"

亚诺儿特把他的背囊又背起了。

"请上帝保佑着你！"他向猎夫伸出手去握着手对他说。

"谢谢，"那猎夫回答他说——"你现在上什么地方去呢？"

"上啼儿须戴脱去。"

"那就不错了——那边你走过山坡马上就可以走上那条宽广的大道上去的。"

亚诺儿特旋转了身，慢慢地遵了他的路线前进。直等走到了山坡之上，从那里看出来，是可以看得见山谷全部的地方的时候，他又停住了脚，回转来看了一回。

"再见吧，盖屈鲁特！"他轻轻地念着说，等他走过了山岭，要从那边下去的时候，他的眼里却急涌出粗而且亮的大泪来了。

浮浪者

〔爱尔兰〕奥弗莱厄蒂

有八个贫民在贫民习艺所医院的病愈调养处的院子里。这院子是一块长方形的水门汀地，一面是食堂，一面是一垛红砖的高墙。一头的尽处是一个便所，其他一头是一所小小的柏油漆的木棚，木棚之内是一间浴室和一间洗面室。天气是非常之冷，因为太阳还没有升到那些簇聚在这院子的周围、几乎使这院子不见天日的建筑物上来。时候是一个阴寒的二月的早晨，大约还是八点钟前后的样子。

贫民等是刚吃过了早餐出来，随处在散立着，不晓得究竟去干什么好。他们吃过的东西倒只会使他们饥饿，而他们的衣服又是不暖的，只立在那里抖着将外衣袖卷好在作暖手的筒儿。他们的毛织小帽搭在他们的头上，有几个还在咀嚼最后的一口面包，有几个想起了在过去有时候曾经饱食过的念头，就不免蹙紧眉头，恶狠狠地注视着地面。

米揩尔·台仰和约翰·菲纳德就照例地垂头丧气地溜入了那间洗面室，背靠住了下水的磁盆漏管台，两脚在死劲地蹬踏地面用以取暖。台仰是很长而很瘦的。他有一张苍白惨伤的面容，并且他的右眼瞳仁四周的那圈虹彩也有点异样。这并不是像另外的一只眼睛似的是蓝色的，却是一种不确定的有点带黄的颜色，这是要使人想他仿佛是一个狡猾、阴险、奸诈的人的，其实这却完全是一个错误的印象。他的头发，绕着太阳穴的地方是很灰色的，别的地方却都很白。他的手指又非常地细长，他又总老在咬着手指甲，注视着地面，深深地没入在沉思的里面。

"冷极了。"他用了一种很幽弱，而满不留意似的声音说。几乎要听不出来的样子。

"是呀，"菲纳德粗暴地回答，他抖擞了一下发出了一声高声的长叹，"唉——"他刚开口说，却又马上停住了，打了两个喷嚏通了通鼻子，就把他的头垂倒在胸膛的前头。他是一个中等身材的胖子，样子还没有消瘦到怎么坏，胖胖的面孔，浑圆而淡红，生着灰色的眼睛，雪白的牙齿。他的黑头发是养得很长的，卷曲在他的耳朵上面。他的手的圆润、柔软、雪白，真像是一位教书先生的手。

他们两背靠着磁盆，站着，不耐烦地沉默着在蹬足，这样过了几分钟，前一晚得准进那医院的那位浮浪者就蹀到洗面室里来了。他寂寂地现身在那木棚的入口之处，在那里迟疑了一会，用他的细小的蓝眼睛向四周探望了一下，敏锐地却也柔和地，正同一只驯良的野兽在森林的一丛矮树里探望出去的神情一样。他的矮胖的身体，站在那木棚的柏油漆的门柱中间，后面是凝灰土的土墙，上面是灰色的天空，简直是在用了似乎要从他的身体里流出来的活力在威吓人的样子。至少在那木棚里的两个垂头丧气无精打采的贫民的眼里觉得他是如此的。他们用了沉郁恼恨的表情，眼睛里闪着羡慕的眼光，额前蹙深了皱纹，肌肤上起了寒栗，看着这一个浮浪者。因为看到了一个活泼大胆毫无顾忌地过他的流浪生活的粗暴大汉，觉得与他们自己的畏怯成性，对人生是疲倦得难堪的生活状态太不相同了。两个人各自在想："你且看看那恶毒的浮浪者的红胖的脸儿。且看看他那双盛气凌人的眼睛，会勇猛得同狮子或小孩的眼睛一样直视上你的脸来，并且又恬不知耻地在背后还有一种温柔的表情映着在哩，仿佛是毫不含恶意似的。看他那一大簇黑胡子，几乎颜面颈项的全部都盖煞了，只留出了一双眼睛，一个鼻头和一条狭红的缝算是嘴巴。啊，我的天啊，看那喉咙头的筋肉，胸口里的长毛，并且在这一个日子里，我是冻都要冻死的了，假如像他那样地把胸膛袒露出来的话！"

他们俩各在这样地想，但两人都不说出来。那浮浪者傻笑了一下——他只略张开了一下他的胡髭，裸出了红的嘴唇和红的牙肉，错落的黑牙齿散列在牙肉的上面，马上就仍旧把他的胡髭闭上了——那两个贫民却不作回答。他们俩是受过教育的人，自然是不屑和这个无礼的污浊的浮浪者结交的，正如他们冷缩在那洗面室里度日，不屑和别的贫民为伍的是一样。

那浮浪者不再注意他们了。他走到了木棚的后部，立在那里，眼睛望着门外在味嚼烟草。其他两人，感觉到了他的存在而兴奋了起来，局促不安地满面作了一副窘迫的形容。终于那浮浪者望着台仰而狞笑了起来，摸索他的外套的口袋，摸出了一枝皱缩的烟卷来给台仰，又笑了笑，点了点他的头。但是他不说话。

台仰已经有一个礼拜没有香烟吸了。他望着那枝香烟，惊异了一下子，他对于夹在这浮浪者的胖腻泥泞的手的拇指和食指间的那枝细小、折绉、龌龊的烟卷儿，渴想得脏腑都发起痛来了。然后他扭歪着脸，勉强地咽下了一口气，讷讷地说："你倒是一个好汉。"便伸出了一只颤抖的手去。三秒钟里，那枝香烟便被点燃起来，他却在吸食那第一口畅快的醉人烟味了。他的脸上辉耀出了一种舒畅的幸福。他的眼睛闪烁着放起光来。他吸了三口后，便想把那枝烟递给他的朋友，这时候那浮浪者却说话了。"不，这枝你自己吸吧，都会里的先生。"他用了平静的和蔼的柔软的口气在说，"我另外给他一枝。"

那两个贫民在吸着烟的中间，他们的无精打采的神情消灭了，却变成了兴致十足而言论滔滔不绝的样子。那两枝香烟把介在他们自己和那浮浪者中间的一道不信托与蔑视的障碍打破了。他的出人意外的宽宏大量的行为，正可以将他的胡髭与衣衫褴褛的情形相消杀。他穿着的不是贫民的制服，却是一条满是补钉的厚绒长脚裤，许多件洋服小背心，与一件五颜六色的破碎得不堪的外套，这些东西乱七八糟地都堆在他的身上，并不用钮子来扣住，只用了一串绳束捆住在他的腰里。他们认他为朋友了。他们开始对他说起话来。

"你是只进来过过夜的吗？"台仰问他。仍旧含有一种屈位下交的自谦的语气。

那浮浪者点点头。几秒钟后，他把烟草从本来含着的嘴角滚转到另一只嘴角去，吐出了一口在地上，束了一束他的长脚裤。

"是的，"他说，"我昨天从屈劳海大走来，我到杜勃林的时候是疲倦得像只狗了。我自己想想，唯一的可去的场所是这里了。我正需要一个可以把身体洗清的浴，一张好的床，一宵安静的睡，而我却只有九个便士，一块排肉，一点儿马铃薯，和一个洋葱头在身边。如果我买一张床睡，那么，这些东西统都要花费完了，而现在我却已经得到了一夜的好好的睡眠，一个温暖的洗浴了。但我的九个便士和我的伙食仍旧一点也还没有花去。到了十一点钟，我一出这里，马上就又要启程走了，今夜不知将在什么地方下宿之前，也许要走十五英里的路呢。"

"但是你怎么得进这医院房里来的呢？"菲纳德问他，带着一种妒忌的神气对那浮浪者望着。那枝香烟使菲纳德的饥饿感觉得更加厉害了，并且那浮浪者说那天要走十五英里的路然后找一个地方下宿的那种将内衷陈诉的口气，也使他兴奋了。

"我怎么得进来的吗？"浮浪者说，"这是很容易的。近年来我的右腿上生了一种斑肿。这使得我每逢碰到贫民习艺所的时候，总叫我进医院房去。这是很容易的。"

三人之间又沉默起来了。那浮浪者走到门口去，看那院子。上面的天空仍旧是灰暗萧飒。两个钟头前洗涤那水门汀的院子所浇的水，仍旧是一滴滴地在闪亮，致使一块块的小潭错落地散满在那里。空气里毫无一点热力能使水蒸干。

其他六个贫民，三个扶着杖的老人，两个青年和一个满面瘰疬的少年，都在颤摇地走来走去，神气很疲倦地在讲话，并且贪食地在张望那食堂的窗子，那里面，那个管理食堂的老头儿尼台在预备午饭的面包和牛奶。那浮浪者看完结了这些，便耸了耸他的肩头，走回到那洗面室的里面。

"你在这里多少时候了？"他问台仰。

台仰把他的吸剩的香烟头在他的靴子上触熄了，把那熄灭的烟头放到他的帽子的夹层里去，然后说，"我在这里六个月了。""你是受过教育的人吗？"浮浪者说。台仰点点头。那浮浪者望着他，走到门口去吐了一口痰，又走回到先前的地位。

"我要说你是个傻瓜，"他非常冷淡地说，"你的相貌并不是像有什么病的。不管你的头发怎样，我敢赌着东道说你决不会比三十五岁年纪更大的。嗳？"

"这正是我的岁数，但是——"

"且慢，"浮浪者说，"你的相儿是自在得像并没有什么的，这是春天的早晨，而你却不到街路上去浮浪，只闲费着光阴在这里，把你的心消磨尽于饥饿和贫苦之中。真是枉为了男子！你是疯的罢了。就是这一点。"他用舌头做出一种好像赶马的噪音，动手拍他自己的袒开的胸膛。他每拍一下胸膛，便有一声沉浊的响音出来，好像是远方的雷音。这声音是非常地响，响得台仰一径不能够说话，直等那浮浪者到停住不拍他的胸膛为止。他站在那里，动着他的嘴唇，瞅着他的右眼，因为听了那浮浪者所说的话在不安、兴奋，并且还在妒忌着这人的顽健和耐久，敢在这样冷得要死的天气，竟如此地拍着他的袒露的生满毫毛的胸膛。这种重拍是要把台仰的肋骨都打断，而这种袒露是要使台仰生肺炎的。"你说说自然是很容易。"他不服地咕噜着，随即他便住口不说了，只眼望着那浮浪者。他想对一个浮浪者去谈个人的私事是很可笑。但是在那浮浪者的虎视眈眈的目光中，却有些挑衅的、盛气凌人的，并且绝对不动情感的神气在那里，因而就驱散了他那蔑视的感情。台仰因此却感到了他有自己辩护的必要。"你怎么能够了解我呢？"他继续说，"在你所能看到的范围以内，我是不错的。我并没有什么病，不过只在背上生有一点儿小斑肿，这是由于食物不良、饥饿与……屈辱而生出来的。我的心是有病的。但当然你是不能了解的。"

"对啊，"菲纳德说，他不愉快似的把香烟从鼻孔里喷了出来，"我常常羡慕那些无思想的人。我希望我是一个种田的农夫。"

"嘿。"那浮浪者沉重地高喝了一声，随即他便放声大笑，蹬蹬足，拍拍胸膛。他的黑胡髭笑得发颤了。"慈悲的圣母啊，"他高声叫着说，"你们真使我发笑，你们两个。"

那两个人移动了脚跟局促不安了，咳着，不说一句话。他们忽然觉得他们的那种蔑视这浮浪者的想头是很可羞的，几分钟前这一位浮浪者却是给他们香烟吸的呀。他们忽然觉得了他们是贫民，是潦倒的人，并且因为对于一个同伴是浮浪者的原因而高抬起身价来，便是卑陋得很的人。他们不讲话。那浮浪者收住了笑，也严肃了起来。

"听着，"他对台仰说，"你从前服务任文职的时候是做什么的，这是照人家问军人的说法，你到这里以前是做什么的？"

"噢，最后的职业我是做一个律师的书记的，"台仰喃喃地答，咬着他的指甲，"但那不过是暂时之计罢了，我说不出我有过什么久长的职业。不知怎样我似乎总是在浮动的。我从大学刚出来的时候，我想谋一个外文官职，但是失败了。我便在铁龙尼地方，我的母亲那里，家居了有一年的光景。她是有一点小产业在那里的。然后我便到这儿杜勃林地方来了。实在我在家里闲荡得厌烦了，当时我想无论什么人都在可怜我。我看见无论什么人都结婚了，或者做事情去了，而只有我却在虚度光阴，吃着母亲的老米饭。所以我就出来了。带着两只皮箱和八十一个金镑到了此地。到了这一个五月的十五那便是六年整了。那一天也是一个美好晴朗的日子。"

台仰的悲伤的语声沉寂了，他咬着指甲，望着地面。菲纳德在试吸他的香烟的最后一口烟。他把他的烟头夹在他的指头间，而尖出了嘴唇，好像在喝滚热的牛奶似的在吸。那浮浪者默默地又给了他一枝香烟，然后回头对台仰说。

"你那八十一个金镑做什么用了的呢？"他说，"你是喝酒喝完了的呢，还是送给了女人？"

菲纳德，正享乐着他刚刚燃着的第二枝香烟，哄笑了一声，说道，"哈，是女人弄完了他的钱，她们实在是许多男人一生的祸根呀。"但台仰忽然跳了起来，他的面色发白了，他的嘴唇颤动了。

"我能够保你相信我，"他说，"我一生从来也不曾接触过女人。"他停住了，好像是在驱逐出被那浮浪者所提出的问题而惹起的他的心里的恐怖。"不，我不能说我是把钱喝完了的。我不能说我究竟做了些什么事情。我不过是做做这样，做做那样，变动不定地做了些事情。不知怎样，我似乎觉得我总不会成大事业的了，随便怎样过日子在我都是不十分要紧的了，横竖我是要潦倒的了。所以也许我一下子也曾喝过一次过度的酒，也许买跑马票输去了几镑金钱，但这些却都是不关紧要的。不，我的沦落实在是因为我似乎是天然地要沦落下去的，我不能振作起来阻止我自己的沦落。我……我在这里已经六个月了……我料想我是要死在这里的了。"

"啊，那真是要命。"浮浪者说。他把两手交叉在他的胸膛里，他的胸膛是随着他的厉害的呼吸而在突出缩进。他守望着台仰，在不绝地点头。菲纳德是听过台仰的身世，早已听过几百次，早已听得详详细细的了，所以他只耸耸肩，嗅动嗅动鼻子，说："算了吧，这是一个可笑的世界。如果我不为酒色，哪得会到这里来呢。"

"可不是么？"浮浪者说，"你这话又从怎么来的呢？"

"岂不是么？我敢赌着咒说，"菲纳德，说着从他的嘴里却喷出了一口青色的浓烟来，"今天我原得为一个富人了，假若不是为了酒色的话。"他交叉着两脚，装腔作态地背靠着那磁盆的架管，两手伸在前面，右手指轻轻地拍着左手背。他的胖圆的脸，生着笨重的颚骨，是转向着门口的，神气是自私自利、愚蠢、残酷的样子。他笑了，幽声地说，"啊，孩子们，啊，孩子们，当我一想到这个。"他咳了一声，耸耸肩。"你相信吗？"他转向那浮浪者说，"我在最近十二个月里花去了五千金镑的钱。这是事实。我敢以灵魂赌咒，这是事实，我曾经用去的。我诅咒得到这笔款子的那个日子。两年以前，我一径是个幸福的人，我开设一个最好的学堂在爱尔兰南部。后来，我的一个姑母从美国回来了，便同我的母亲和我自己在一块儿住着。她住了六个月便死掉了，遗下了五千金镑给我母亲。我便从那老妇人的手中弄到了这笔款子，上帝恕我吧，然后是……啊啊，"菲纳德严肃地摇着头，耸起眉毛来，叹了口气，"我不失悔，"他继续着说，斜视着那洗面室的水门汀地上的一个黑斑点，"我当时清醒的日子，只有屈指可数的几日呀。到现在我却愿以一个月的生命去换一杯茶和一块大面包了。"他蹬足，拍手，又嘎声地大笑了起来。他的粗头颈笑得抖动。然后他又恢复了愁容，说，"希望我有一个便士。打九点钟了。我真饿得快要死了呀。"

"嗳？饿么？"当菲纳德在说话的中间，那浮浪者却陷入于一种半醒半睡的状态去了。他跳起来，搔搔他的裸袒的头颈，然后摸索了半天他的上身的衣裳内部，自言自语地在呢哦着。终于他摸出了一只小袋来，从那小袋里取出了三个便士。他把便士给菲纳德。"买我们三个人的点心吧。"他说。

菲纳德的眼睛闪亮了，他用舌头舐着下嘴唇，然后就不说一句话而溜跑出去了。

在那个贫民习艺所的医院里，不知从什么时候起的，却生成了一种习惯，便是那个管理食堂的贫民，得从那医院制定的伙食里暗中偷取一点茶汤面包之类，而把这些东西在九点钟的时候再作为额外的食品去卖给其他的贫民，每客一便士。那医院长对于这种偷窃的行为，是佯作不见的，因为他自己的一切伙食，也完全是从贫民医院的开支中偷窃来的，而他的这种行为，那贫民习艺所的所长也是佯作不见的，这又因为那贫民习艺所所长自己也有别种的不法行为在的，所以他不敢叱责他的部下的人员。但菲纳德却并不去管这些事情的。他溜进了食堂，捏着三个便士在老尼台的面前，轻轻地说："三客。"尼台，一个瘠瘦干皱的老贫民，生着一张极厚的红下嘴唇，仿佛像一个黑奴，站在火炉前，两手交叉在他的龌龊的柳条围胸裙的下面。他数了数那三个便士，呢哦着，然后就放到了他的袋里去。在二十年中间，他像这样地已经积蓄了九十三镑的金镑了。他没有亲人族类可以把这笔钱遗赠给他们的，他也并不要花费一个钱出去，而且也不会离开那贫民习艺所的，除非是死了的时候，但是他却还在积蓄着钱。积蓄钱是他生平的唯一的快乐。他每逢积得了一先令的便士，便去掉换银的先令，银的先令积得成了数目，他便去换相当的钞票。

"人家说他是已经有一百金镑了，"菲纳德心里在想，当他看着尼台安放那便士的时候，他却馋得渴起来了，"希望我能知道他那钱是藏在什么地方的。我现在就可以把他在这里勒死，然后可以去拿了钱来海用一下。有一百金镑呀。我可以去吃，吃，吃，并且还可以去喝，喝。"

那浮浪者和台仰没有说一句话，一直到菲纳德回来，他捧着一块白松板，上面载着三碗茶和三块面包。台仰和菲纳德马上便狼吞虎咽地喝起茶，撕起面包来了，但那浮浪者，却只喝了一点茶，然后把他的面包拿起来，撕裂为二，分给了那两个贫民。

"我不饿，"他说，"我的伙食是自己带在身边的，等一走上了那旷野的大道，我马上就可以坐下来烧煮饭吃。今天天气也变成一个真正的春天了。看那太阳啊。"

太阳终究升到砖墙上面来了。照进了院子里，把一切东西都照得光亮。虽然天气还不暖，但能使人感到舒适而有生气。那天空也已经变作洁净的纯蓝色了。

"这岂不是要使你跳起来叫起来的么？"浮浪者叫着，很快乐地蹩起足来。他看见了太阳就兴奋得很了。

"我是宁愿看见我面前有一顿很好的饭餐的。"菲纳德满口含着面包，讷讷地说。

"你说怎么样，都会里的先生？"浮浪者说，站在台仰的面前，"你难道不喜欢现在像这个时候沿着一条山路走去，有一条河在你的脚下山谷里流着，太阳直晒着你的背脊的吗？"

台仰黯然地注视了一下，做梦似的笑了一脸，然后叹了口气，摇了摇头。他喝着茶，一句话也不说。那浮浪者走到木棚的后面去了。一直到了他们吃完面包和茶，无人说一句话。菲纳德收拾起碗盏来。

"我把它们送回去，"他说，"也许他们会要我到那厨房里去要些东西的。"

他一去便不回来了。浮浪者和台仰都陷入到了一种沉思的半醒半睡的状态里去。大家都不说一句话，直到钟打了十点。那浮浪者自己耸耸肩，走向了台仰的身边，拍拍他的手臂。

"我是在想你所说的……所说的你怎样过的你的生活，我心里自己想，'唉，那个可怜的人说的却是真话，他是一个老实人，看他在这里浪费他的生命，真是可怜的。'这便是我心里对我自己说的话。像另外的那个家伙呢，他是坏东西。他是个说谎的滑头。他或者会仍旧回到他的学堂里，或者也许会到别的什么地方去的。但你我是都不能成为体面的正经市民的。都会里的先生，我们俩是天生成的浮浪者呀。不过你总没有下一番决心的勇气。"

那浮浪者走到门口去吐了口痰。当他在说话的时际，台仰是在疑惑地望着他，现在台仰不安地移动起站立的地方来了，皱紧了额头。

"我不能够跟你的。"他神经过敏地说，张开着嘴正要继续说下去的时候，忽然他又记起了这人是个浮浪者，同他讲道德上的行为是不配的。

"当然你不能够，"浮浪者说，走回了他的先前的地位，然后他把两手插入了袖管，把他的香烟从本来含着的嘴角滚动到还有一只嘴角边去，"我知道你为什么不能够跟我去的原因。你是一个天主教徒，你信仰耶稣基督和圣母马利亚和神父教士及一个后世的天堂。你喜欢被叫作正经而去尽你的义务。你是天生像我自己一样的一个自由人，不过你却没有了勇气……"

"算了吧，喂，"台仰叫唤着说，语气是受惊而带怒的，"不要说那些废话了吧。在——你的——香烟和食物上，你是很可感谢的，但我不许你在我面前诅咒我们的神圣的宗教。真可怕，哼。"

浮浪者默默地笑着。沉默了几分钟。然后他走到了台仰身边，捉了他的右手狠狠地摇动着他，而又大声地在他的耳边高叫说，"你是我所碰到的人中间的一个最大的大傻瓜呀。"于是他就放声大笑，走回了他本来的位置。台仰开始想那浮浪者不要是疯了的吧，于是气愤便渐渐地平了，不再说一句话。

"听着，"浮浪者说，"我是生来就卑贱的。我的娘是一个渔夫的女儿，我的法律上的父亲是个种田的人，但我的真正的父亲却是一个贵族，这是我十岁时才知道的。这便是使我对人生有一种不信任的偏见的原因。我的父亲把钱给母亲教养我，当然她要我去做一个宣教师。我自己想，什么都不管，世间的事情岂不都是一样的么？但是当我二十三岁的时候，再过两年便可以授职为候补牧师的时候，一个女仆却产生了一个小孩下来，我便被驱逐出来了。她跟着我，但过了六个月我便抛弃了她。她自生了小孩之后样子一点儿也不好看了。从此后我就不曾爱见过一眼她或那小孩。"他停住了，痴笑着。台仰咬着嘴唇，他的面孔因嫌恶而扭歪了。

"后来我便流浪了，"浮浪者说，"我对我自己说，在这个世界上想做些什么事情，实在是傻瓜做的把戏，人生只教有得吃，有得睡，享乐享乐那太阳，那大地，那海洋，和雨就对。那是二十二年前了。说起来我可以自傲的，这二十二年中，我从未曾做过一天工作，也从未曾害过一个我们同类的人。这便是我的宗教，并且这也是很好的宗教。像鸟儿般地活着自由自在的。这是一个自由人生活的唯一的方法。向镜子里看看你自己吧。我比你大十岁，而你还看起来老得可以当我的父亲呢。来吧，喂，今天同我去流浪吧。我知道你是个老实家伙，所以我要告诉你些方便的法门。从今朝起，六个月后，你便将忘掉你曾经是一个贫民或书记了。你说怎么样？"

台仰思考着，在注视着地面。

"不论什么事情总比这浮浪好些，"他讷讷地说，"但是……慈悲的上帝呀，变作一个浮浪者是什么话啊！在这里我还有机会恢复到正经生活去的一日，但一变作了浮浪者后，那我就完了，完结了。"

"完结？你会完结、丧失点什么呢？"

台仰耸了耸肩。

"我总可以有得一职业的希望。总有人会到这里来物色我的。总有人会死掉的。其中总有事情会发生的。但如果我一做浮浪者啊……"他又耸了耸肩。

"所以你宁愿在这里做贫民吗？"浮浪者问他，带着一种傲慢的，一半也是蔑视的冷笑。台仰畏缩了，他忽然觉得他的脑里生出了一种狂热的渴望，渴望着做些疯狂的不顾一切的事情。

"你是一个好家伙，"那浮浪者继续说，"宁愿在这里偷懒，和老人及无用的废物等一同地腐溃下去，不愿出去到自由的空气里去飞翔。你真枉做了一个男子汉呀！振作振作吧！与我和衷共济地一道出去，现在我们一同去恳求释放出去吧。我们可以一同步行到南方去。你说怎么样？"

"天晓得，我想我愿意去的呀！"台仰高叫着说，眼睛里放出了闪光。他兴奋地在那木棚内兜圈子，走到门口去看看天空，又从新走回来望着地面，手足不知所措地尽在抽动。"你想，这是可以的吗？"他还是在继续着问那浮浪者。

"当然是可以的，"浮浪者还是继续着在回答，"和我一同去恳求医院长释放你出去吧。"

但是台仰却不愿离开那木棚。他对于重要的事情，在一生中从来也不曾能够有过一个决心。

"你想，这是可以的吗？"他还在继续着不断地说。

"唉，可咒骂者在此，这岂不是一场笑话么？"那浮浪者最后就这样地说，"请你老住在这地方吧，祝你好，再会。我是要去了。"

他走出了那木棚，走过了院子。台仰伸出着手，向前抢上了几步。

"我说——"他刚开口说，马上又停住了。他的脑袋里急旋着碧绿的田野，滚滚的山泉，笼罩在蓝雾里的山冈，与在车前草生满的田上空处的云雀的高歌，但总有点物事在绊住他的腿，使他不能放开两脚，跟上那个浮浪者的后面而追赶上去。

"喂，我说——"他又开始了，但又忽然停住，而他的颜面却颤动了起来，额角头钻出了几粒珍珠似的大汗。

他终于不能决下心来。

一位纽英格兰的尼姑

〔美〕玛丽·E·威尔金斯

午后也已经是向晚的时候了。光线正在昏暗下去。外面院子里的树影也变过了样子了。从远处传来，有些乳牛的鸣声，和小铃儿的丁零摇振之音。农场的小车，有时颠摇过去，路上就飞起一阵灰来。几位穿蓝衬衣的农夫，也肩荷着锄铲，慢慢儿拖着笨重的脚步走过去了。在软和的空气里有小队的飞蝇在行人面前上下地飞翔鸣动。事事物物之上，仿佛是正只为了将归沉寂的原因而起了一种幽微的摇动——这实在也正是一种沉静寂灭和夜色将临的前兆。

这一种淡淡的日暮的摇动，也感染到了露衣莎·霭丽思的身上。她在她的起坐室的窗前和平沉静地缝她的针线已经缝了一个下半日了。现在她很小心地把针儿插入了她的正在缝纫的衣服之中，把这衣服折叠得整整齐齐，更和她的顶针和线球剪刀之类一道地安放入了一只手提篮里。露衣莎·霭丽思在她的一生里从没有把这些妇人缝纫用的随身小件乱放遗失过一次，这些随身的用具，因为使用得很久和长不离手的原因，几几乎是已经变成了她自己的形体的一部分的样子。

露衣莎在胸前腰际缚上了一条绿色的胸围，取出了一顶周围缀着绿色丽绷的平顶宽边的草帽来。然后拿了一只蓝青的粗窑小碗，她为摘取夜点心的莓果而走到了园中。莓果摘取之后，她就坐下在后门台阶的段上，在那里摘下这莓果的茎来，很小心地把摘下的茎干又收聚在胸围斗里，然后她就把这些不要的茎干丢入了鸡笼。她又向台阶边上的草里深沉看视了一番，看她自己究竟有没有把茎干之类遗掉在那里的草间地上。

露衣莎的行动是很慢很沉静的。为准备一餐夜点心，她不得不费许多的功夫。但当准备好了之后，她却总把它安放得齐齐整整，看起来真仿佛她是她自己的一位尊客的样子。那张小方桌正摆在厨房的中心正中的地方，上面盖着一块浆得硬挺挺的麻纱桌布，桌布边沿上有种种的花形在那里放光。露衣莎有一块蔷薇色的绫巾罩在她的茶盘之上，茶盘里排放着一只满贮茶匙的细纹玻璃杯，一个收盛奶油的长银瓶，一只细磁的糖碗，一副淡红细磁的茶托和茶杯。露衣莎每天用的尽是些细致的磁器——这是她和她的左右近邻们绝对不同的一件事情。邻居们关于这一点也在他们自己的中间在幽私地说长道短。因为他们在平时的饭桌上用的都是些平常的粗窑陶器，他们的最好的全副细磁器具，常宝藏在客厅的食器架上的，而露衣莎·霭丽思也并不见得比他们富裕，并不见得比他们更高一等，可是她却老在用那一种细磁的食器。她的晚餐的蔬菜，是一满玻璃盆的糖拌的莓果，一碟小圆烧面包和一碟脆白的饼干。还有一两叶卷心洋莴苣菜的菜叶，是经她切得很细致优美的，也摆在那里。露衣莎最喜欢这洋莴苣菜，在她那小小的园里，她是把这菜培养得十分完美的。虽然是很少量很文雅地在吃，可是她却吃得很称心；看她那种吃的样子，觉得一堆颇不少的食物竟会消蚀下去的这件事情，简直是一件奇事。

吃完了夜点心之后，她就倒满了一碟烤得很精致的小圆薄面包，拿着走到了后面的院子里头。

"西撒！"她叫着说，"西撒！西撒！"

院子里听得见一种突冲的声音和一条链子的击响，半隐藏在高茎杂草和花枝中间的一间小小的狗舍门口，就现出了一只大的黄白犬来。露衣莎拍拍它的头，把那碟小圆薄面包给了它吃。于是她就回转到屋里，去细心地洗涤茶器，揩擦细致杯碟去了。黄昏的黑影深了起来；从开在那里的窗口飞进来的蛙唱的声音，异常地响而且锐，忽而一阵尖锐的长响又侵入了窗来，是一只雨蛙的鸣声。露衣莎脱去了她的绿色棉布的胸围。里面露出了一条红白印花的较短的棉纱胸围来。她点上了洋灯，就又坐下去再去缝她的针线。

约莫半点钟之后，爵·达盖脱走向她的屋里来了。她听见他的沉重的脚步在步道上走，就立了起来脱去了那条红白印花的胸围。在这印花胸围之下另外她还有一条穿在那里——是一条下面用细麻纱镶着滚边的白葛布的胸围；这是当她接待客人的时候才服用的东西。若不是有客人在面前，她总是把那条缝纫时用的棉纱胸围罩在这条白葛布的胸围之上的。她用了一丝不乱的急速的手法把那条红白的胸围折叠得好好，然后又把它收藏在一只桌子的抽斗里面，恰正在这个时候门就开了，爵·达盖脱走了进来。

他一走进来就仿佛是全间屋里都充满了他的行动身体似的打破了这屋里的和平沉静的空气。本来是睡着在南窗前的绿笼里的一只黄而且小的金丝雀惊醒了转来，在笼里不安似的振翻摇动，把它的两只黄小的翅膀死劲地在向笼丝扑打。这小鸟当爵·达盖脱走进这屋里来的时候总没有一次不是这样的。

"请你的晚安。"露衣莎说。她伸出她的手去，仍保持着一种谨严恳笃的态度。

"请你的晚安，露衣莎。"这男子用了粗大的声音回答她。

她替他摆好了一张椅子，两人就隔住了一张桌子而遥遥相对地坐下了。

他挺身坐在那里，把他那双粗重的脚端端正正地伸着，做了一种适意的谨严的态度在看周围屋里的样子。她虽也坐得很直可是优婉得可怜，把她那双纤手安放着在白葛布的膝上。

"今天真是一天好天气呀。"达盖脱说。

"嗳，天气是真好。"露衣莎柔婉地附和着说。停了一会，她又问他，"你今天在晒干草么？"

"是的，我今天晒了一天的干草，在下面十亩地的大空场里。真是了不得的苦工。"

"可不是么？"

"是啊，是在太阳火里的苦热的工作呀。"

"你母亲今天好么？"

"嗳，母亲是很好的。"

"李丽玳儿现在是在她那里吧？"

达盖脱涨红了脸。"是的，她是，在她那里。"他迟迟地回答了一声。

他的年纪已经是不很轻的了，可是在他的那张大脸上却还映着一种小孩子似的神气。露衣莎的年纪并没有他那么大，她的颜面也要比他的白净光洁些，可是看将起来总觉得她似乎要比他老一点的样子。

"我想她一定是很能帮助你母亲的。"她又继续着说。

"我想她是的；母亲若没有了她，我怕她老人家将不能够过去哩。"达盖脱说，表示着一种困惑的热情。

"她真像是一位很能干的姑娘。并且她也很好看。"露衣莎说。

"是的，她的相儿是很好看的。"

忽而达盖脱弄起摆在桌子上的书本来了。桌上有一本红方的署写姓名的册子和一本少妇的礼赠之书摆在那里，原系是属于露衣莎的母亲的东西。他一本一本地拿了起来，打开来看了一下；然后又把它们搁下，把那本署写姓名的册子搁上了那本礼赠之书的高头。

露衣莎含了一种柔婉的不安的样子尽在守视着那两本书。最后她终究站了起来，把书本的位置换过，将那本署写姓名的册子换放成了底下的一本。这是这两本书的本来摆在那里的样子。

达盖脱作了一脸稍觉难受的微笑。"把两本书中间的任何一本摆上了高头，那又有什么关系呢？"他说。

露衣莎含着了一脸请求原谅的微笑看了他一眼。"我可是常是那样地把它们摆着的。"她轻轻地说。

"你对无论什么物事总是那么不惮烦地细心的。"达盖脱又装着笑脸说，他的那张大脸却红涨起来了。

他在那里总又坐了一个钟头的光景，然后立起来要走了。正在走出去的中间，他钩跌着了一块炉前的粗毯几乎跌了一交，把身体撑住复回原来的姿势的时候，却又冲着了放在桌上的露衣莎的提篮，终于把它打翻掉到了地上。

他先看看露衣莎，然后又看看在地上滚动的线球之类；就很笨重地把身体伏了倒去想要把它们来捡拾起来，但她却劝阻他可以不必。"不要紧的，"她说，"等你去了之后我会来捡拾起来的。"

她说话的时候略带有一种很不易觉察的偏执的样子。或者她是有一点被搅乱得不自在了，或者也许是他的神经兴奋状态感染了她的缘故，故而使她在竭力想慰抚他要他安心的态度中间露出了一点仿佛是勉强的神情。

爵·达盖脱一走到了外面，便深深地吸了一口甜美的夜间的空气而长叹了一声，并且感到了一种如释重负的感觉，正同一位无邪而满怀好意的粗暴野汉得不闯大祸而从一家贩卖精细的磁窑器店里退出来的一样。

一面，在露衣莎的方面呢，也感到了一种同样的感觉，正仿佛同一位善心的着急着得很久的贩卖磁器的店主，于那个同野熊似的粗汉退出店后所感到的感觉一样。

她先缚上了那条红白印花的，然后又缚上了那条绿色的胸围，将打翻在地上的各种物事一一细心地捡起重把它们放入了原来的手提篮里，更将那块炉前的粗毯铺了一铺平直。她又把洋灯移放到了地板之上，很精细地检视起铺地板的毛绒毯来。她甚至把手指伸出，向地板上去擦擦，又举起手指来审视了一回。

"他却踏进了许多灰尘来在这里，"她轻轻地念着说，"我本来就在想他是一定要踏进些来的。"

露衣莎就拿出了一个盛灰的盘和刷子来，很细心地把爵·达盖脱的足印扫了一扫干净。

这事情假若是使他知道了的话，那这又必将增加上些他的困惑与不安无疑，虽然这对于他对她的一片至诚之心原是丝毫也不会有什么影响的。他每礼拜要来看露衣莎·蔼丽思两次，而每次来的时候，坐在她的这间收拾得很精雅而又香又软的屋里，他总觉得身体的四面是仿佛被细致的花边篱笆包围住在那里的样子。他真怕敢动一动，免得他的那双粗手粗足要将这同神话里老有的似的细蛛网儿触破，并且他也老觉着露衣莎也在那里很担心地守着他，怕他真的要闯出这样的祸来。

可是不晓怎么的，这种细致的花边网和露衣莎总在强迫着要求他的无条件的尊敬与忍耐和忠诚。在他们的中间是已经经过了一个差不多有十五年之久的特异的求婚情事的，现在是在一个月之内就要结婚了。在这十五年中的十四年间他们俩竟没有见到过一次面，并且两人之间在这十四年中就是来往的信件也是交换得很少很少的。爵在这十四年中就一径住在奥斯屈拉利亚，他到这金矿地去本就为想发财而去的，一去他就住下在那里直到他发到了财为止。若说想发到财非要在那里住五十年不可的话，那他也许会在那里住五十年，等到了衰老得连走路都颠摇不定的时候才回来和露衣莎结婚也说不定，或者简直是死掉在那里再也不回来和露衣莎结婚也说不定。

但是十四年间财是发到了，而他也为想和在这十四年中间一点儿也不起疑惑只在忍耐地等着他的这个女人结婚的原因回到故乡来了。

在他们的定婚之后不久，他就把他的想到这新矿地去的计划，和打算在他们结婚之前弄到一宗相当的财产的决心对露衣莎说了。她听了他的话也仍旧不失她的那种优美的沉着的态度对他表示了同意，这一种优美的沉着的态度是永也不会从她的身边失去的，就是当她的爱人要出发就道去试那个前途不定的很远的旅行的时候，她也仍旧是这样地保持着在那里。至于虽则是被他自己的铁样的决心鼓励得很坚固的爵呢，到了最后的一刹那却有点忍不能忍地颓丧起来了；但是露衣莎仍不过是脸上露了一点微红上前去和他亲了个嘴，好好地和他诀别。

"总之这是不要几年的。"可怜的爵压住了情热嗄声地说；但是这一个"不要几年"却成了十四个年头。

在这一个时期之内有许多出乎意想以外的事情发生了。露衣莎的母亲和哥哥都死了，她在这世上就只剩了孤零丁的一个。但是在这些事情中间的最大的一件却是一件微妙渐进的事情，是天性纯朴的他们俩所不能了解的——就是露衣莎的性情趣向走上了另一条路的这事情。这一条路呀，在平静的天地之间原是平坦的一条直道，可是只是直而不曲，一直要到了她的坟墓中间才告终结的一条道路，而且又是很狭，在这一条路上连容一个旁人在她边上的这点余裕都不能够有的。

当爵·达盖脱回来的时候（他是不曾把要回来的事情通知她的），露衣莎最初所感到的是一种惊愕之情，这在她对她自己虽则是不肯承认，而他也是再也梦想不到的事情，但这却是真情。在十五年之前她是的确对他发生过爱情的——至少她想她自己是这样的。正在那个时候，柔和地顺从追随着少女期的自然的春情，她是把将来的结婚这件事情当作一个合理的解决与人生的或然的愿望看的。她只以沉静的柔顺听取了她母亲对于这问题的意见。她的母亲是以富有冷静的理性与优美和平的气质见称的人。当爵·达盖脱来求婚的时候，她母亲也曾很贤明地和她仔细讲过，所以露衣莎便毫无踌躇地接受了他。他实在是她的开情窦以来的第一个爱人。

她在这样长年的岁月中间对他是再忠诚也没有的了。对于去和另外一个人结婚的这一个想头，就是在梦里她也不曾梦到过。她的生活，尤其是最近的七年间的生活，老是充满着愉快的和平的色彩，对于她的爱人的远离异域她从来还没有感到过不满或难耐的心情；可是她却也老在打算着他的回来而在把两人将来的结婚当作一件事理的必不可免的结果看。但是呀，不晓怎么的，她终于变成了一种奇怪的想法，把这一件结婚的事情总看作了将来很远很远的事实，由她看来，仿佛这件事情是非要到今生完毕他生开始的边际到来的时候不会实现的样子。

在十四年间她所盼望着、期待着和他结婚的爵现在如她所盼着地回来的时候，她倒同从来也没有想到过这事情的人一样，变得惊愕仓皇惘然不知所措了。

至于爵的惊惧震愕呢，在时间上比她的还要来得落后一点。他看看露衣莎，一看就觉得他旧日的那种赞美之情的确还有维护的价值。她比从前真没有变过什么。她仍复还保有着那种美丽的风度和温柔的雅致，而她的一举一动一丝一发他以为还是同从前一样地富有牵引力的。在他自己的一方面呢，他的应做的事情是已经做了；他已可以不再去孜孜于求利求财了，而旧日的那种寻奇猎美之风仍旧和往日一样地甜蜜、一样地明朗在他的耳朵里吁吁地吹啸。他在过去在这些风声里听惯的歌声原是露衣莎这一个名字。他直到现在也已经有好久好久还很忠诚地确信着他所听见的仍旧是这一个名字，但到了最后他觉得虽则风声里所唱着的歌总仍旧还是这一个，可是歌声里的人名却有了一个另外的名字了。而在露衣莎的一面呢，觉得这风声从没有比幽幽的微鸣更响一点过；现在可是连这微鸣都衰杀下去了，一切的事物都已经变成了静默。她半用意识似的静听了一忽儿，然后又很平静地转过了身仍复去缝她自己的嫁衣裳去了。

爵已经把他自己的房子规模很大很华壮地施了一番修改了。这当然仍旧是他那间旧日的农场里的老家；新婚的他们夫

妇也非在那里住下去不可，因为爵不愿意抛弃他的老母，她
老人家是不肯离去这一间她的老屋的。所以露衣莎就非离去了
她自己的那间房子而去和他们同住不行；每天早晨，起床之后
在她的那些整洁的处女时代的器具什物及娘家的一切所有物的
中间走来走去走走的当儿，她看来看去总感觉得仿佛是一个人
对于自己的亲爱者们的面孔以后怕将看不见了的样子。当然在
一定的限度之内她原可以把这些物事带一部分去的，可是呀，
把它们的旧日的情形位置变换之后，那它们简直要不是本来的
它们一样地变成一种新样子的。并且此外还有许多在她的这
个满足而清静的生活里的特异之处，她大约也非全部舍去了不
可。以后比这些娴雅过细的日课更要辛苦的操作，大约也总要
丛集上她的身来。一间很大的房子不得不整理；朋友来往的交
际不得不应酬；爵的严肃衰弱的老母不得不侍奉；而且农村里
的节俭之风是很盛行的，她若用一个以上的使女的时候，那怕
又要违反这一乡的习俗。露衣莎在家里有一个小蒸馏器备在
那里的，当夏天的季节她老爱把玫瑰、薄荷、香草等的芳甘的
花露蒸馏出来。但不久之后这蒸馏器也不得不高搁起来了。她
的各种花露水原也已经积贮得很多了，可是此后单就为了蒸馏
的快乐而去蒸馏的余闲总也要没有了吧。因为否则爵的母亲怕
要以这事情为痴傻而笑她；她老人家对这事情况且已经讽示意
见了。露衣莎最喜欢把麻纱布类缝接拢来，并不常是因为有缝
接的必要，她不过单是想享受享受在这中间的单纯柔雅的乐趣
而已。只因为想享受享受这重把它们缝接拢来的快乐之故，她
曾经几度地把已经缝好的接缝拆开来过了，这事情说出来大约
她是总不乐意承认的，可是事实上她却老在那里干这一个玩意
儿。在甘美日长的午后，坐在窗前，幽幽雅雅地把针头向纤细

的织缝里穿缝过去的她，看起来实在好像是一位象征和平清静这一种情调的女神。但是在将来像这一种说起来原也可笑的寻求快乐的机会大约总也很少了吧。爵的母亲，这一位就是到了老年也专喜欢管人闲事、生性不驯的老主妇，或者也竟许是具有烈烈轰轰的男性的粗鲁气质的爵他自己，对这些优美而无意思的老处女式的行为，大约总也要皱起眉头笑着出来劝阻的吧。

露衣莎对于她那间孤寂的住屋的整理与收拾，几几乎抱有一种艺术家的热狂的样子。她看了被她揩擦得亮晶晶同珠玉似的放光的玻璃窗，心里头就会感到一种真正的得意的动悸。对她的整理得清清洁洁，里面的物事件件都折叠得好好，秩序整然而且带有些防虫紫菊花三叶香草和清洁这一件事情本身的气息的箱笼抽斗之类，闲雅地看看，她觉得看一辈子也不会看厌。以后光就是这一件事情还能够这样地存续下去不能，她也觉得很没有把握。她常有许多预想将来的可怕的幻觉，因为太可怕了，一半她却不得不自责自己的无礼猥亵而努力地在把这些幻觉排除开去，这些幻觉不外乎粗野的男子用的物事，这儿一堆那儿一簇地周围散放着的杂乱情形；和因为一个粗野的男子处在其中的缘故，在幽静雅洁保持着融和的色彩的环境之中必然要起来的那一种灰尘醛醯与凌乱的样子。

在她的种种不安的预感之中，还有一件并不能说不重大的，是关于西撒的事情。西撒在狗的中间实在可说是一只被幽闭在那里的禁犬。在它的一生中的大部分，它只住在那间不与外界往来的狗舍里过去的，同它的同类的交游当然是断绝了的不必提起，就是各种无邪的狗类的娱乐它也一点儿也不曾有过。西撒从它的幼年初期以来从来也没有过上一匹小白兔的洞穴边去静候捕捉一次的事情；上邻家的厨房门口去拖一块被抛出来的骨头来吃的事情它也从来没有过的。这都因为当它还没有脱出小狗时期的时候犯下了一次罪的缘故。这一只相貌也很柔和，全体的样子也并不邪恶的老犬，对这一次罪恶的悔恨之情，究竟能有几许的深刻，那是谁也不能够知道；不过不管它究竟有没有生到悔恨，总之它却受到了十足的刑法的谴责了。老西撒在怒吠狂叫里举起声来的事情是很少有的；它身体长得很肥，老在作打盹想睡的样子；它的蒙眬的老眼边上有两个黄色的圈纹看起来像煞是它戴在那里的眼镜；但是在一位它的邻人的手上却印着有几个西撒的雪白锋利的幼齿之纹在那里，因此它就不得不被系在一条链子的一头，孤孤单单地在这一间小舍里过它十四年间的独居生活了。被咬的这位邻人因为伤处的剧痛与怒恼的结果，要求或者将西撒来击毙或者将它完全放逐出去。所以狗的属主的露衣莎的哥哥就替它造成了一间狗舍把它吊系了进去。这已经是十四年前的事情了，在它的幼年活泼的浓兴之中它犯下了那一口可纪念的毒咬，以后除了在它的主人或露衣莎的严重监视之下以链子的一头为度，试过几次短短的游行之外，这一只老狗就完全变成了一个监狱里的囚犯了。本来就没有多大野心的它对于这件事情究竟是否在感到无上的荣耀的，却是一个疑问，但是事实上它的身上居然也因此而担负着了一点不值钱的名誉。村里的许多大人和一般的小孩都在把它当作了一只狞猛的野兽在看。从恶名声的方面说来，怕露衣莎·霭丽思的这只老黄狗的名声并不在被圣乔治所屠宰的那条毒龙的名声之下的。母亲们老在用了严重的叮嘱告诫她们的子女，教大家都不要太走近这一只狗的身边，小孩们听了自然最乐意相信，被一种恐怖的快乐所迷引，他们于轻脚轻手地偷跑过露衣莎的房子的时候，对这一只可怕的老犬总不免抛几眼侧视或回头来看它一阵。假若偶然间它作一声嘎声的怒吼，那周围就要起大恐怖了。行路的旅人偶尔到露衣莎的院子里来的，总满怀了敬意对它看看，并且要寻问一声那链子究竟是坚牢的不是。西撒假如是照寻常的样子被放着的时候，那它也不过是一只极平常的狗罢了，决不会引起人家的什么注意解释的；但是一被链子来锁起，它的恶名就加上了声势到它的身上，而它自己的本来面目也就因而失掉，看起来就变得阴暗朦胧异常地硕大了。不过有宽大的理性和粗暴的气质的爵·达盖脱，对它却还能看出它的本来的面目来。他毫不会把露衣莎的婉转的警告摆在心上，敢大胆地直走上它的身边，去拍拍它的头，或者竟想试放它出来恢复它的自由。但因为露衣莎惊骇得太厉害了他才不敢下手，不过关于这事情他在这中间却总时时在很坚决地宣述他的意见。"在这里镇上怕再也没有一只比它性情更好的狗了，"他总是这样地在说，"把它像那样地在那儿系锁起来实在是一件很残酷的事情。将来总有一天我要把它释放出来。"

将来他们的财产所有不得不完全并合在一起的时候，露衣莎怕他总有一天要实行这计划的。她一个人会想象起西撒在这一个清静而无守备的村子里头乱暴狂跳的样子来。她在想象里看见无辜的小孩们在路上遇着了它被它咬得血涔涔滴了。她自身呢，对这只老狗原是非常之疼爱的，因为它是属于她已死的哥哥的遗物，而它对她也老是很柔顺驯服的；但是她对于它的那种狞恶的野性，仍旧是抱有绝大的恐怖，坚信它是不会失去的。她老在告诫人家，教他们不要太走近它的身边去。她喂它的时候用的总是些玉蜀黍粉糊与小薄烧面包等制欲的食料，决不用那些由肉类与骨头弄成的有刺激与残忍性的食品去激起它的危险野性来的。露衣莎守视着这老狗在咀嚼它那份单纯的食料，一边想起了她自己的就要到来的婚期，竟不觉惊愕了起来，身体上起了颤栗。可是将代那种香甜的和平融洽的情调而起的乱杂与纷扰的预感，西撒的狂乱怒闯的兆头，与夫她那只小黄金丝雀的乱扑乱跳的事实等，都不能给她以一点稍有变换的口实。爵·达盖脱却从来是就爱她的，他为了她并且是去苦劳了这些个年头了。不管他将来事情要变得怎么样，在她的一方面，总不能对他变作不忠不实而使他伤心失望的。她只在很优美地一针一针地细缝她的嫁时衣类，时间已经过去了，直到了去她的婚期只有一礼拜的日期之前。那是一天礼拜二的晚上，她们的婚期原是定在下礼拜三的日里的。

那是一天满月之夜的晚上。差不多九点钟的时候，露衣莎从村道上向下散了一程步。村道两旁都是成熟的稻田，是以矮矮的石墙作界的。石墙之旁生长着些丰盛的矮树之丛，中间也杂有些野樱桃老苹果等很高的杂树在那里。不多一忽露衣莎在石墙上坐下了，含了一种微微的悲哀沉思之情在向左右前后眺望。高高的乌果树丛与金莲花薮和悬钩子藤刀豆枝等结合交连在一处，把她四边围住了。她在这些枝藤矮树之间占得了小小的一席空地。在村道的一面和她相对的一方，是一排延长的树列。月亮射在这些树枝的中间。树叶闪烁，都反射出了一层银色的光辉。路上在那里交互闪动的是美丽的银色和黑影相交的斑点。空气里充满着一种神秘的蜜腻香甜。"这难道是野葡萄么？"露衣莎轻轻地自对自地说。她在那里坐了好久的一会。正想立起来走的时候，她却听见了些脚步声音和轻轻的谈话之声。于是她就不得不静止着不动了。这本来是一个僻静的地方，她倒有点觉得胆小起来了。她想她应该在树影里静静地躲着，让这几个人，不管他们是谁，从她那里走过去才行。

但是当他们正要走到而还没有到她那里的时候，话声停止了，脚步声也同时地不再听得出来。她才知道这些话声脚步声的主人总也在石墙上坐下了；她正在想或者她可以不被他们觉察而轻轻地偷跑开他们，但正在这个时候话声又把静默打破了。这是爵·达盖脱的声音。她就静静地坐在那里听着。

说话开始之前先来了一声高声的叹息，这叹声同说话的声音一样是她所听惯的音调。"噢，"达盖脱说，"那么，我想，你总已经下了决心了吧？"

"是的，"另外的一种声音说，"我想到了后天就走。"

"那是李丽玳儿的声音。"露衣莎自己一个人在想。这话声连它的主人的形体都在她的心里唤醒过来了。她看见了一个高高的、身体长得很丰满的女孩，颜面是很有决心很细白的，在月亮光里看起来更觉得坚决更觉得洁白了，她的很浓厚的一头金发是编成一个紧紧地结拖在后面的。是一个满保着那种乡间女子特有的镇静强壮和丰润的女孩，她那种机灵的样子就是在一位公主的身上也是很配的。李丽玳儿是为村中大家所崇拜的一个宠儿；她却巧正具备着那种可以挑动人家的赞美的特质。她是一个又善良又美丽又聪明的女子。露衣莎听见人家赞美她的话语也已经不止一次两次了。

"嗳，"达盖脱说，"我也没有一句什么话好说。"

"我也不晓得你将怎么地说。"李丽玳儿回答他说。

"真也没有一句话可以说得。"达盖脱重复着说，把话声沉重地拖得很长。于是就来了片时的沉默。"我想那也是很好的，我并没有什么悔恨之情，"到了最后他又开始着说，"就是昨天居然那么地说出了——总之无论如何我们是把我们中间互相感到的感情说出了。我想这是我们大家都明明知道的。当然我是没有法子把事情少许变动一点的。我不得不就这样地下去到下礼拜就和她去结婚。我哪能够把一个已经等了我十四年的女人舍去，而使她伤心失望的呢。"

"假如你明天要这样地薄情欺她的话，那我就不要你了。"那女孩忽然含了热情大胆地辩护着说。

"嗳，当然我不会这样地给你这一个不要我的机会的，"他说，"不过我也不相信你真会不要我的。"

"你瞧着我可真会的。男子汉大丈夫，名誉正义哪能够不顾着的呢。假如有一位男子为了我或另外无论哪一个女孩而把这些名誉正义都弃抛了的话，那我将一点儿也瞧他不起哩。爵·达盖脱，你瞧着吧，往后你才知道我的厉害。"

"嗳，你马上就可以看到我将不为了你或另外无论哪一个女孩而把名誉正义等全都置之于度外。"他回答说。他们俩的话声，简直仿佛是两人各含了怒气互相在那里争论答辩的样子。露衣莎尖起了耳朵在听着。

"你觉得你非走不可的这一件事情我是很在替你痛心的，"爵说，"不过我也想不出法子，或者这是最善的一法吧。"

"这当然是最善的一法。我希望你和我都能够有充分的常识才行。"

"嗳，我想你倒是不错的。"爵的声音忽而变了一种柔和慰抚的低调。"喂，李丽，"他说，"我是总可以马虎过去的，但我真不忍想到——你总不至于为此而烦闷伤心吧？"

"我想你总不至于看到我将为了一个已和他人结过婚的男

子烦闷伤心。"

"嗳，我真希望你能如此，——李丽，我真希望你能如此。我的心只有上帝知道。并且——我希望——将来你总有一天——或者你会——遇到一个另外的人，——"

"我想我也没有必不会的理由。"忽而她的话声调子变了。以后她就用了一种甘美清澈的声音，说得格外地响，就连在大道之外都可以听到她的话声。"不，爵·达盖脱，"她说，"我这一生中是再也不想和另外一个人结婚了。我是有彻底的常识的，我哪会故意去摧断我自己的肝肠忍心去做一个大傻瓜呢？我可是再也不想结婚了，这一点可以保证你的。我并不是那样的女子，可以把这事情重来一遍的。"

露衣莎在矮树丛的背后听到了一声深沉的感叹和一种温软的动摇。然后李丽又开始说——这声音听起来仿佛是她已经立起来在那里的样子。"这下回可不能再来的了，非加以制止不行，"她说，"我们在这里耽搁得也太久了，回去吧。"

露衣莎在那里坐着呆住了，一边却在听着他们走回去的脚步声音。停了一会她也站了起来轻轻地溜回了家中。第二天她把家里的事情仍旧很有秩序地做了；这是同呼吸一样的有一定的程序的事情；但是嫁时穿着的衣裳她却不再缝了。她坐在窗边尽在那里沉思默想。到晚上爵又来了。露衣莎·霭丽思从来不晓得她自己是有应付事情的外交手段的，但那一天晚上正要用它的时候她却也居然自己在她的仅少的女性的自卫武器之中发见了，虽则这原不过是一种性质很柔和的武器。就是到了现在她也几几乎不能自信她所听到的是真的不错的，她还在疑惑不决，假如她把她的婚约解除的时候究竟会不会给与爵一个很大的打击的。她非要暂时把她自己的关于这事情的意思隐瞒一下，先来探探他的意思看不可。她的这外交术居然成功了，最后他们俩竟达到了互相了解的程度；不过这也不是一件容易的事情，因为他也和她一样地在害怕，生怕他自己的心迹要破露出来。

她并不提起李丽玳儿的名字。她单只是说，她对他也并没有一点不满意的地方，不过她像这样的一个人已经住得很久了，真怕把她的这一个生活样式来改变一下。

"嗳，露衣莎，我是决不怕的，"达盖脱说，"我若老老实实地说，那我想或者这样倒也比较地好些；不过假如你若愿意守约嫁我的话，那我到死为止决不会有二意的。我想这一点你总明白的吧。"

"是的，我是明白的。"她说。

那一天晚上她和爵分手的时候觉得比在往日还要恩爱，他们俩有好久好久不曾感到这样的温存慰帖过了。两人各握着了手，立在门口，悲哀的记忆的最后一阵大浪各打动了他们两人的衷心。

"嗳，这却不像诸事已经终了的样子，如我们所想的一样，露衣莎，是不是？"爵说。

她只摇了摇她的头。在她的沉静的脸上却露现了一阵小小的痉挛。

"我若能帮助你替你做些事情的地方，尽管请你来叫我，"他说，"我是永也不会忘记你的，露衣莎。"于是他就和她亲了一个嘴，沿着村道走下去了。

露衣莎，在那一天晚上只剩了她孤零丁一个人的时候，也稍稍流了一阵眼泪，她却不晓得究竟是为了什么。但到了第二天的早晨，当醒转来的时候，她觉得自己正同一位怕把江山失掉的女皇得到了确实的保证的时候一样。

　　现在是高茎的杂草可以尽管在西撒的那间幽居的小舍周围丛生起来，雪也可以继续不断地落上它的这间小舍的屋顶上来，而它却决不会到无守备的村子里去狂暴作乱了。现在那个小金丝雀夜夜可以尽管由它去滚成一个和平的小黄圆毯而安眠，不致被恐怖惊醒转来而将它的翅膀打扑上笼丝去了。露衣莎可以由她己心之所欲，尽量地去缝接麻纱，蒸馏蔷薇，打扫揩擦与整整齐齐地折叠衣类去了。那一天下午她在窗前缝着针线，觉得完全是沉浸在和平的空气里的样子。高高的、挺直的、艳丽的李丽玑儿从窗前走了过去，可是露衣莎却一点儿也没有感到难受。即使说露衣莎·霭丽思在不晓得的中间因图一时的安易而将她的永久的权利卖了去的话，那也是无伤的，这一时的安易的滋味实在是鲜美得很，并且到如今为止在这样长的岁月里，这实在是她的唯一的慰安满足的源泉。和平的静肃与狭隘的安宁在她实在是同永久的权利一样地适合的。她邈想着一长列的未来的日子，看到了这些日子都是圆滑无疵纯洁得同一串念佛珠上的珠子一样，每一天总同其他的日子相像，她的衷心就不觉充满了感谢之情而高涨了起来。屋外头是炎热的夏天的午后；空气里散满着繁忙的收获期里的人和鸟与蜜蜂的声音；有喂喂的叫声，有金属器具击冲的声音，有甜蜜的嘤嘤鸟鸣之声，有冗长的蜜蜂的哼声。露衣莎坐在那里，心里头满贮着祈祷的时候的虔敬之念在细数她的未来的日子，真像是一位不入庵院的清静的尼姑。

一个败残的废人

〔芬兰〕 约翰尼·阿霍

去年夏天，我们——我的朋友一位画家和我自己——住在北萨佛拉克斯上部的一处农场里过夏。这农场去吉许道儿夫约莫有大半英里的间隔，坐落在一条狭隘的半岛当中的一区风景很好的地方。我那位朋友的到此，原是为画自然的风景而来；而我呢却只往各处去走走将光阴在无谓的幻梦之中消度过去罢了；手里头捏了一本书我在他的旁边会直挺挺躺睡下去，并且有时候在那些丰肥的野草上躺着也竟会蒙眬地睡着的。

我们过的，真是一种幸福的不顾前后的艺术家的生活，各自都在欣喜，欣喜我们会这样地富有这么些个特异的天赋思想，各自又都很有确信，确信我们是十分具有把这些思想表现具体化出来的能力。

农场的上下又尽是些活泼天真、很多兴趣的人，农场的主人最喜欢说话，实在也有点瞎吹瞎说的地方，可是他的心却是很好很善的；农场里的女孩子们也都机灵喜乐，很会说话，主妇是一位容貌娴丽有才干而又很柔和的萨佛拉克斯的女性。在家里差不多是不大看得见她的，而实际上却似乎是她在那里指挥管理农场里的一切。洗过澡，吃过晚饭，或在那间很大的吃烟室里，或在前室的台阶之上，我们和农场里的家族全部坐着谈着，兴高采烈，每有到了半夜还不停息的时候。

在这农场里可是还有一位人物住着，这位人物当我们全体在一道作闲谈的时候，从来也不曾来参加过，而实际上也似乎并不是属于这家族中的一位族人：是一个中年的瘦长的男子，颜色是黝黑的，两眼深陷在额下，浓厚的一头头发老是乱蓬蓬地披着似乎是从不加以梳刷的样子。吃饭的时候他原也和主人在一张桌子上吃，吃的面包也是和主人的一样的；不过他用的白塔油盆和牛奶罐却是有他自己的一份的。假如我们都坐在吃烟室里呢，那他就伏处在前室的台阶之上；假如我们走到了前室里去呢，那他就走转了身爬上扶梯去了，从那里望出去，他牙齿咬着了烟斗，差不多是可以看得见水面的。他老在哼吸着烟，当一筒烟还没有吸了的时候，他就要把残烬从烟斗里抓出，另装一筒，重新点火，再吸起来。除此而外，别的事情他什么也不做的。大家从来也没有教他去做过工，田里也不曾教他去过，林里也不曾教他去过。可是拿着了他的钓鱼竿他却能几个钟头地痴坐在水边，有些时候，他兴致到了，也时时会补缀那些鱼网鱼篮之类的捕鱼器具。一礼拜中他要去吉许道儿夫两次，从那边的商人那里去接取些新闻纸类来，去一趟他总大抵要把那一天的时间整天地费了才回来。好容易终于走回来了，那他的牙齿之间总老有一枝短短的嚼烂的烟卷尾巴含着，这烟卷尾巴他总要再把它装到烟斗里去重吸起来。新闻纸类他总老是在路上的水壕边上读的，我们有时候出去散步，往往会遇见他在那里耽读他的新闻记事，好像是完全被这些新闻纸上的文章吸收住的样子。

起初他总老是避开我们，当我们从他那里经过的时候，他总要把头掉转，朝向别的一方面去。但是后来他也把我们的新闻纸类一并拿取了来，而我们也常常以枝把烟卷送给他吸以后，他却和我们有点接近起来了。爱吸烟卷大约是他的一个弱点。有时候即使他已经把淡巴菰在烟斗里装好了的时候，他也会马上仍复把烟斗收起，而很热心地点起那枝你送给他的烟卷来吸。

往后过了一晌，假如我们在一块稻田、一处草地或一所有树林的山坡上安顿驻下的时候，那他也会跟近前来，起初总是很注意而保持着一段相当的距离，然后可是终要渐渐地走近，近到他能够看出我们画上的一石一草为止的地步。到了这里他就会将注意全部深注在画上，甚而至于可以把他的烟斗都完全忘掉。我在边上私下仔细地守视着他；老看得见他那张平时是那样地死气颓唐的脸上忽然会现出十分紧张的神气来，当他在忙着移动他的双眼，很有趣似的把野外的风景本身和画上的风景对比的时候。

"您是农场主人一族的族人么？"有一次当他已经跟我们在一起得好久之后，我这样地问他。

"不是的。"他匆匆不经意似的回答了一声。

"您当然总也不是在那里帮工的农奴吧？"

"农奴？——不是。"

我可不能再追问下去了："那么你究竟是什么呢？"因为他并不来妨碍我们的工作，所以我们也落得不去管他的闲事，并且此外他还自动地肯替我们拿拿画具之类。

从他的用钱俭约方面推想起来，我们猜想他或者是主人的一位亲戚而又是头脑不正有点神经病症的。

有一次遇着了偶然的机会，我们就想从主人那里探听出这事情的前后关系来。"他的头脑是并没有什么病的，而他也不是我的什么亲戚。他的出身原也是很高贵的；不过他却自己不习上。他的哥哥，系在首都的一位官吏，他上这里来，把他安置在我们这里作一个寄住的常客；现在他寄住在我们这里已经有五年了。他的老母，对于他的住宿每月付我十个马克（五圆）；这钱是由邮局直接寄给我的。对于他自己，她们却只给他几毛钱聊作他的买烟草及衣服之用。可是他得到了钱，总一下子就去喝酒用完，于是他就不得不吸食我们的杂草当烟，不得不穿着我们农夫的粗衣服了。我们曾受有最严厉的嘱托，教我们除咖啡之外，切不可将酒类及其他的物事给他。"

"他从前是干什么的呢，您知道么？"

"那我们却不知道；在他的教会证书上面也并没有什么写在那里。有一次喝醉了酒后，他似乎曾在女孩子们面前大吹过的，说他从前可了不得哩，哪里是像现在那么的呢？各地各处他都相当地走过的，好多国的皇居首都他都是去看了来的，要是不遇着打击的话，那他早就可以成一个有名的大人物了。喝醉酒后我们觉他实在太难。可是等酒精一消散后，那他就马上会沉静下去不欢喜多说话的。因此我们让他这样地住在这里，也觉得并没有什么不惯。"

"他平常做点什么事情的么？"

"正经的事情是什么也不做的，除了在夏天去钓钓鱼，在冬天用麻索去捉捉野兔之外。有时候当大风雪的正中他却会把皮衣着上，跑出去上外面那堆柴堆的边上去劈生火炉的燃料，或到牛栏马房的后面去砍细柴去的。这大约是他觉得很有趣味的一件玩意儿，因为我们这里却并没有谁在强迫他干这事情啊。"

我们又问，他此外的时间究竟是怎么样地消度过去的？

"在冬天他老上租借图书处去拿了书籍来读。书读完了呢，那他就会整天地歪倒了头坐在那里，拼命地吸他的烟，如你们所看见的那么地。他不爱说什么话，他在想的事情从来也没有说过一言半语。在起先有一次他曾从那位商人那里去买了些纸来，用了铅笔在纸上画了些房屋呀树木呀人物之类。"——这是正当那时候走到了我们在谈话的地方来的主妇说的话。

"呵呵，那些真是无聊极的东西。"主人毫不经意地说。

我的朋友的好奇心却被挑动了，所以问说，可不可以使他看看这些画的东西。

"我们可全没有把它们收藏起来。不过或者也许是在女孩子们的抽斗里放着的。在他的得意喜欢的一个时间里他曾把这些画送给过小女孩子们，并且还吹着说，他是把价值几百马克的作品送给了她们了。那当然不过是一个疯子的瞎说。"

主妇可是仍旧教女孩子们去找去了，教向各抽斗里一只一只地找寻过去，她们终于也寻出了几张样子不同的纸片来，在这些纸上有很有力的黑色墨线画在那里，画的是一间房间的内部和窗边上的一架织机的速写。伏在机上的那个女人，极像农场主人的长女的样子，系从后面看过去。另外的一张纸上画的是一匹马，正在开始从一只井水吊桶里饮水，一个农奴用了脚在把吊桶从井的木栏里推滑出来。第三张画不过是一幅极简快的速写；可是看画的人已经可以看出作画者在想画一个牛栏，里面有几只牝牛浮现在熏蚊蚋的烟阵里的。

"这家伙倒是一位艺术家！"我的朋友叫着说，"你瞧，这少女真是典型地被画出在那里，而这马又是画得很正确的！这速写真写得好极。我现在却开始了解起他来了！"

渐渐地我们明白起这一位有画趣的奇人来了。他对我朋友的作品把画与自然比较的那一种眼光我也能够了解了。我当时就感到了一种特别的兴味，想把关于他的事情再知道一点，关于他的生涯身世再详细晓得一点。

可是到了第二天的早晨，虽则我那位朋友在农场附近的岸边又开始在画一张新的大画，我们想等着他来而他却不再来了。他正去捉了鱼回来，可是等他看见了我们在岸边的时候，他却把小船不摇到往常靠岸的埠头来上岸，而又老远地摇了出去，在半岛的极远的地方走上了陆地，于走回农场来之先，又向田野里去绕了一个大圈。

那一天有一整天他没有和我们见面；到后来我们和他在台阶上遇见的时候，他也避开了我们的视线而几几乎没有理会我们对他所说的寒暄套话。直到过了几时，我们才听见说，女孩子们把我们曾看了他的木炭画的事情告诉他了，他就马上把那些画要了回去，将它们烧毁了。

若不是一个完全偶然的机会将这秘密暴露了的话，那我们对这一位只在使我们的好奇心增长起来的奇人，也许会另外更详细的事情一点儿也不知道而就和那农场别去的。

夏至那一天的前晚，我们在农场后面的高山上用了一只买来的烟脂艇和一只主人送给我们的旧烟脂桶点起了火来。因为这一天也正是我那朋友的生日，所以我们就招请年长者来饮郭老格酒，年青的来喝啤酒，妇人及女孩子们来吃柠檬水和烧制的饼果。当我们正在忙碌准备的当中，我们的那位怪友却不走开去而仍在农场里徘徊着，这一天他似乎比往日不同，对我们有点减少了怕惧恐怖的样子。大家一道洗完了澡，结成了队伍要从农场出发的时候，因为他也正站在边上，所以我就问他愿不愿意和我们一道走上山去，同我们去喝一杯郭老格酒。

他虽然有点迟疑和畏缩但很显然地表示了最高兴的样子对我谢了一番，并且自动地愿意帮助着小孩子们将啤酒箱等搬上山去。当我们到了目的地点，在山坡上的一块平坦的大石上将各种酒类陈设好的时候，他开始和青年们一道去拖拢生火的树枝柴垛来了。肩上担着了枞树的枝条，他时时从我们的身边走过，搬到了，就用力把这些树枝向地上一掷，掷得地面锵然有声，然后为再去多采的原因他便再从原路走回到树林里去。可是当我们招请了他一声，请他自己来调制饮用郭老格酒的时候，他也就在我们的中间留下了。我们的一团，就是农场的主人和另外的几个住在左近的农场所有者们，本系与我及我的那位朋友围成了一个小圈，团坐在那里的。

当他将水注入酒杯里去的时候，他的手是显见得在那里发抖；他在盛糖块的盘里检括起糖来的当中，手指头是在痉挛状地钩曲着的；费了好大的气力他才能把几块糖弄进水去。

大约他自从最后的一回调制饮用郭老格酒之后，到这时为止，总有好久好久不饮这酒了。我们劝旁人同时也劝他干杯，并且同大家杂谈了些天气风向与农作收割的话，并不特别地去问他的身世搅乱他的精神。他很勤奋地在饮酒吸烟，一枝烟卷直要吸到了尾巴上卷在那里的木棉的地方才肯抛掉；并且人家并不请他吸第二枝他就马上把新的一枝点上了。

但是他忽而突然地问我们说："山上的火不是应该点燃起来了么？"

他很自在地直视着我们，他的沉郁僵硬的脸色变得带起活泼的神气来了。脸上的神气表露着似乎是充满了难得遇到的怠倦之后的喜悦的样子，平时的畏缩恐惧的地方，踪迹也没有地消失掉了。等我们对青年们叫着，教他们去点燃起火来的时候，真想不到他又忽而兴高采烈地举起了杯来说："大家许我为祝先生们的健康喝一杯酒么？……我们原没有相互地绍介过。……我的名字是福斯白耳格。"

我们谢了一番，他慢慢地呒吸着竟把大杯里的酒干了一半。

我们为参加点火的原因大家爬上了山。他劝告青年们说，点火的时候，要在几方面边上同时点上才行。

"注意，看这火在烧起来了！"他说。

我们围立在那丛熊熊在燃的火焰的周围，火焰霍霍杀杀地响着，从各面燃起，火头尽在向那枝枞树顶点的上面集中飞舞，这枞树原是当作一堆柴堆的尖顶被插在那堆燃料之上的。火焰烧到了那里，拍拍几声就集成了一团，变作了许多绯红的长舌，在向软空气里伸吐呒吸。

少年们高声叫着万岁，接连着在把枞树枝条的捆把投入火焰中去因以助长火势。

当这中间我正在细心地观察立在我旁边的福斯白耳格，他只目不转睛地在凝视着火焰。

他伸直了脚很神气地立在那里，两手是插入在裤脚袋里的，帽子歪在一边的耳朵高头，一枝快要烧完的烟卷尾巴含在口角的边上。他的眼睛里闪烁出了一种热情的研究的视线，这种注视闪烁的视线只有画家们当发见了一个画画的对象题目的时候才能有的。忽而他伸出了手来，指示着天空和火堆周围的轮廓对我说："这一个绘画上的神韵真是伟大得很的呀！"

"不错，真是。"我稍稍感到了一点惊异回答他说。

"那一边的天——你瞧，岂不是像黑曜石那么地黑的么？然后在远一点的地方又是那一种淡明的变化；您看那些小姑娘们的红红的脸和蓝色的胸围，这颜色辉映得多么鲜艳啊，这真华丽极了——是不是？——那边远处又全是天光的领域了。"

"是的不错，您说得真不错。"我对他说，在这一瞬间我实在也没有别的话可以说，可是到了此刻我也不能自禁了，所以就问他："您也是画家吧？"

"是的，我也曾经画过的。"

别的话他也不再说什么，可是照他立在那里的姿势他动也不动地又鹄守了一阵。他的脸上不断地在起奇异的痉挛，我觉得他似乎是在那里全身发抖的样子。大约是郭老格酒已经在起作用了吧。

"我们大家来干一杯祝贺的酒吧——喝吧，喝吧，小姑娘们，少年的朋友诸君，喝，喝啤酒，吃柠檬水——然后再来跳舞！"我的那位朋友叫着说。

一群人分散成了几组小组，有些是在左右颠摇着的，有些就跳舞起来了。农场所有者们拿了酒杯移近了火堆的旁边，我们三人却在我们自己的酒杯旁边坐下了。因为我们邀了他一声，福斯白耳格就马上来和我们成了一起。

当我们调制好了新的郭老格酒以后，我的那位朋友问着说："我听见说您也曾经画过画的。"我们的这位客人对于这酒的调制混合饮喝的工作是很热心紧张的，不待糖块的溶解，就从杯里长饮了一口，酒的中间还有一半是纯粹的白兰地精哩。

"啊啊，我是好几年来没有画过画了。"

"但是你还是在画炭画的吧？"

他并不回答，但又重新喝了一口酒，并且把烟卷的烟深深地吸食了一口进他的肺腑中去。

"在海耳寻格福尔斯艺术院内有两张画挂在那里的福斯白耳格先生就是阁下吧？"

"是的，在那儿是有两张的，但是那两张是一点儿也没有价值的东西。我想请问一声，您先生是不是曾在提由塞耳道儿夫学过画的？"

"不是的，我不是在那里的，我只在巴黎学了一晌。"

"是的，从您的自然解取的方面就可以看出来的……现在大约总谁也是往这一方面去的了……可是有一个时候在提由塞耳道儿夫却也很可以画的哩……霍儿姆白耳格就是在那儿画的。"

"您是认识他的么？"

"还要问我认不认识他？哈哈，我们是每天晚上在俱乐部里一道厮混着的。一个精力充盈的人，"他叫着说，仿佛是感到了一种内部的冲动，想把他压制住的感情的堤防一时冲破来似的，"不不，你这些时髦的年青的巴黎画家，你们哪里有同他一样的学力，你们还不能同他一样地了解自然哩……你们是没有理想的，——理想你们是没有的；可是艺术所要求的却是理想！

"你且看一看这一个夏天的晚上………"

"可是你自己为什么不再画画了呢？"我那朋友有点带讥讽似的说。

"我并不在说我自己，也不在说您老人家……我只在说大者远者……个个的个人所想望的是什么东西？……个人是要死去的，艺术是永在的……艺术万岁！——艺术是神圣的，伟大的！芬兰的艺术万岁！"

他用了蛮武有力的姿势把他的酒杯在摇舞着。全身的血似乎渐渐奔注上了他的头部，两眼闪烁起来了，额部的皮色也和他的思想言语一样，变成了清澄洁化的样子。

我们都感到了奇异在注视着他。

"您还有淡巴菰么？""谢谢！请您恕我，可是今天真喜欢得我要死，我真喜欢遇见了同志……为什么您不上提由塞耳道儿夫去学呢？……啊啊，在我，仿佛觉得我们是旧相识的似的！……和我同在那神仙之境！……唉，嘿，关于我自己可是还有什么可以说呢，——我是一只难破的船，一个败残的废人！"

"凭什么您就这样坚确地晓得自己是败残了呢——您真是一个大大的悲观者。"

"我也不晓得是凭什么理由，并且另外的人也没有一个人能够晓得的，不过总之是有一天感觉到了这样，往后就继续着说，如此如此完全是完了……一只难破的船……一个人的成功与否原是系于天命的……您老人家今天真功利得很——可是我又要说一句：我还可以显点本领给您看看……请您明天给我点颜料和画布，诸位……"

"好，万分地愿意！"

"嗳嗳，是的是的是的……就是这么一套，好，万分地愿意……您的技巧真好！……这就是我的弱点，可是技巧并不是一切，……霍儿姆白耳格说我有特异的色彩感觉……请恕我的自赞自称……艺术院里的那两张画是些什么东西。那不过是些粪土罢了，我是晓得的……我可是有一个绝妙的想头抱得很久很久了，本来是两个……这样的一个澄明的夏天晚上，火在熊熊地燃着……于是：‘围在死葬积薪边上的人们’……‘火与白夜的战斗’……您懂么？……唉嘿，您懂得什么，您是不懂的，而我也不能够说出……算了吧，再见什么的鬼！诸位先生，我祝你们的幸福！”

他似乎是变得很懊恼的样子；可是当我那位朋友说这实在是一个很好的想头的时候，他的那种柔和的态度又回复了。眼睛里充满了眼泪，他渐渐地开始自己对自己地说起独语来了。

“这样的一个夏天的晚上，这样的一个北国的、伟大的夏天晚上！何等地美丽——如何地美丽呀！为什么大家不画这样的画呢？上一面展开着芦苇之林……在另一边的海岸立着一间草舍……浓雾包围着海岸的一带……一个渔夫鹄立在芦苇的边上……牛羊的铃声在响……但是这也许并不是属于这里的……可是又为什么这是不能属于这里的呢？……这画一定要画得这样细腻，使人相信能够听得见牛羊的铃声和其他的声音才对……许多其他的声音——如托配留斯的关于北国夏夜的澄明之所说：‘您在天上的无论哪一处地方都把太阳和月亮的效果画出了——在天上——是的——可是这夏夜的透明，这全无阴影的澄明，这光线自来自——我想不起来了——我没有精力——没有技巧。——’”

他从杯里喝了一口酒，想把他那摇动错乱的思想集中起来，可是依旧显然地不能够说出他所想说的意思来。

“否否……嗳，万岁！我不——能够——再——”

“您何以知道呢？只教您想好好地干，那仍旧是很好的。”

“您说什么？否否，这完全是不对的……您明明是知道的，我从您的眼光里就看得出来，您的所以要这样地说，不过是算对我的客气……我可是不十分愿意承受人家的同情的……纵使我是变了半文钱也不值的时候——您只在那里苦我！……您还有白兰地酒么？再给我些！"

农场的主人这时候正为重新来混合调制郭老格酒而走了拢来，他一半也是说着玩似的回答说："这可不行，他可不能再喝了！"

这些极端不同的许多感情情愫如何地在这一位老画家的面上交互变换着的样子，实在是一件再奇妙也没有的事情。本来是在系缚着他的精神的铁链渐渐地解脱了；他得到了放胆直说的勇气；当然他是正想把在胸中郁积得好久的一切倾吐出来的。

艺术家的冲动终于又回复崛起在他的心灵里了。希望从厚层的冰堆下溶解了出来，他差不多含着了眼泪说述了他的最深的意思。在极短的一瞬间中他又得到了对自己的自信，可是不久一忽马上就又陷入了昏乱，自信消失了，这自信却变成了一种痛恨懊恼之情。农场主人来的时候却正在这一个最不凑巧的瞬间，一言道破又使他感到了幻灭的现实。他的眼睛里就同电光似的闪出了一道最惨恶的毒视，他的嘴也极猛烈地抽动得歪了。

"你是来干什么的？滚你妈的蛋吧！"他大声叫着说。

"可是，可是，我岂不也是被招请来的客人么？……假如，万一要是先生们不愿意……"

"不，不，绝对地不是的，您请坐下吧，这儿地方很宽，我们大家的座儿也尽有着哩！"

"农场主人，我对你说，你跑将拢来，把我们的话头打断，是极无礼的事情，你晓得么？我的喝不喝酒，与你又有什么相干？"

"那原是一点儿不与我相干的。福斯白耳格，对一句笑话你要这么地发气干什么？"

"那并不是笑话……你是一个最卑劣的坏东西。你这家伙同侦探似的只在窥伺我的行动……村子里到处去打听，打听我到哪里去过没有，去喝过酒没有，还要对那些商人和上吉许道儿夫去伪造出许多谣言来……你难道是我的保护人么？我倒要请教请教！"

"这是谁对你说的？……你且问问先生们看，问他们究竟听见过我说你什么……"

"呔，我难道会不晓得么？你在各处走着说着……你这无智的、醒醮的东西……你这卑劣的——"

"他老是像这样地来寻吵闹的，现在先生们可自己能够看明白了吧，看他喝醉了酒之后就……他真是一位很上等的大先生！哼，实在恐怕只是一个不中用的大先生罢了。"

"你才是一个不中用的贱材……我真在瞧你不起哩，像你这一种东西，我看都不要看，只配将屁股来朝着你！"

"呵，这真是一件奇事，像你这么尊贵的一位狗大人倒也会到我们这里来，和我们一桌儿地来吃饭。"

"我在这儿吃饭住宿是出钱的！"

"是你出的钱么？恐怕不是的吧，你吃的东西，是另外的人付的钱！……你是得到一个钱就喝一个在肚里的。"

"你的不喝酒是因为你太鄙吝贪污的缘故。"

依这样的可悲的样子他们俩尽在继续着吵闹过去，这中间四边的人都走拢来站满了。福斯白耳格一边吵着一边还用白兰地斟满了他的酒杯，尽在连续不断地喝那种不和糖与水的纯粹的酒。

他酒一天一天地喝多来，因而和人家争吵的事情也一场一场地加多了，结果就弄得没有人同他来往，他的日常的交际范围就愈趋而愈下。所受的教养痕迹一点儿也没有了，他的语言举动每要使人想起一个无聊的放荡败落的下流文丐来。我们听他的骂詈听得厌了，所以就要求他，请他和我们一道儿走下山去。但是这么一来，他的怒气就迁向上我们身上来了。他用了一个败落才子所有的全部的怨恨恶毒来开始攻击我那位朋友："是的，你们是很好，有你们亲人族类的绝好的同党，保护，与奖学的基金。但是谁来管那些穷人的子弟呢！……"随后他又把这贫穷的问题忘掉，开始诅咒起天和地和他自己来了。

"可是，喂——朋友！"

"别来管我！……你们走你们的吧！你们这些大先生，这些蠢家伙！我是一只难破的船……一个败残的废人，可是我对全世界还要报我的仇哩……他妈的滚上地狱里去！"

他把那只空杯狠命地向一块石上一掷，弄得这一只杯子打成了许多破片。

可是当他正要将另外的杯子也这样地打碎来的时候，农奴们就赶上去把他捉住了，于是就演成了一场正式的武剧。

他是完全连吐气都不容易吐，因精神的亢奋而疲劳极了，所以受了几下突击之后，就颠摇了起来，全身跌倒，躺下了地面。

他不能再立起来了，空空地试想起来了几回终于没有结果，他就在那里陷入了酣睡。

我们很为他的不幸而悲，可是看到了那些青年们的环立在他的身旁，摇撼他取笑他的举动，心里又感到了深沉的不快。衣服——这是说他所穿着在那里的仅少的衣服——是上下翻乱的，消瘦的胸膛露出在外面，秃顶的扁平的一个头，帽子早已滚入杜松丛里去了，嘴角活像一个死人，软弱地弛张着在那里，全体是像这一个样子的他，面朝了天重重地呼吸着气，酣睡着在地上。

太阳已经升起来了。夏至之日的初阳光线投下地来就照出了这一幅可伤的惨景。

他原也是有过他的梦想，努过他的力的，正像一颗从黑暗的阴郁的天空里照出来的明星一样，我们也正只见到了一痕他的过去的痕迹。

"我每当看见这样的败残的艺术家的时候，"我的那位朋友很悲哀地说，"心里总要感到一种不可名状的苦痛。假如境遇好一点的话，那他的前程进境又谁能够说得，并且假如使他处在和我自己及其他许多画家的同一环境之下，那或者他的成就要比我们的更大更远也是说不定的。你或者还记得起他的两张画吧，是我有一次指给你看的。那两张画是明明在表现着特异独创的思想的，虽则缺点也是很多，这在他那不明了的谈话里原也自己在那里承认。"

我们把在他周围闲散着的许多粗野的青年赶了一赶开；其他众人也各自为回家而走散了。然后我那朋友拿了一件外衣来打开，把它遮盖在他的身上，使他得免为朝晨的寒气所侵。

"让他睡着吧——明天我们可以接他来和我们在一道；或者他是还有可以造就的地方留存着在的哩。"

可是到了下一天和再下一天，我们都没有见到他。直到了第三天他才走回农场里来，轻轻绕屋后一溜，他就走上他睡觉的那间浴室间里去睡了。他的身上只剩了一件衬衫和一条裤子。他的帽子和我那朋友的一件外衣，直到后来我们才听见人说，那是在吉许道儿夫的那家密卖私酒的店里当掉换了酒喝了。

理发匠

〔美〕马克·吐温

　　世间万事，都有变易的，而理发匠们独不然，他们的风习样子，他们的环境周围，凡此种种，总永不会变。一个人在头一次进一家理发铺时所身历经验过的事情，后来他每逢进无论哪家理发铺时，总还是要同样地身历经验到，直到他的生命的末日为止。

　　今天早晨，我同平时一样地去理发铺修了脸。当我从大街走向理发铺的门去的时候，有一个人也正从琼斯街走向这理发铺的门来，——这原是常有的事情。我加紧赶快了脚步，但已经不中用了；他真正只比我快了一小步走进了那间理发铺的门，我接踵跟在他的后面进去，只好眼看着他占坐了那个唯一的空座儿，是这铺子里最好的一位理发师理发的座位。天下的事情，总往往是如此的。我坐了下去等着，心里暗暗在希望或者可以继承那一个在其余两个理发师中比较本领好一点的人的座位，因为他已经在替客人梳掠头发了，而他的那位同事，那位本领差一点的人呢，还正在替客人擦鬖发上油。我用了十二分的注意，在守视着这或者可能的机会。当我看见第二号理发师将要追及第一号的时候，我的注意变成了隐忧。当第一号理发师为对一位新来的顾客的浴券找钱而停了一息，在竞争上稍稍落后的时候，我的隐忧变成了心痛。当第一号重新追了上去，他和他那同事同时把围在客人头上的手巾拿开，脸上的粉刷下，正不知哪一个将先叫"请其次的客人！"的时候，我为了期待的紧张之故，几乎把气都塞住在喉头了。可是到了最后危急的一瞬间，第一号又停住用梳子在他顾客的眉间梳了两下，我知道他是因最后的这一二秒钟之故，竞争完全输了；生了气，为怕落到了第二号的手里，站起身我就出了那家铺子；因为那一种可羡的坚决性，就是使人能泰然朝着一位在等待着的理发师说："我是要等你那位同事来理发的。"这种坚决性，我是没有的。

我在外面逗留了十五分钟，又走了回去，希望这一次的运气该好一点儿，当然，这一忽儿铺子里的座位自然是没得空了啦，并且此外还有四个人坐在那里等着，默默地，悻悻地，没精打采，像是无聊得了不得的样子，大凡在理发铺里等空座的到来的人，又有哪一个不常是这样的呢？我在一张铁骨板硬的旧沙发的格子里坐了下去，读读装在柜子里的各种骗钱的染发药品的广告，以暂时驱遣时间。然后又读了些写在贱酒精香水瓶上油光光的各人私用的名字；读了些号在剃脸杯上的各人私用的名字与号数，这些杯子是搁在鸽子箱似的架上的；看了些墙上挂着的污秽破损的廉价版的画幅，有战争，有先代的总统们，有淫猥而斜躺着的回教国的妃嫔，更有那无聊的老是那一个样子的小姑娘戴上了老祖父的大眼镜；在我的心里，也私私在诅咒着那只快活的金丝雀与讨厌的鹦鹉，这两件动物，差不多是没有一家理发铺会不备在那里的。最后，从中间的那张龌龊的桌子上的乱堆里，我检出了一张较为完整的去年的画报，读了些已成陈迹、早就被人忘了的异乎寻常地歪曲的记事与说明。

终于也轮到了我了。一声"请其次的客人"发后，我当然又落到了第二号的手里。世事原常是如此的。我只羞缩地说了一声"要快一点才行，我有急事"。这话可给了他一个正如毫没有听到似的的反响。他把我的头推得高高，在项下塞进了一块围布。把他的手指头挖进了我的领里，又塞入了一块手巾。用了手指甲在我的头发里耙搔了一下，他说，这要剪过才行。我说我不要剪。他又耙搔了一下说，照现在流行的样子，这是太长了，——要好，总得剪去一点；尤其是后面。我说我是在一礼拜前刚剪过的。他深沉地沉思了一会，显露着轻侮的神情，问说，是谁剪的？我立时就回报他说："是你——"这他可被我难倒了。于是他就去开始调他的肥皂。又把自家照入了镜子，时时更停下来，走近了一点，细看看照在镜里的他的颊部，摸摸一颗瘰粒。然后他把我颜面的一面全用肥皂涂上了，正要涂另一面的时候，窗外面两只狗的打架，却吸引了他的注意。他跑近窗边，立在那里看它们相打的结果，同另外的理发师猜赌着哪一个胜哪一个负，结果却输了两个先令（合一块半钱）。这事情，倒使我感到了无上的满足。他用刷子涂完了我的脸，总算刷子只在我的嘴里闯进了两次就完了事，然后他用手擦起我脸上的皂沫来了。可是因为他侧转了头，在和另外的理发师们评论着这次狗的打架，一边擦着，自然把许多皂沫，塞进了我的嘴里，他当然是不晓得的，但我又岂有不晓得之理？

他现在开始在一条吊带上磨起剃刀来了，但因为谈论到了前晚他曾参加的那个浅薄的假装跳舞会，穿着红的木棉布与假的貂皮，饰成一种像帝王似的样子，他的磨刀工作又耽搁了半天。他的同事们同他开玩笑，说及了跳舞会里一位女子的被他的爱娇所迷倒，乐得他心花怒放，用了种种法子，只想把这一个话头牵长继续谈论过去，假装作是被同事们的玩笑开得生气了，就是这时候的法门之一。这一件事情的结果，使他更仔细地到镜子里去对自己打量了一回，索性把手里的剃刀搁下，用了极细心的注意，刷了刷他头上的头发，将一簇弓形的鬈发粘上了额前，后面顶上，头发分开的地方，弄得整整洁洁，两翼的头发，向前刷将下去，正盖在耳上，金光油滑，一点儿差错都没有。在这中间，我脸上涂在那里的皂沫，可渐渐儿地干了，明明吃入了我的脏腑，真正要了我的命。

现在他开始剃起来了，为把脸上的皮伸直之故，他把手指头掘入了我的肉里；时时还把我的鼻头当了一把柄用，随他修剃的便利，将我的头牵到了这面移上了那面，并且在这中间他还要高高兴兴地不断地咳，不断地吐痰。他在我的脸上的比较老一点的地方刮剃的时候，我还不觉得什么痛，但当他耙、掘、削到我软软的颊上的时候，我的眼泪水来了。他的俯身下来，贴得我那么近，我倒满不在乎；他的大葱气味，我倒也不在乎，因为理发师是个个吃大葱的，我想，但是另外还有一点外加的怪味，使我不得不想到他人虽活着，但内部已在溃烂，这可真使我十分地难受。他为剃我上嘴唇的两角之故，将他的手指插入了我的嘴里，由这一件偶然的实据，我却发现了他在铺子里的任务之一，就是煤油灯类是归他擦的。我在无聊的时候，自己原也常在研究，理发铺里的这工作究竟是归伙计做的呢还是归老板做的？

当这时候，我在心里自寻快乐，试猜想想他大约将在何处割我一刀，但当我的猜拟还没有决定之先，他却早赶上了前把我的下颏部一刀割了。于是他马上就磨起他的剃刀来——这是他早该做的事情。

我并不喜欢在皮上刮得太干净的，所以不愿教他再来刮第二次。因为怕我颏边上最柔薄最犯忌的一块地方，在这地方若加两次剃刀是一定要出毛病的，因为怕他要剃上我这地方去，我所以想劝他把剃刀搁下，不要再剃了；但他说他只须把一小小的粗处剃一剃平就对，同时他就把剃刀溜入了那块禁地，而我所怕所忌的净剃的结果定要红胀的地方就高了起来痛了起来，如音之答响，一点儿也没有迟疑。于是他就把手巾浸了浸贱酒精香水，向我脸上满脸地乱扑乱抹起来。真是，人类中间，有哪一个人洗脸是这样洗过的？再把手巾的干的一头，扑将过来，仿佛谁都应该照这样把脸擦燥似的他擦干了我的脸，但是理发师是不大会当你是一个基督徒般地替你洗擦的。其次，他就把贱酒精香水用手巾倒上了那割破的地方，然后又将浆粉塞上破处，使它干燥，其后再把酒精倒上了些，要它湿润，无疑的，我若不提出抗议，请他罢休的话，他将老是用酒精来弄湿用浆粉来弄燥地牵弄过去。

他现在将我的全面部都上了粉，把我身体竖了起来，沉思着将手梳了梳我的头发，又很仔细地端详了一回他的手指。他说，我的头要洗了，非洗不可，真正是非洗不可。我说，我昨天洗澡的时候，是我自己很仔细地把头皮洗过的，到这里他又（没有了话说）"被我难倒"了。于是他又推荐给我以"斯密司氏的美发香油"要我买取一瓶。我拒绝了。他又称赞"琼斯氏的化妆乐趣"的香水的好，要卖些给我。我又拒绝了。他更把他自己发明的一种恶劣不堪的洗牙水拿出来要我买，我拒绝之后，又说要我买几柄小洋刀回去试试。

等他的这一个最后的买卖也失败之后，只好再回到他自己的本行上去了，先把我的满身，脚上身上，都洒满了香水，更不顾我的反对而把我的头发全涂上了油，再擦着掘着，把许多头发从根挖了起来，将其余的梳了梳刷了刷好，后面顶上分得清清楚楚，前面的那簇永久不变的弓形鬈发粘下去贴上了额前。等他把我的疏疏的眉毛梳掠过加上了油，讲出了一串他的一只六温司重的棕黑狗的成功的故事时，我听到了十二点钟的汽笛，而知道我想赶的那班火车已经迟了五分钟了。于是他把手巾从我的项下扯开，轻轻地向我面上刷了一下，重把梳子把我的眉毛梳了一遍，而唱出了一声："请其次的客人！"

两个钟头之后，这个理发师蹶倒了，因脑溢血而死去。我为复仇之故，想索性等满一天，去送他的葬。

散　文

　　爱宕山野的朝露，鸟部山麓的青烟，若永无消失的时候，为人在世，也像这样地长活下去，那人生的风趣，还有什么？正唯其人世之无常，才感得到人生的有味。

《徒然草》选译

〔日〕 兼好法师

序段

信无聊的自然，弄笔砚以终永日，将印上心来的无聊琐事，浑浑沌沌，写将下来，希奇古怪，倒着实也有点儿疯狂的别趣。

第一段

却说，人生斯世，也免不了有万千的愿望。天皇位居至尊，实在是诚惶诚恐，高不敢攀。皇族的枝枝叶叶，决非人间的凡种，其尊其贵，也是当然。一人之下、万人之上的摄政关白①的行状，更可不必提起；就是寻常的朝贵，凡由天子敕赐随身护卫之臣的，都是尊严无比之属；他们的子子孙孙，即使沦落，也总带有些娇羞的风趣，别著幽闲。自此以下，若随他风

---

① 朝廷重镇，以现代官制来翻译，应是执掌全权的内阁；辅成王的周公，挟天子的曹操，庶几可以当得。——原注

云的身分，逢时得令之辈，则虽装得满面骄矜，自鸣得意，由旁边的冷眼看来，可真一无足取了。

像做僧侣的法师那么不为人所欣羡的人，世上原也很少。清少纳言①所说的"被人家视同木屑"之话，真是一点儿也不错。假令声势煊赫，即使做了有官有位的红僧，也不见得怎么样地了不得；正如增贺②圣僧之所言，徒围役于世上的名闻，得毋背于佛爷的御教！不过一心专念、修道弃世之人，倒也颇有为我们所欣羡的地方。

容貌丰采的超群，原是凡人都在愿望的盛事。发言有致，而趣味津津，话不多谈，而使人相对不厌，岂非很好。至若外貌堂堂，而语言乏味，终于被人看出下劣的本性，那又是痛心的恨事了。

人品容貌原是天生成的，可是人的心，却为什么不可以贤之更贤、精益求精地改移呢？本来是容貌根性都好的人，若没有了才学，交错入人品不高、容颜卑恶的群中，并且还更比他们不上而被压倒的时候，这才真是意外的丑事。

真正的可贵可慕之事，是有用的实学，文字的制作，和歌的赋咏，音乐弦管的才能，故实礼义的精通与夫朝廷典礼的谙熟，要使都足为人家的模范，才有意思。手笔佳灵而流利，歌声嘹亮而中拍，逢人劝酒，谦让有加，一若非辞不可的苦事，但结果倒也能倾吞下三杯两盏的男子，才是真真的好汉。

---

① 《枕草纸》的作家，清原元辅之女，仕一条天皇皇后定子，与日本有数之女诗人紫式部齐名。——原注
② 参议橘恒平之子，系大和多武峰的高僧。——原注

第三段

百事情样样堪能，而独不解好色的男子，实在是太孤冷的人，大约同一只玉杯的无底，是一样的风情。每被晨霜朝露所淋露，彷徨漂泊无定所，心怀着父母的训诫，社会的讥讪，时时刻刻方寸不安，并且还要常常也成独宿地孤眠，而不能安睡终宵者，才觉得其味无穷。可是，也不要一味地惑于女色，由女人看来觉得也不是轻易可以到手的男子，那才是更妙更佳的神技。

第五段

并非是为了身逢不幸，沉入忧思，即便毫无远虑地落发而为僧，但将禅门常闭，使人不知主人的在否，别无期待，只一个人朝朝暮暮在那里过活下去，就此行径，岂不甚美。善哉显基中纳言①之言，他似乎这么地说过："要并无罪名，而在极边的徙流之所，看天而玩月。"这话实在说得不错。

第六段

无论己身高贵的人，更况且并不足道的常人，总还是没有儿子的好。前中书王②九条的太政大臣③花园的左大臣④都愿

---

① 即权中纳言源显基，为大纳言后贤之次子，仕后一条天皇，皇崩后，在大原出家为僧。——原注
② 即兼明亲王，醍醐天皇的皇子，善诗文，仕至中务卿，故曰中书。——原注
③ 即藤原伊通，仕二条天皇，有二子，俱早殁。——原注
④ 即源有仁，辅仁亲王之子，历仕鸟羽、崇德、近卫的三朝，保延二年进位左大臣。——原注

意没有子孙。《大镜》的作者，也借世继翁所谈的故事，评染殿的大臣说："子孙总是没有的好，后代的不振，实在是一件坏事。"圣德太子①于生前筑生圹的时候，据说也曾这样地说过："这儿把我切了，那儿把我开断了，我原不想有子孙的。"

第七段

爱宕山野的朝露，鸟部山麓的青烟，若永无消失的时候，为人在世，也像这样地长活下去，那人生的风趣，还有什么？正唯其人世之无常，才感得到人生的有味。

统观生物，只有人最长命。蜉蝣不知朝暮，夏蝉不识春秋。胸怀旷达，悠悠而但过一年，也已经是无上的妙境了。贪多无厌，虽过千年，也不过像是一宵的短梦。在这一个住不到头的世界，徒赢得了衰迟的丑相，终于有何益处？寿命长了，耻辱也多。最多是活上了将近四十而死，那便是顶漂亮的处置。

过了这一个年纪，再也没有自惭形秽之心，只想在人前露面，直到夕阳的晚境，还爱子孙，预测着儿孙的腾达飞黄，徒生贪图苟活的心思，凡百的情趣，一概不知，老年丑态，就将毕露了。

---

① 用明天皇的长子，入承推古天皇，为皇太子，日本佛教的兴隆，实圣德太子一人之功。——原注

第八段

　　人世上惑人之事，无如色欲，人心真是愚妄的东西。香料的熏添，本属假暂，明知衣上的浓香，为时不久，但对于难耐的芳馨，也必势难自禁，少不得鹿冲心头。久米仙人①见了水边洗物的女人白腿，便失神通，实在是为了手足皮肤的纯美，肥白光鲜，不同凡艳，他的从空下坠，也是应该。

---

①　《元享释书》十八：久米仙人，和州上郡人。入深山，学仙法，食松叶，服薜荔。一旦腾空，飞过故里，会妇人以足踏浣衣，其胫甚白，忍生染心，即时坠落。——原注

《杜莲格来》^①的序文

〔英〕王尔德

艺术家是美的事物的创造者。

启示艺术隐藏艺术家是艺术的目的。

批评家是一个能把他的美的事物的印象，翻造成一种另外的样子或一种新物质的人。

批评的最上的形式——最下的形式也是如此的——是自叙传的样子。

在美的事物中间寻出丑的意义来的人，是不能享乐而堕落的人。这是一种罪过。

在美的事物中间寻出美的意义来的人，是有根器的人。希望是为这些人存在的。

他们是在众人中被选择出来的人，对他们美的事物只是美的。

世间没有所谓有道德的书不道德的书的。书不过有做得好做得不好的分别。只此而已。

十九世纪不爱写实主义，是在镜里见了他自家的面貌的卡

---

① 今译为《道林·格雷的画像》。

利彭（Caliban）的怒气。

十九世纪不爱浪漫主义是没有在镜里见他自家的面貌的卡利彭的怒气。

人的道德生活是艺术家的题材的一部分，但是艺术的德性是在不完全的媒介物的完全用法。没有一个艺术家是愿意证明各种事物的。即使那些事物是真的，可以证明得出来的。（他也不愿意证明的。）

没有一个艺术家是有道德的同情的。在艺术家中间的道德的同情是一种不可赦免的形式的守一主义。

没有一个艺术家是不健全的。艺术家无论什么事物都表现得出来。

思想和言语对艺术家是一种艺术的器具。

恶和善对艺术家是一种艺术的材料。

由形式而论，音乐家的艺术是各种艺术的典型，由感情而论，伶人的技巧是（各种艺术的）典型。

各种艺术都是表面的而且又是象征的。

参入表面下去的人，是冒着危险去参的。

研究到象征上去的人，是冒着危险去研究的。

艺术所真真返照者，是观察者，并不是生活自己。

对于一艺术作品的意见的不同，便是表明那一种作品是新的，复杂的，有生命的。

批评家虽则不一致，艺术家却与自己能调和的。

有一个人做成一种有用的事物，当他不赞美这事物的时候，我们可以饶赦他的。做成一种无用的事物的唯一的辩解，是在这个人的非常热烈的赞美。

各种艺术简直都是无用的。

托尔斯泰回忆杂记

〔俄〕高尔基

一

比任何的思想更是频繁而且厉害地苦恼他的是关于神的思想。实在，有时候，仿佛是并不是关于神的思想似的，他对这问题所讲的话比他所想讲的更少，但他的所想却常常是在这一个问题。这不能够说是老年的征候，死的预感——不是的，我想是从他的那种微妙的为人所难免的傲气上来的，并且——虽则是只有稍微一点——也是从一种屈辱之感上来的；因为像莱阿·托尔斯泰这样的人，还不得不将自己的意志屈服于一个"连锁球菌"（Streptococcus）之下，实在是一种屈辱。若他是一位科学家的说话，那他一定可以推寻出一种最新奇的假说，而创始些伟大的发明无疑。

二

他的双手是最奇妙也没有的了——并不是美丽，但是满长着胀粗的血管的节瘤，而又满保有一种特异的意味和创造的能力。或者莱阿那尔陀·达·文济（Leonardo da Vinci）是有那样的手的。有了这样的手，那我们是什么事情也可以做的了。有时候，他一边讲话，一边会伸动他的手指，渐渐地捏拢来捏成一拳，然后，忽而又张开来发一句很好的、有重量的话语。他是像一位神明（希腊人的），却是一位"坐在黄金色的菩提树底（golden lime tree）的枫树宝座上"的俄国神明，并不十分庄严；但也许是比另外的任何神明都乖巧一点。

　　他的对待斯勒儿济兹基（Sulerzhizky）用的是像一位妇人般的慈爱。对契诃夫（Chekhov）的他的爱却是父性的爱（paternal love）——在这爱的里面是含有一个创造者的矜夸之感在那里的。斯勒儿（Suler）却正能挑动他的慈爱，一种似乎使这魔术者也决不会感到困倦的不断的兴趣和喜悦。或者在这情感之中少许有些可笑的地方也说不定；正同一位老独身女之对于一只鹦鹉，一只小洋犬，或一只雄猫所感到的爱一样。斯勒儿是一只从异域的未知之国里来的很可爱的野鸟。像他那样的人有一百个的时候，那是一定能够将一个乡下小城市的表面，同样地也可以将这小城市的灵魂，变换过的。他们会打破这小城市的表面，他们也会使这小城市的灵魂里充满起带有暴烈辉耀与顽强的野性的热情来。我们很容易欢快地爱上斯勒儿，当我看见许多妇人们如何地在玩而假装正经地接受他的时候，真使我惊异而欲怒。可是在这一个仿佛是玩而假装正经之下，也许有十分谨慎的戒防藏着在那里的。实在斯勒儿是不十分可靠的呀。谁能知道他明天会变得怎样呢？他也许会去投掷炸弹的，他也许会去参加歌舞场中的乐师的一团的。他保有着足与常人的三个人生相抵的精力，他保有着如烧红的铁块似的发散火花的生命之火光。

三

可是有一次他对斯勒儿却大发了怒。有着无政府主义倾向的莱阿坡耳特（Leopold）常常要热烈地谈论到个性的自由；而莱阿·尼古拉维支老是要嘲笑他的。

我记得，斯勒儿济兹基不知从何处得到了一册公爵克鲁泡特金（Kropotkin）的薄薄的小册子，于是他便感到了兴奋，终日间对无论何人只在谈论着无政府主义的妙谛，胡乱瞎闯地在大谈其哲学。

"喂，莱阿夫式加（Liovushka），别说了吧，我听腻了！"莱阿·尼古拉维支很不愿意地说："你像一只鹦鹉，老在反复那一句话，自由！自由！……那真意可是在什么地方呢？你假使得到了照你所想'那么'的，依你所说的那么地自由的时候，那又有什么呢？照哲学上看起来，是一个无底的虚空。在生活上、在实践上你将变成一个懒食者，一个寄生虫。假使你是照你所说的意义地自由了的话，那还有什么能把你与生活和人类联系起来呢？的确——鸟类是自由的，可是无论如何它们还要造它们的巢。你是，我怕你为你自己连一个巢都造不成，怕只是像一只雄狗一样，遇着就是满足满足你的性的感情罢了。你且认真地把那意义想一想！你将看出，你将感到像这样的自由的意义的终究，不过是虚空，是无限。"

他愤怒地蹙紧了眉头，静默了一瞬间，然后又较镇静地加上去说："基督是自由的，佛陀也是自由的，——可是他俩却承受了全世界所犯的罪，而自发地踏进了这现世生活的牢狱。

此外比此更远一点的地方还没有一个人到过，没有一个人。至于你哩？我们哩？我们都只在渴望着对于邻人可以不尽义务的自由，——但是恰是对于这些义务之感，是把我们造成为人的。假如这些感情没有了的话，那我们将同兽类一样地生活下去了。……”

他微笑了起来。

“可是现在我们还是在议论着人类要如何才能比较更善地生活过去。结果虽不能得到多大的利益，可是确也不少。譬如说吧，你在和我争论，而在那样地发怒，甚至你的鼻子都已经变得完全青了，——但你却还没有打我，也还没有骂过我一次！假如你真真地感到完全自由的话，那恐怕你简直要把我杀死了哩！”

他又沉默了一忽，然后又附加着说：“所谓自由者——是一切的一切，大家都和我同意的时候的意思。但是当那个时候我是已经不存在了，因为我们只在互相冲突与矛盾之中才能意识到我们自己的。”

四

戈勒登伐绥尔（Goldenweiser）演奏了些萧邦（Chopin）的乐曲，致引出了莱阿·尼古拉维支（托尔斯泰）在底下所讲的这些言辞：“有一位德国的小君主说：‘你若想羁畜奴隶，你必须在可能的范围内多奏音乐。’这个想头实在是不错，实在是一种真实的观察——音乐是真可以蒙缓心灵的。尤其是天主教徒们在实现着这事情；当然，我们的那些教徒们是不愿意在教会堂里与曼兑勒生（Mendelssohn）相融合的。有一位土拉的信徒（a Tula priest）对我确证着说基督不是犹太人，虽则犹太上帝之子，而他的母亲是一位犹太妇人——他对这是承认的；但他却在说：'那是不可能的。'我问他：'可是为什么又……'他把肩头一耸说：'嗳，这对我可正是神秘的地方。'"

五

我想起托尔斯泰他对我讲的话："一个知识阶级的有理智的人正像古代的那位加里西亚王公苻拉迭弥儿珂（the Galician prince Vladimirko）。他远处在十二世纪的古代，竟敢大胆地声言说：'我们的现代是没有奇迹的。'六百年过去了，各知识阶级的理智者尽在互相努力响应，高叫着说：'奇迹是没有的，奇迹是没有的。'而百姓们却正同在十二世纪的时候所信仰的一样，在信仰着奇迹的存在。"

六

"少数者觉得有上帝的必要，是因为他们已经得着了其他的一切东西；多数者觉得有上帝的必要，是因为他们毫没有什么东西。"这是托尔斯泰的说法；但我的想说的却和他有点不同；多数的信仰上帝者是因他们的卑怯，只有少数人却因灵魂的充实而在信仰上帝。

六

"你喜欢读安徒生（Andersen）的童话么？"他曾经沉思

地问过我。"当马克·伏芜巧克（Mark Wowtschok）的翻译出来的时候，那时我真懂不得那些童话，十年之后重把那本书拿起来诵读了一遍，我忽而很明了地感到了安徒生必定是非常感着孤独的！非常！我并不晓得他一生的生活。在我所知道的，只晓得他过的生活很胡闹，旅行得很多；可是这适足以证实我之所感，他是在那里感到孤独的。正因为这个缘故，所以他转向了小孩子们，虽则这也是一个错误。他仿佛在想，小孩子们对人是比大人对人更有同情似的。小孩子们是完全没有怜悯之心的，他们是不能感到怜悯的。"

七

他曾劝过我去读读佛经。一谈到了佛教和基督，他的谈话总是很感伤的。当他谈到基督的时候，样子总是异样地可怜——也没有热忱，也没有感情在他的言语里，并且也没有真实的火花。我想他看基督，是把基督当成了单纯的并且是值得我们怜悯般地在看的；并且他虽则也时时赞美基督，但是他却并不爱他。仿佛他是在不安地担忧：假使基督来到了一个俄国乡村里的时候，怕那些姑娘们要对基督轻笑吧。

八

今天大公爵尼古拉·密开洛维支（Nikolay Mikhailovich）是在托尔斯泰的家里，一见就可以知道他是一个聪明的人。他的举止很谦逊，他不大说话。他有富于同情的双眼并一身优美的姿态，行动是很沉静的。莱阿·尼古拉维支对他漾着爱抚似的微笑，有时讲讲英文，有时讲讲法语。用了俄国话他说："喀兰浔（Karamzin）是专为了皇帝而写，所罗维奥夫（Soloviov）是写得太冗长乏味，而克鲁楷夫斯基（Klutchevsky）却是为了自己的娱乐而写的。克鲁楷夫斯基实在是一位再狡猾也没有的人；当初读的时候，你得到的印象以为在赞美，但读下去之后，你可以看到他是在咒骂。"

有人提到了查毕林（Zabielin），托尔斯泰的意思是："他是很好的。可以说是一位非本行的收集家（an amateur collector）。随便什么东西，有用的他也收收，没用的他也收在那里。他描写饮食，似乎是他从来没有吃过一餐满足的膳食过的样子；可是他呀，终竟是很，很有趣的。"

九

他要使我联想起那些终生在巡礼的行者，他们一生只捏着长长的行杖在地球上行尽数千哩路，从这一个寺院到那一个寺院，从这一个圣者的遗骨到那一个圣者的遗骨，可是终究还是非常地孤寂，状同无家之犬，无论何人无论何物对他们终是不能亲近的。这世界不适合于他们，上帝也不是为他们而存在的。他们从习惯上虽在向上帝祷告，然而在他们的灵魂深处他们却在对他怀恨——为什么他要驱策他们从这端走到那端的，使他们在地球上飘泊呢？为的是什么？人类是横亘在路上的树的断根残干和石块之类的东西。一个人走路的时候会触着他们而跌倒，有时候竟会因他们而受伤。一个人没有他们也尽可以过去，但是有时候一个人以自己的和他不同之点而来惊他一下，将自己的与他特异之处显给他看看，也是一件快活的事情。

十

有一次他说："普鲁士的弗来特列克（Frederick of Prussia）说得很不错：'每一个人一定要依他个人自己的情形方法救度自己。'他又说：'议论你尽管可以去议论，但是一定要服从。'但是当他垂死的时候却又自认着说：'我是为统御多数奴隶之故而倦竭了。'这些所谓伟人之类都是非常地在自相矛盾；可是这和他们另外的许多愚事在一起都在被原恕之列的。虽然，矛盾并不是愚笨；愚人是很顽固的，他不晓得如何地矛盾自己。是的，弗来特列克真是一个奇怪的人，在德国人中间他是被称为最好的一个君主的，可是他对德国人总觉得不能忍受；他连对哥德（Goethe）和费兰特（Wieland）都是不喜欢的。"

十一

"浪漫主义是因怕直视真理之眼而来的。"昨天他说到了巴里茫德（Balmont）的诗说。斯勒儿却不赞成他这话，并且因兴奋之故急得发音也发不清，又很感动似的读了几首其余的诗。

"莱阿夫式加，"他说，"这些并不是诗；它们是些矫揉造作的假东西，无用的长物，如同中世纪的人所说的一样，是一串无意思的文字的联成。诗是没有虚饰的（poetry is artless）；当斐德（Fet）写'我将歌咏什么连我自己也不曾知道，可只是呀我的歌儿却自然成了'这几句的时候，他却表示了一种纯粹的、真正的、国民的对于诗的感觉。农夫，他也自己不知道自己是一位诗人的——呵，噢，啊，与嗳哝——从这里真正的诗歌却会发生出来的，正同鸟儿的歌唱一样，是直从灵魂里发出来的呀。现代的你们那些新诗人都是在那里苦心制造。有许多愚劣的法国货叫作Articles de Paris的——这就是啊，这就是你那些诗句串成者所创制的东西啊。涅克拉梭夫（Nekrassov）的困穷的诗也是从头至尾苦心制造出来的东西啊。"

"那么倍兰谢（Bèranger）呢？"斯勒儿问他。

"倍兰谢么——那却不同。法国人和我们中间有什么共通的地方？他们都是肉感主义者；精神生活对他们是并没同肉欲那么地重要的。对于一位法国人，女人就是一切。他们是一种颓弱的、去了势而带女性的国民。医生说肺病患者都是肉感主义者。"

斯勒儿以他特有的那种直截痛快的论调和他辩论了起来，滔滔不绝地发放了一阵言语的洪流。莱阿·尼古拉维支注视着他开口大笑着对他说："你今天似乎是在撒娇发那种怪脾气，正同一位少女，到了结婚的年龄而还没有找到一个爱人一样地。"

十二

疾病弄得他更是干枯无力，从他的里头将有些事物烧去了。内心的方面也似乎轻快了一点，比前更是澄澈透明，更是大悟谛到了。他的双眼变得更加犀利，视察变得能洞穿一切的样子。他听人说话非常地用心，仿佛是在注意回想起有些被他所遗忘的事物，或者等候着些新奇的、未知的事物似的。在耶斯那耶·朴利耶那（Yasnaya Polyana）我觉得他是一位什么事情都知道而更没有一样事物须学而方知的人物——是一位已经把什么问题都解决了的人物的样子。

十三

他若是一尾鱼，那他一定是只在大洋里游泳的鱼，再也不会到狭窄的海里来游，尤其是不会到平地上河流的浅浊的水里来游的。在他的周围这里那里，或向这边那边，只息着跳着些小鱼之群；他所说的话对小鱼们决不会有趣味，对它们也是没有什么必要的，而他的沉默也哪里会惊骇或感动它们？可是他的沉默实在能使人铭感不忘，实在是像一个被这世俗所驱逐出来的真实隐者的沉默，虽则他说话说得很多，而对于有些问题他且感得是有说话的义务的，但他的沉默觉得更其伟大。一个人总有许多事情是不能对任何人说出来的。当然他也有些是他所怕的思想在他的脑里的呀。

十四

有人送了他一册很好的基督神子的故事译本。他很喜欢地朗诵给斯勒儿和契诃夫听了——他实在是可惊地诵读得出色。他尤其是爱上了魔鬼们苦弄地主们的一段。在这点我觉得有些不喜欢的地方存在着。他在此总不是不诚实地在戏谑的，但是，假使这是认真的话，那就更不好了。

既而他说：

"这些农夫们做故事真做得好啊。什么都是很简单的，字数很少，而感情又很丰富。真的智慧是用不着许多字的，譬如说吧，'上帝怜悯我们'（God have mercy on us）。"

　　但是那故事终究是一篇惨酷的故事。

十五

　　他对于我的兴趣单是人种学上的兴趣。在他的眼里看来我是属于与他不同不识的一种类里的——只此而已。

十六

　　我把我的小说《牡牛》（*The Bull*）读了给他听。他笑了一阵，称赞了我的对于"用言语技巧"的知识。

　　"但是你的用文字却不大高明，你的那些农夫们说话都说得很聪明。在实际生活上他们所说的是很笨拙而矛盾不联贯的。当你听一个农夫的说话之初，你简直不能听出他所想说的是什么话来。这是故意做出来的；在他们的言语的笨拙之下老是有一种狡猾藏着在那里，他们想教对手说出自己心里的事情来。一个好的农夫决不愿马上就将他的心事说出来的；这是不利益的事情呀。他晓得大家在接近一个愚人的时候才是直率简明的，这才是他所希冀的事情。你若在他的面前显示了一切，那他马上就可以看出你的全部弱点来啦。他对一切都是疑惧心很重的；就是对他自己的女人也怕将心底里的事情说出来告诉给她听。但是在你的各小说里的农夫们，却是诸事都显示在那里的：这是智慧者的一个总集会。并且他们都是用了警句在说话；这也是与实际生活不符的事实；在俄国话里警句是不自然的。"

"那么古谚和格言呢？"

"那却不同了。因为古谚和格言并不是现代所创制出来的东西呀。"

"但是你自己也不是常在用警句说话的么？"

"决不。并且还有，你对什么事物都在加以修饰点染，人物和自然一样地——尤其是人物。烈式诃夫（Lieskov）也是这样的，这位最爱虚饰造作的作家现在已经没有人去读他了。你切不要受这些作家的任何一位的影响，也不要怕惧任何人，那你就对了。"

十七

在他给我读的日记里，我被他一句奇异的警句"上帝是我之所欲"所惊异了。

今天当我还那本日记给他的时候，我问他这是什么意思。

"一个未完了的想头，"他一边缩小了眼睛瞧着这页书上，一边回答说，"我大约是想说：'上帝是我之所欲知道他的'……不，不是那样……"他笑起来了，将那本日记卷成了一筒，就塞进了他那件宽大的外衣的大口袋里。他和上帝的关系是很不定而可疑的；这些关系有时候要使我想起"在一个洞穴里的两只大熊"。

十八

对于科学他说："科学是譬如一位假炼金师的铸成的一条金棍。你若想把它单纯化了，使它可以和大家接近；那你不过是铸造了些伪的货币而已。当大家将这些货币的真价发现的时候，他们是不会感激你的。"

十九

我们在优索坡夫公园（The Yussopov Park）内散着步，他很深刻地谈到了墨西哥的贵族阶级的风习。一位硕大的俄国农妇在花坛上做工，身体俯屈到了直角的度数，同象牙似的一双腿是露着的，她的丰隆的十磅重的胸部尽在摇动。他很注意地守视了她一回。

"使那种种的繁华逸乐可以继续维持下去的，正是这些硕大的女像柱（caryatides）之力呀。不单是由于农夫农妇们的劳作，不单是由于他们所付的租税，实在也是由于她们的实际上的血液。假如贵族阶级不时时和像这一个女人一样的女骑士们结合的话，那他们早就要种灭人亡地死绝了。他们要想同我的时代的那些青年们一样浪费了精力而不受一点责罚是不可能的。于是当他们犯了许多野行之后，当然有许多便和农奴的姑娘们结了婚而生出些强壮的种子来。照这一个样子，也就是，可以说农夫们的强力救济了他们。这一种强力在无论什么地方总是很得力的。贵族阶级的一半总不得不把他们的精力为自己而化去，而另外的一半就和入农夫之血里，于是，像这样地就把农夫的血散布开来。这实在是一件很有效用的事情啊。"

二十

他很喜欢讲到关于女人的事情，并且也讲得很多，正像一位法国的小说家似的，可是他总免不了一种俄国农夫们通有的猥俗口调。这是在从前老使我感到不快的。今天在亚儿蒙特公园（the Almond Park）里走着，他问安东·契诃夫说：

"你当年青的时候总也弄了不少的女人吧？"

安东·保罗维支（Anton Pavlovich）作了一脸困惑的微笑，将他的小胡子拉拉，讲出了些听不到的话来，莱阿·尼古拉维支注视着海面自认着说：

"我当时真是一个百战不败的铁汉呀……"

他的讲这话是很有忏悔的意思的，把这话的末尾一字用了一个农夫们所用的辛酸的俗字。我在此地才头一次注意到了他的用这些字语是如何地简单纯粹的，仿佛是他除此而外并不觉得另外还有更适当的字来说出的样子。从他的须毛丛密的嘴唇里说将出来，这些字语听起来变得非常地单纯自然，将它们的带军人味的猥俗淫污的地方都化去了。我记起当我初次和他见面及他的讲到《伐连加·奥里梭伐》（Varienka Oliessova）和《廿六个男子与一个女人》（Twenty-six and One）的时候的事情来。依寻常的见地来判断，那他所说的简直是一串很猥亵的字语。我当时很被这事所恼乱，甚至于觉得发气了。我猜想他仿佛是以为我不能懂得另外的一种高尚一点的言语似的。我现在了解了：觉得发气的那件事情，说起来实在是可笑得很，愚陋得很。

二十一

他坐在细丝杉树荫下的石椅上，看起来是非常地清瘦弱小，灰老的样子，可是却正像那耶和华上帝（Jehovah Saboath）一样，他是有点疲倦了，在和一只花鸡合了调子吹口笛取乐似的。花鸡尽在树的浓荫黑处叫唱；他朝上看着，缩小了他那双小而且敏的眼睛，同小孩似的将嘴唇尖起在吹着不完全的口笛。

"这真是一只热狂的小鸟啊！它仿佛是在发怒。这是什么鸟儿？"

我告诉了他关于花鸡这一种小鸟的事情与它的特质的嫉妒性。

"全生涯就只一曲唯一的歌，"他说，"且也嫉妒。吾人在心里却怀有千数的歌，可是也为了他的嫉妒而被人骂；这是公平的事情么？"他一边默想着一边在说，仿佛是在自己向自己发问的样子。"有时候一位男子往往要对一位女子说出比她所应该知道的还要多一点的关于他自身的话。他讲了随即忘记了，而她却记在那里的。或者妒嫉是从怕自己的灵魂堕落，怕被轻视嘲弄上来的么？一个抓住在男子的情欲上的女子倒并不危险，危险的却是抓住着在他的灵魂上的女子呀……"

当我用了他的小说《克罗绰尔·梭那泰》（*Kreutzer Sonata*）指出在这里面的矛盾的时候，一道急发的微笑的光辉忽在他的胡须上闪过而回答说：

"我并不是一只花鸡。"

晚上在散步的中间，他突然地说：

"人类也曾经过地震、瘟疫、疾病的恐怖，也曾经过各种灵魂上的苦闷，可是在过去，现在，未来，无论什么时候，他的最苦痛的悲剧，恐怕要算是——床笫间的悲剧了。"

一边讲着这话，一边他很夸喜似的微笑了；他时时有这一种会心的沉静的微笑，这实在是一个人当战胜了些极困难的事情，或当他身上有一种很锐利而且很长久苦恼他的痛苦忽而除去了的时候的微笑。每一种思想，都会同水蛭似的吸入到他的灵魂深处去；他若不是马上将它挖出，总先让它饱吸一场他的血，然后，到了饱满了，它自家就会忽然脱出来了。

他把描写神父赛儿纽斯（Father Sergius）堕落的几场情景念给了斯勒儿和我听——实在是一幅惨酷的情景。斯勒儿突起了嘴唇不自在地抽动起来了。

"怎么着，你不喜欢这一段么？"莱阿·尼古拉维支问他。

"这太惨酷了，仿佛是陀斯妥以夫斯基（Dostoievsky）所写的似的。她是一个卑污龌龊的女子——她的胸部扁平得像两块蛋饼，还有那些另外的描写。为什么不使他和一个美丽的、强壮的女子犯奸呢？"

"那么一来这奸罪将要没有一点可以辩解的正当理由；像写在那里的样子，那就在怜悯这女子之上有一个正当的理由了。像她那么的女子有谁愿意要她？"

"我真不能懂得……"

"莱阿夫式加，你所不能懂得的事情多着呢；你并不十分敏捷……"

这时候安特来·里伏维支（Andrey Lvovich）的夫人进来了，一场谈话就此打断。当她和斯勒儿两人走出去之后，莱阿·尼古拉维支对我说："莱阿坡耳特（Leopold）是我所晓得的人中间的最纯洁的一个。他是像那样的；假使是他做出了些坏事情来的话，那总是因为他怜悯了些别的人才做的。"

二十二

他所讲的，大抵是关于神，关于农夫，关于女人的话。他不大讲到文学上去，仿佛文学和他是没有关系似的。我的意见，觉得他对于女人总是用了不能轻恕的敌意在判断，老爱责难她们的，除非她们是像一位吉谛（Kittie）或娜泰沙·洛斯妥伐（Natasha Rostova）那样的女人，换句话说，就是除非是气度不窄小的女性的时候。这是一位不能从女人那里得到一切凡他所应得的快乐的男子的敌意，或者也可以说是对于"使人堕落的肉的冲动"的敌意，但是这终究是敌意，并且冷酷得同在《安娜·喀来尼娜》（*Anna Karenina*）里头的一样。关于"使人堕落的肉的冲动"，他在礼拜天和契诃夫及雅耳派迭夫斯基（Yelpatievsky）所谈的关于卢骚《忏悔录》（Rousseau's *Confessions*）的一席话里讲得很好。斯勒儿已将他所讲的话写下来了，但后来，在煮咖啡的时候，又将它在酒精灯上烧掉了。从前已经有一次他把莱阿·尼古拉维支的对于易卜生（Ibsen）的意见记录烧去过了，他并且也把莱阿·尼古拉维支的对于结婚仪式的象征等的很异端式的谈话记录失掉了，这些异端的意见，大抵有一部分是和洛撒诺夫（V. V. Rosanov）的相同的。

二十三

　　早晨有几位斯东提士教徒（Stundists）从非陀细亚（Feodosia）来到了托尔斯泰那里，今天一天他感到了满心的乐意在谈农夫们的事情。

　　吃早饭的时候："他们总是这么又强健又肥胖地来的；一个说：'嗯，我们是并没有受招请就来了。'另一个说：'蒙上帝的帮助，我们希望不被打而可以离开此地。'"他就发生同小孩似的哄笑，笑得遍身都在摇动。

　　吃早饭之后，在露台上："我们怕就要变得完全不懂得一般民众的言语哩。现在我们只晓得说'进步的原则'，'个人在历史上的意义'，'科学的进化'；而一个农夫却只知道说'你哪能把一只猫头鹰藏匿在袋里'；于是一切的原则理论、历史、进化等等都变得很可怜而又贫弱可笑了。因为它们对一般人是不可解并且也是不必要的。可是农夫是无论如何总比我们强壮；农夫的生命是很坚韧的，我们的运命也许会变得同阿就儿（the Atzurs）种族一样，有一位学者所得到的关于阿就儿人种的事情说：'阿就儿人全部都死灭了，但是这里还有一只鹦鹉在，能够懂得几句阿就儿语的。'"

二十四

"女人对于她的肉体，是比男子要认真些；但是对于她的心灵，她是要撒谎的。而当她撒谎的时候她是不相信自己的；但卢骚他撒了谎又在信他自己的谎是真实。"

二十五

"陀斯妥以夫斯基描写他的狂人性格之一，说他的活着是对他自己及他人在报仇，因为他曾经为一个他所不信仰的事因服过苦役的缘故。他所写的那些都是关于他自己的；因为关于他自己他也可以说同样的话的原因。"

二十六

"在教会里用的有些字句实在是十分地不明了的，譬如说：'大地是上帝的和地上的一切'这句话有什么意思呢？这并不是圣书，这不过是通俗唯物论的科学的一种。"

"但是你在什么地方将这些字句说明过了不是？"斯勒儿说。

"说明过的东西很多，……'一个说明是不能完全满足到底的'呀。"

于是他作了一脸狡猾的小小的微笑。

二十七

他喜欢将疑难不易答及作弄人的问题来盘问人家：

你想你自己怎么样？

你爱你的女人么？

你想我的儿子，莱阿，是有才能的么？

你喜欢苏斐亚·安特来夫那（Sophie Andreyavna，托尔斯泰的夫人）么？

对他撒谎是不可能的事情。

有一次他问说："亚力克西·麦克西摩维支（Alexer Maximovitch），你喜不喜欢我？"

这是一种"播轧太"（Bogatyr系俄国传说里的一位人物，勇敢粗暴而自负，像一个小孩）的作弄恶意；伐斯喀·蒲斯拉耶夫（Vaska Buslayev）在他年少的时候也曾玩过正同这一样的把戏来的，真是喜欢恶作剧的家伙。他是老在试验着的，无时无刻不是在准备着战斗似的在探测着的。这虽很有趣，但我却不大喜欢。他是恶魔，而我还只是一个婴孩，他应该不来搅扰我才是道理。

二十八

农夫对他所有的意义，或者不过是一种——恶臭而已。他时常感觉到此，所以不知不觉地就也不得不讲及它。

昨天晚上我对他讲了我和柯儿奈将军的夫人（General Kornet's Wife）打架的事情；他笑了甚至于叫了起来，他侧腹部弄得很痛，呻吟了一阵又继续着用很尖的声音在叫：

"用了锄铲！嗳，用了锄铲打在她的下部？正打在下部！那把锄铲是很阔的么？"

停了一会之后，他又很正经地说："你像那样地打她实在是你的豪侠的大量，另外的一个无论何人为了那件事情怕要打上她的头去。真是大度之至！你当时也知道她在要你么？"

"我却记不起了，大约我怕没有懂得的。"

"是的！不过那是很明显。当然她在要你。"

"那时候我却并不是为这勾当而在做人的。"

"不管你是为什么在做人，总之是一样的。当然你不是一个拆白的小白脸，但是无论哪一个另外的男子在你当时的地位，那他一定可以利用这机会而发了财了，或者将变成了一位大地主而已经生了几个没出息的酒鬼儿子而终世也说不定。"

在沉默了一阵之后："你真滑稽得很——请不要生气——真滑稽得很。你当应该是怀怨变恶的时候也仍旧是那么善良温和的这件事情，实在是奇怪得很……你真强……那是很好的……"

又隔了一阵沉默之后，他深沉地想着，一边加上去说："你的心理作用我真不懂——这是一种非常复杂的心理——但是你的心情却是纤敏得很的……是的，是一种易感的心情。"

注　当我住在喀山（Kazan）的时候，我曾在柯儿奈将军夫人家里做过她的门房兼园丁的仆役。她是一位法国妇人，一位将军的寡妇，年纪很轻，丰肥得很而双脚的纤小竟同一位小女孩的肉脚差不多。她的眼睛有使人惊异般的美丽，瞳人老是游移不定，老在贪羡似的活动瞟视着的。在她的结婚之前，我想她一定是一个叫卖行商的女贩子或者是一个女厨子，或者也许竟是一个卖淫的女间都说不定。她早晨一早起来就要沉醉在酒里，醉了就只穿着一件有橙黄色的外衣宽罩在那里的贴肉衬衫走到庭前或园里来，脚上总只拖着一双红色麻洛甲皮制的靼靼拖鞋，头上是一头浓厚的长发。她的头发是不经意地束着的，总披挂在她的红艳的双颊及圆肩之上，真是一个年轻的妖精！她老爱在园里走来走去，哼哼着法国的小曲，守视着我的工作，并且时时还要到厨房口去叫：

"保林（Pauline）呀，给我点什么东西哟。"她的"什么东西"总只是一种同样的东西的意思——就是一杯有冰浸在里头的酒而已。

她的房屋的楼下住着三位年轻的公主（Princesses　D. G.），她们的母亲已经死了，父亲是一位兵站部的将军，到别处去了，柯儿奈将军的寡妇嫌恶那几位少女到了极点，老在想法子对她们用了种种迫辱的事情想赶她们出去。她本来说俄国话是说不好的，但咒骂起来却咒得很好，真像一位老练的车夫。我对她的那种迫害那三位无邪的少女的态度是十分地不喜欢的——因为她们是忧容满面，并且是胆战心惊、一无凭借的样子。

有一天的午后，她们中间的两位正在园里走着的时候，突然间那位将军的寡妇出来了，当然是照老式地喝醉了的，她就喧叫起来赶她们走出到园子外面去。她们一声也不响地开始走出去了，但那位将军寡妇却站在园子的出路门口，她的身体同瓶上的软木塞似的将园门塞住了，一边却又用了像一个真正的车夫用的俄国话在咒骂她们。我请求她不要咒骂而让那两位姑娘出去，但她却叫了起来说：

"你这东西，我是知道你的！晚上你是在爬进她们的窗去的。"

我气极了，就抓住了她的肩膀，将她从门口推开，但她挨脱了身，面朝着了我，马上将内衣解开，举起她的衬衫叫着说：

"我比这些小东西好得多呀。"

我的性子竟按捺不住了。抓住了她的脖子，将她朝了一个转身，用了我的锄铲打上了她背后的下部，于是她就跳出了园门，跑过了庭前的院子，大吃一惊似的"噢！噢！噢！"地叫了三声。

这事情发生之后，我从她的亲信者保林那里——保林当然也是一个醉鬼，不过是一个诡计很多的女人——得到了旅行照会，将我的一捆包裹夹在腋下，就离开了那地方；而那位将军的寡妇呢，手里捏了一块红色的围脖还站在窗口叫着说：

"我不去叫巡警的——没有什么的——听着——你回来吧——不要怕。"

二十九

我问他："当坡苏尼绥夫（Poznyshiev）（在小说《克罗绰尔·梭那泰》里）说医生们已将千千万万的人害死了而现在还正在害死千千万万的人的时候，你是赞成他的意见的么？"

"你很急急乎想知道这事情么？"

"嗳，很急急乎想。"

"那么我想不告诉你。"

他又作了一脸微笑，玩起他的大拇指头来了。

我想起在他的小说之一里的他的一个乡下假冒兽医与真正医药师的比较：

"基儿却克（Giltchak）朴欠契尼（Potchetchny）放血（是乡下的假冒兽医对马的疾病所用的名词）之类的名词，不是正和神经，偻麻质斯，有机体等等一样的么。"

而且这是在潜纳尔（Jenner）、倍林（Behring）、巴斯德（Pasteur）之后所写下来的。实在是一件狂暴的事情。

三十

真是奇怪之至，他竟会这样地喜玩纸牌的。他玩纸牌的时候是很认真，很具热情的。当他拿起纸牌来的时候，他的双手会变得非常之神经质的，正同他所捏着的，并不是无生命的硬纸片儿，而是一只一只的活的小鸟一样。

三十一

"迭更司（Dickens）说了一句很聪明的话：'生命是在一个一定的了解之下，就是我们应当勇猛地防卫它到底的这一定的了解之下给与我们的。'全体地说起来，他是一个感伤的、闲话很多的、不十分高妙的作家，不过他知道如何地组成一篇小说，这却是没有一个人赶得他上的。自然他要比巴尔札克（Balzac）好得多。有一个人说：'有许多人是每被做书的热情所征服了的，但是没有几个人到后来会对这些作品感到耻辱。'巴尔札克是不以为耻辱的，迭更司也是如此，而他们两人都写了许多不好的作品。可是，巴尔札克也还是一个天才。或者无论如何总是一种你只能叫它作天才的东西。……"

三十一A

有人拿了一本莱阿·铁诃密罗夫（Leo Tikhomirov）的《为什么我不再做一个革命家》来。莱阿·尼古拉维支将这书从桌上拿起，悬空翻动着说："这书里关于政治的杀人说得很对；在这一个斗争方法里是没有明确的思想作它的根据的。这一位觉悟了的杀人者说，像这样的思想只有在个人的无政府主义的绝对权里与对世界人类的轻蔑里可以见到。这话很对；可是'无政府主义的'绝对权却是落笔错，应该写作'君主专制的'绝对权的。这是一个很好的、很正确的思想，恐怖主义者们遇此全将蹉跌在这里——我当然是指那些正直的人而言。生成嗜杀的人是不会蹉跌的。遇到什么也不会蹉跌。可是实际他也只是一个单纯的杀人者，不过偶尔成了一个恐怖主义者而已……"

三十二

有时候他像是很自负而量小的样子，简直同一位伏尔加（Volga）宣教者一样，这事情出在这位我们世界上的洪钟的伟人身上是很可怕的。昨天他对我说：

"我比你更是与农奴（mouzhik）相近，我觉得我的感情也是更接近于农奴。"

天呀，他总要不以此为夸谩才好，他是断不可以的！

三十三

我将我的剧本《下层深处》（*The Lower Depths*）念了几场给他听；他很注意地听了然后问我说："你为什么要写那篇戏剧？"

我尽我的最善而解释给他听。

"人常看到你像一只雄鸡对什么东西都会猛烈地跳扑过去。并且——你常要用了你自己的颜色涂满在各种裂陷和缺陷之上。你总记得安徒生（Andersen）所说的那句话吧：'镀在那里的金色将渐剥落，而猪皮底子将永在那里。"正同我们的农夫们所说的一样，'万事万物是要过去的，只有真理可以永在。'你若把你的那些涂饰不摆上去，那就要好得多，因为你自身到了后来怕要失悔着做了这事。同样的又是，你的言语是非常之巧妙，具有各种技巧的秘计在那里——那是不大好的。你应该写得再简朴一点；一般人的说话是很简单的，简直也有矛盾不相连贯的，那就是好呀。

"一个农夫不会像一位有学问的年轻的夫人一样提出下面这样的诘问的：'假如四是常比三多，那么为什么三分之一会比四分之一多呢？'请你再不要用技巧的秘计了吧。"

他说话是很悻悻地在说的；显见得他是很不满意于我所读给他听的东西的。沉默了一会之后，他呆视着我头上的空际，郁郁地说：

"你的老人，是没有同情的，人哪里会相信他的好处。那优伶却不错，他是好的。你总晓得《文化之果》（*Fruit of Enlightenment*）的吧？我在那里所描写的那个厨子是像你的这优伶。写戏剧是不容易的。但是你所写的卖淫妇却也很成功，她们大约总一定是像那样子的。你总认识得很多吧？"

"嗳，我从前老在和她们接触的。"

"是的，看得出来的。真实总归是自己会显示出来的。你在剧里所说的大部分都系是你自己一个人之所想说的，所以你在那里没有几多不同的独立性格，你的人物全部都是一样的面容。我想你还没有懂得女人；那些女人你还没有写得大成功。人读了之后不会想起她们来……"

这时候安特来·里伏维支的夫人进来了，叫我们去喝茶去，他立了起来，很急速地走出去了，仿佛是他很愿意将这谈话终结似的。

三十四

"你所做的梦中间，以哪样的梦为最可怕？"托尔斯泰问我说。

我是不大做梦的，所以也不大记得牢，但是有两个梦却牢牢地留在我的记忆之中，大约是终我之身也不会忘记的。

我有一次梦见天上是拉拉杂杂的瘰疬很多的，似在腐烂的样子，青不青黄不黄的颜色，星都是既圆且暗，光线全无，也没有油润的光泽，像一个疥癣者的皮肤上的痂痕。而一条红红的叉状歧裂开的活像一条蛇似的电光慢慢地在这腐烂的天空里滑走，当它触着一颗星的时候，这星就会膨胀起来变成球形，然后就声音也没有地炸破了，破后的地方只遗存一小块烟也似的黑点；然后这黑点也很快地在朦胧腐化得同液体似的半透明的天空里消灭了。像这样地全部的星斗都一个一个炸破消灭，而天上变得一阵暗似一阵更可怕起来，最后天空就向上起起旋涡；沸腾得涨起泡沫，再爆裂成一块一块的小块，开始向我头上落起同冰冷的果浆似的东西来，而在各块小块断片的中间空处呢，却露射出一种光耀的黑色来，绝似那铁块的颜色。

莱阿·尼古拉维支说："这是从一本学术的书上来的；你一定是因为读了些关于天文学的东西；然后才有这个恶梦。那么另外的一个梦呢？"

另外的一个梦：一块有雪的大平原，地面平滑得像一张纸；没有小山，没有树林，各处也没有一点灌木之丛，只有——仅仅能看得见的——很少的几根标竿从雪底下突出在那里。横过在这一块死寂的荒原雪地之上，从地平线的这一边到地平线的那一边，只伸延着一线的黄色的差不多是恰恰可以认辨得出来的路线，在路线之上只有一对灰色的毡头靴子——是空的——在那里慢慢地前进。

他举起了他那毛簇簇的变成了狼似的眉毛，深沉地注视着我而沉思了一下。

"那是可怕得很的……你真的做了那个梦么；你总不是凭空造出来的吧？但是在这里也有点仿佛是从书卷上来的样子。"

突然间他似乎发起怒来了，很兴奋地严肃地说，一边却以手指敲着他的膝头，"可是你总不是一个常醉于酒的人吧？你似乎是从不会喝很多的酒的人。但是在这些梦里却有些昏醉的地方在里面。有一位德国作家，霍夫曼（Hoffmann），他曾梦见过打牌的桌子在街上跑路和其他的与此相像的事情，但是他却是一个醉鬼——依我们的识文字的车夫之所说，则是一个'Calaholie'空的靴子走路——那是可怕得很的。即使是你造出来的，也是很好。真可怕呀！"

忽而他又露了一大脸微笑，甚至于他的颊骨都放起光来了："你且假想想看：譬如突然间，在忒物斯喀耶街（Tverskaya Street）上有一张曲脚的打牌桌子在走路，桌板是拍拍的响的，桌子过处会有一层白色的灰尘起来，你在那绿色的桌布之上并且还可以见到许多输赢的数目在那里——许多收税的税务员在这桌子之上连续地打了三天三晚的牌——最后这桌子是忍不住了就这么地跑了开去。"

他大笑了，大约是注意到了我的因他之不信用我的梦话而有点生气了的原因吧，于是又说：

"你因为我想你的梦是有点书卷味之故而生了气了么？你且不要因此而恼怒；我晓得，一个人有时候是虚造出了些东西来而不觉到的，有些东西本来是一个人所不能信的，大约也是不能被人所相信的，而他却假想他是梦见了的，并不是假造出来的。有一个很有趣的故事是一位老地主所讲的：他梦见他自己在森林里走路走出到了一个旷野里了。在这旷野里他看见两堆小山忽而变了一位妇人的胸部，在这胸部小堆之间升出了一张黑脸来，脸上

该有眼睛之处却有两个月亮像两点白点似的生在那里。那老人梦
见他立在女人的两腿之间，在他的前面有一条深深的黑谷在那里
吸收他进去。在这梦之后他的头发开始变起灰白色来，他的双手
也颤抖起来了，于是他为要试水浴治疗之故而出国上医士克纳以
普（Dr. Kneipp）那里去。但是实际上他一定见过些像这样的事情
无疑——他是一个放荡的人呀。"

他拍拍我的肩膀。

"但是你是既非醉鬼又非放荡之人——你为什么会有这样
的梦的呢？"

"我也不知道。"

"我们关于我们自身的事情，是什么也不知道的。"

他叹了口气，缩小了双眼，想了一下，然后又轻轻地加上
去说："我们真是什么也不知道的。"

这一天晚上当我们在散步的中间，他拉住了我的手臂说：

"那双空的靴子在前进——嗳，真可怕呀？完全是空
的——搭拉搭拉地——雪在靴下轧轧地响。是的，这是好得很
的；但你真很有书卷气，很有。你且不要生气，这可是很不好
的，这怕要梗住你的去路阻止你的前进。"

我比他并没有什么过多的炫学的书卷气，当时我也无暇顾
及他所讲的那些很好听的细小的辞句，总觉得他是一个惨酷的
理性主义者。

三十五

有时候他会给人以一种仿佛是刚从远离的异国到来的印
象，在这异国里，一般人之所思所感以及他们的关系言语仿佛

是和我们完全不同似的。他倦极了似的灰色地坐在屋的一角里，正像异域的尘土还在他的身上。他对什么事物都很细心地同一位外国人或一个哑子似的在注视。

昨天，在吃饭之前，他正是像这一个样子地把思想散置在远处似的走进了起坐室里来。他在沙发椅上坐下了，经过了一分间的沉默之后，突然间将身子稍稍摇动了一摇动，将手掌向膝头去擦擦，把脸上的皱纹增加了些，说：

"可是那还不是全部——不是全部。"

有一位老是僵硬顽笨得同熨斗一样的人，问他说："你说什么？"

他对他动也不动地注视了一下，然后将身体屈向前，看到了我和医士尼基丁（Dr. Nikitin）及雅耳派迭夫斯基三人坐在那里的露台上来，并且说："你们在讲些什么？"

"在讲 Plehve。"

"Plehve……Plehve……"他停了一停之后又沉思着重念了一遍，仿佛他是头一次听到这名字的样子。然后他像一只小鸟似的将身体摇摇，作了一脸轻轻的微笑说：

"今天从一早起，就有一件很愚笨的事回旋在我的脑里；有一次有人告诉我说他在墓地里见了一个像下面那么的墓铭：

石儿底下，躺息着伊凡·耶戈尔夫那；

业为皮匠，常在把兽皮浸涨。

工儿诚实，心儿良善，但是看哪，

他终死去，只落得买卖经营让妻去管掌。

他还未老，正还可以做工营贩，

可是上帝，将他引入了乐园去消散，

是在复活节前，金曜到土曜之晚——

仿佛是像这样的一些东西……"他沉默了，停了一会又点头微笑着加上去说："在人类的无聊愚鲁里，只教不含恶意，却有些很能动人的东西在的，并且是美丽得很……那是一定常常有的。"

有人叫我们进去吃饭了。

三十六

"我并不喜欢喝醉酒的人，但是我晓得有些人在醉后是很有趣的，他们会得到些在不醉的时候于他们是不自然的东西；譬如机智，美丽的思想，敏捷，言语之富等。在这样的时候我却很愿赞美酒德的。"

斯勒儿告诉如何地有一次他和莱阿·尼古拉维支在忒物斯喀耶街上走路时，在远处托尔斯泰看见了两个卫队兵士。他们身上的装饰上的金属在日光里闪射，他们脚上的乘马拍车在丁零响着；他们合了脚步走路的时候两人浑如一人；他们的脸上也有壮健和青年的自负在辉耀。托尔斯泰轻轻地开始讪咒起他们来了："这真是一种妄自尊大的愚劣的表现！像煞是以鞭子教练好的野兽……"

但等卫队兵士走近来到和他并着的时候，他停住了脚，爱抚似的以眼睛追视了他们一程，很热心地说："真美丽呀！像古代的罗马人，嗳，莱阿夫式加，是不是？他们的壮健和美丽！噢，上帝！当一个人是美丽的时候，是如何地有趣呀，是如何地十分有味儿呀！"

三十七

在一天暑热的白天，他在"下低街道"（auf der Unteren Strasse）上追上了我；他骑在一匹矮小驯良的鞑靼马上在向理伐地亚（Livadia）那一方面前进，灰黑的颜色，毛丛丛的脸部，头上戴着一顶轻而白的菌状的毡帽，看起来真像是童话里的一个小人国人。

他按住了马和我攀谈。我并着他马鞍下的足镫前行，第一便告诉了他，说我接到了一封哥罗伦科（Korolenko）的来信。托尔斯泰愤怒似的摇动着他的髭须。

"他是信仰上帝的么？"

"我不晓得。"

"最重要的事情你却不晓得！他是信仰的，不过他自己怕羞，怕在无神论者的前头招认而已。"

他不平似的不乐似的说了这话怒着闭了闭眼睛。明明可以看出我在搅扰他；但当我想离开他的时候，他又留住了我。

"你想到什么地方去？我的马是慢慢地走着的。"

又接着咕哝地说：

"你的安特莱夫（Andrev）也在对无神论者们怕羞。他可实在是信仰上帝的。他不过对上帝在感着畏惧！"

当大公爵亚力山大·密开洛维支·洛马诺夫（Alexander Michajlowitsch Romanov）的领地的边境之处有三位洛马诺夫家的人紧接在一块立在街道上在那里谈话：是主人的爱托道儿（Aitodor）自己和乔其（Georgi）并还有一位，——我相信是杜耳白（Djulber）的彼得·尼古拉维支（Peter Nikolajewitsch），三人都是强有力的身材高大的男子。一乘一只马拖的马车塞住在街道上，街心正中一匹马横住直立在那里，致使莱阿·尼古拉维支不能过去。他对洛马诺夫的三人严厉地要请似的盯视了一眼。可是他们在这之前已经旋转了身子看不见他了。那匹马在那里移动了一下，避开了一点儿路让托尔斯泰的马过去了。

他大约沉默着骑了两分钟的样子，然后说：

"他们本来是晓得我来的，那几个蠢东西！"一分钟之后他又说：

"那匹马倒晓得，晓得托尔斯泰来了应须让路的。"

三十八

"你是必须先为你自己留心保守着，——然后自然有许多也会为他人留剩下来的。"

三十九

"'知道'这一件事情——是什么意思？比方我知道，我是著作者托尔斯泰，我有一位太太，儿子们，灰白的头发，丑恶的脸和一大簇髭须。——这些都明写在旅行券上。但是关于灵魂却在旅行券上什么也没有写着。关于灵魂我只晓得一件事情：就是灵魂只在渴望着接近上帝。但是上帝是什么？那是，我的灵魂的一部分。一切就尽于此。曾经学习过思索的人，是不容易信仰的。可是想在上帝之中得着生活者非由信仰不为功。泰拖良（Tertullian）曾经说过：'思想是一种罪恶。'"

四十

不管他所宣传的教义是如何地单调，可是这一位仿佛是童话中似的人物却是非常地多方面的。

今天在公园里他和轧斯泊拉的回教神官谈天的时候，他的举止简直像是一位容易信人的单纯的农夫，正感到了他的终焉之日的时间到了的样子。本来是矮小的他，看起来好像又故意缩短了一些，站在那一个强壮有力的鞑靼人之旁，相形之下，他真像是心灵上刚第一次想及到存在的意义，和对于灵魂上许多问题是满怀着愁闷的一位老人。惊惶地举起了那副毛簇簇的眉毛，胆小地开闭着那只锐敏的小眼，他的眼睛里的峻严而洞穿一切的火花都消尽了。他的探索什么似的视线动也不动地倾注在那神官的广大的脸上，一双瞳神也消失了它们的本来是要使无论何人都感到不安的锋芒。他对神官提出了许多关于生命的意义，关于灵魂，关于神的极幼稚的问题，很纯熟地将福音书和预言者的书里的言辞摘了出来对答了《可兰经》里的语句，实际上他只是用着伟大的优伶或聪明人所特有的那种可惊叹的巧技在和那神官开玩笑。

四五天前，他曾和塔奈也夫（Tanejev）及斯勒儿谈到了音乐，他自己竟像小孩子一样地为音乐之美所醉倒了。这一种陶醉喜悦——再讲得真切一点是他的还能陶醉的能力——对他自己明明是很欢喜的样子。他曾说关于音乐写得最完善最深刻的是叔本华（Schopenhauer）的文字；随带着曾说到关于斐德的一件滑稽的逸话，又称音乐是灵魂的无声的祈祷。

"怎么——无声的？"斯勒儿问。

"因为音乐是没有言语的。在音声之中灵的分子比在思想里更寄托得多。思想是一个满贮着钱的钱包；音声可是并没有被什么所点污的东西，它的内部是完全纯洁的。"

他彰明较著是很满足地在用了可爱的小孩子的言辞而说话，——而最好的，最优雅可爱的言辞自然而然地落下了他的口中。最后他突然在胡须里含了微笑，柔和地如爱抚般地说：

"音乐家总都是愚鲁的人。越是富于音乐的天才者越是在他方面愚鲁而不灵。可是音乐家的全部，总是富有宗教心的，这也真是奇怪得很。"

四十一

给契诃夫的电话：

"今天我过了一天很好的日子！我的精神非常之快活；我希望你也是满心的欢喜。这只是你！你是一个很好的好人，很好的！"

四十二

若和他说的事情是对他无趣味的时候，那他简直不来听你也不会相信你的。要而言之，他并不是在问你，他是只在审究。如同一个珍品采集者一样，他所采取的，只是些不至于破坏他的收集品全部的调和的东西。

四十三

一边在检读信件一边他在说：

"世人正在喧嚷正在写着！可是假如我死了一年之后，那他们将问：托尔斯泰——？喔，是那个补补靴子的伯爵么？他的生前仿佛是有过些什么事情的吧？是的，就是那一个！"

四十四

屡次地我曾在他的脸上、他的眼光里看见过那一种狡猾的满足的微笑，如一个人将他自己所藏得不见了的东西忽而不意间终于重寻得了似的那一种微笑。他是自己把这东西藏过的，可是完全忘记了藏入在什么地方。许多时日他在暗暗里忧愁，在追想：我究竟把它藏入到什么地方去了呢？现在我却是非常之急需着它！一心只在害怕，怕旁人许会看出他的忧心，他的丢失，而加他以一种不快的恶意的袭击。突然间他想起了，而找着了这东西。于是他就不得不满感着喜悦，这喜悦他简直忘记了隐藏，而只在狡猾地向旁人瞥视，仿佛是这样在说的样子：

"你们可不能再奈何我了。"

可是他究竟在什么地方寻到了什么——他却终于不说。

人对于惊叹他赞美他的这件事情是再也不致有厌倦的日子的。可是常常地和他见面在一道，却有点不大舒服。所以不要说是和他在同一间房里，就是在同一间屋子里我也不能够和他同住。那正像是太阳把一切都燃烧尽了，而现在太阳自身也即将归消失的时候，可又带着暗夜将临的威胁在那里的沙漠中的生活。

超人的一面

——尼采给Madame O. Luise的七封信

〔德〕尼采

第一信

（罢在耳，一八七六年八月三十日。）

我的亲爱的欧夫人：

当你离去罢洛衣脱（Bayreuth）的时候，我的周围变成了黑暗的世界了，仿佛是被谁将光明从我身边剥夺了去似的。我先就不得不振作起来恢复我自己，这事情可已被我做到了，而你也可以安着心接受我此信在你的手中。

我们将固守着那使我们得以结合的精神的纯洁，我们将极尽亲睦之情而互守着相对的贞诚。

我用了这样的一种同胞姊弟之情在这里怀念着你，甚至于你的男人我也能够爱他，因为他是你的男人的缘故。我在一天之内总要想起你那小马赛儿（Ihr kleiner Marcel）到十几次之多，这事情你可能相信。

你愿意要我那初作的三篇未成熟的论文么？也许你应该知道知道，我的信念究竟是在什么地方，我究竟是为了什么而生存在这世上的。

请你常作我的好友而帮助着我，帮助我来完成我的天赋的使命。

在纯粹的意义上的你的

弗里特里希·尼采

Basel,30,August 1876.

第二信

（罢在耳，一八七六年九月。）

亲爱的好朋友：

第一有好些日子我就不能够写信，因为他们替我医眼病已经医得好久了——而现在我也还仍旧不可以写，怕要等到很久很久之后才行哩！可是不管他怎样——我却把你的两封来信再三再四地读了，我几乎想你那两封来信我是读了太多，次数读了太多了。可是这一回的新结的友谊真有点像新的醇酒；非常之有味，但也许有一点危险。

至少对我却是如此的。

但对你或许也是一样的，当我一想到你所遇着的是怎么的一个无神论者的时候！他是一个每日只在想把那可以使人得到慰安的信仰丢弃了的男子，他是只在这逐日增加大来的精神解放上求他的幸福而得到的人。或者我是在想成一个比我自己实际上所能变成的还要厉害一点的无神论者！

那么现在将怎么办呢？——来一个没有摩绰儿脱（Mozart）

的音乐的，信仰上的《后宫诱逸》①么？

你曾读过卖才婆姑（Meysenburg）小姐的自叙传《一个理想主义者的手记》否？

可怜的小马赛儿的牙齿怎么样了？当我们真正地学习咬嚼之先，不问是物理的或是道德的，我们总之大家都得受一番苦楚。——当然的，咬嚼是为了营养我们自己，并不是单为咬嚼的咬嚼！

那一位美丽的、金发的女太太有没有一张很好的相片（可以给我）？

八日之后的礼拜天我将出发往意大利去，将在那里长住些时。到那里之后你就可以接到我的消息，但写上我在罢在耳的住址（Schützen-graben 45）的信却总能够送得到的。

> 衷心充满着姊弟之爱的你的
>
> Dr. Friedrich Nietzsche
>
> 礼拜五于罢在耳。

第三信

（所能脱，一八七六年十二月十六日。）

虽则我这样长久地没有将我的淹留住处和健康状态等一一详细报告给你，但我所最敬爱的朋友哟，我却在私心祝祷你的起居万福。而且对于我的全部朋友（我都没有信给他们）只同我之对于你一样，实在我也没有别的法子。我的痛得不能耐的头痛，对于这我是还没有找到有效的药方的，这难耐的头痛，就强迫我对

---

① 《后宫诱逸》（*Die Entfuerung aus dem Serail*）是于一七五二年七月十日初次在维也纳上演的歌剧。——原注

于友朋的通信往来不得不全抛置于一种沉默的放弃之中。就是今天我也只在这里例外地出了一次轨，并且还在怕惧，怕我不得不因此而致受相当的苦楚。可是我却是十二分地在希望能听到你的消息的，顶好是很详细的消息，——请你千万能给我以这一个圣诞节的快乐。我的关于华格奈（R.Wagner）的论文的法文译本就快寄出在中途了，希望在圣诞节的前后可以寄递到你的那边——那也是同这信一样，总算是要强迫你写几行字——否否，要你写许多行字给我的一件新的小小的逼胁你的东西。

在我们的小小的团聚之中，是有许多的深思熟虑，友谊交情，工夫计划，希望祈求，简而言之是有一部全部的幸福会合在一处的；这事情是不管他有许多的苦痛与夫将来的我的健康状态的没有好望我也在感到。或者在这世上另外还有一点比此更大的幸福存在着也说不定，但是现在一时我却从衷心地只愿世人全体，都能够像我们，像我个人一样地过去就对了：他们能如此就已经可以满足了。

最近我忽而想到，你，我的好友，假若能写一卷小小的小说给我读，那是多么好的事情啊！人很容易看到，人之所有的是什么，人之所望于生者是什么，而且于此决不会感到比实际更大的不幸——这就是艺术的功效。总之人会变得比较聪明一点。这或者是一个很愚陋的提议吧；若系如此，那就请你告诉我，说你为此竟笑了我一场；我也是很愿意听到这事情的。

从心里问询着你的起居，你的朋友

F. N.

Sorrent près de Naples,16

dècembre（1876），

Villa Rubinacci.

第四信

（Rosenlauibad，一八七七年八月廿九。）

亲爱的，亲爱的女友：

我于离去这山中的寂寞之前，却不得不再用信来向你述说一次，说出我的对你是如何地亲爱喜欢。将这事来再说，再写，实在是一件无聊而可以不必的事情，是不是？但是我的对一个无论何人所感得的浓情好意是像钩刺一般地要钩扎着人的，而有时候也要像钩刺一样地使人受累，人被钩着了且还不容易摆脱。所以只能请你好好地接受着这一封小小的、大可以不必的、要使你受累的信。

我听见人说，你，——嗳，你在期待着，盼望着，愿望着；我用着深切的同情听取了这一段消息，并且我的愿望期待也正和你的一样。生出一个新的、好的、美的人来在这世上，这是有意义的，大大地有意义的一件事情！因为你绝对不愿意把你自己流传永生在小说作品之中，你却这样地在这里可以不朽了；我们大家不得不为此而对你表示感谢的热忱（尤其是，我听见人说，这是比写小说还更困难受苦的一件事情）。

最近我忽而在黑暗之中看见了你的那双眼睛。"为什么竟没有一个人用了这样的眼睛看我呢！"我愤怒地绝叫了出来。噢，这真正是可怕得很！

你知道么？我虽则已经听见接近过了各种有名的妇女的音容，但其间却从没有一个女性的声气曾给过我以深刻的印象。但是我却相信，在这世上总有一种声气专为我而存在着在那里，我正在寻找。这声气可是在什么地方呢？

别了别了，希望各个的善灵仙魄都和你在一道。

> 你的忠心的
>
> 弗里特里希·尼采

罗成老衣罢特，八月廿九（啊啊，后天又不得不走了！不得不再回到那老的罢在耳去了！）。

第五信

（罢在耳，一八七七年十一月廿三。）

亲爱的女友！

请你接受我自衷心底里流出的最深沉的祝意，感谢和颂祷，虽则是这些全部我只能以最少的字数来说出。我的健康状态坏得很，脑袋和眼睛都不能听我的命令，比从前无论什么时候都不如；是以我可不得不口授他人，托人家来写了。但是给你的信我却决不愿意口授他人而由他来写。

> 对你和你的孩子满抱着好望，忠贞服从的你的
>
> F. N.
>
> Basel den 23,Nov. 1877.

第六信

（Naumbury a，/S.，一八八二年九月。）

最敬爱的女友：

或者在过了六年之后的现在我是不该用这一种写法了吧？

在这中间我是与其说与生还不如说与死来得更近般地存活在世上，所以似乎太像煞变成了一个高士，或者可以说圣人了……

可是，这些或者是医得好的！因为我又对生命，对人类，

对巴黎，并且还对我自己本身抱起信念来了——在不久之后我想我们可以再见；我的最近的一部著书名叫：《欢乐的智慧》（*Die Fröhliche Wissenschaft*）。

巴黎的天空能比这里更爽朗么？你能不能偶然地为我找出一间适合于我的住房？这间住房必须是同死一般地清静，十分简单的才行。而还须去你那里不太远的，我的亲爱的夫人……

或者你将劝我不要到巴黎来么？那是一个不适合于隐居生活者的地方，对于那些将静静地从事于他们的平生的著作而对于政治及现在不很留意的人们或者是不适合的。

你是永存在我的亲爱的怀忆之中的！

衷心爱慕着你的，

教授 F. 尼采博士

第七信

（诺姆婆儿希，一八八二年九月。）

噢，我的尊敬的女友，我正在刚刚告诉你说"我要来了"之后，却不得不再通知你说，我还须隔着好久不得来哩，——还须隔两三个月都说不定。

我若是来了，那就得久住！——并且我若不能安心满足地住在巴黎，那或者须住上圣克罗或圣及曼（St. Cloud oder St. Germain）去，在那里一个隐者与沉没在思考里的人或者可以比较地好过他的清静的生活。

满心在感谢你的

弗里特里希·尼采

礼拜三的早晨。

一个孤独漫步者的沉思

〔法〕卢梭

第一漫步

现在的我么，简直是，在地球上只孤伶仃的一个，已经是没有弟兄，没有邻舍，没有亲友，没有社会，除了我自己之外，是什么也没有的了。人类之中尤其是最爱社交，最可以爱人而受人爱的我，竟被共同一致地排除放斥了。凭借了他们憎恶我的重重经验与洗练，他们会经研求探索尽了要如何才能使我这易感的心灵得受到最惨酷的苦闷的方法。他们竟乱暴地将可以把我和他们连系起来的种种关节都截断了。但是不管他们是怎样地对付了我，我可曾经不能自已地爱过了他们这些人类；除出了他们是不做人类以外，他们是从未能脱出过我的满心情爱之外的。因为老早他们就已在期望着如此，所以现在他们终于对我是成了陌生的路人，完全不相识的人，和我是痛痒不关的人了。可是我呢，从他们和他们的全部隔绝了的我呢，我自己究竟还是一个什么？这就是余下来应该研求的地方。但是不幸得很，这一个研求不得不权时按向后边，在此之先，对于我自己的地位处境，却不得不先加以回顾的一瞥；这是为想到达我自己之故必然不得不经过的一个心的过程。

我的处身在这一个奇异的境遇之中，已经有十五年以上的岁月了，就是现在，我也还觉着仿佛是在梦中的样子。我时常自己在幻想着，想是一种消化不良在苦绞着我，所以我的睡眠不能安稳，想我是大约就快从这些恶梦里清醒转来了。种种苦恼脱离得干干净净，而我将仍旧置身在许多知心的友朋之中。是的，这是毫无疑问，一定是如此的。在不知不觉之间，我竟作了一次跳跃，一次从清醒到睡梦，或者是从生到死的跳跃。我是自己也莫名其妙，不晓怎么的竟被拖拉出了凡百事物的秩序常规，而坠落陷入了一个什么也完全辨识不清、不可解明的混沌界里；是以我越想我现在的境地状态，反越是不能明白我现在究竟是身居何处。

可是，在那里伏候着我的这不可避免的运命，又哪里是我所能预想得到的呢？就是目下，就是我还在这里受它的压迫的现在，我又如何能够把它懂得呢？以我的平明的头脑来想，我又哪里能够梦想得到会有一天，我，本来就是这样的一个人的我，而现在也仍旧还是这样的一个人的我，竟忽而会变得仿佛是，被人都视作是，一个怪物，一个毒药谋害者，一个暗杀杀人犯的呢。我又哪里能梦想得到忽而会变作人类社会的恐怖的对象，暴徒大众的玩弄的器物；甚而至于我从各个路过之人处所受的敬礼就只是他们的涕唾我面；前后一代的人，都在以打倒我使我活着也等于死了为唯一的乐事，凡此种种，以我的平民的常识来想，我又哪里能够梦想得到的呢？当这一个奇异的剧变初起之时，我简直是惊惶失措极端地呆骇倒了。我的激昂，我的愤恨，使我陷入了一种失神昏乱的状态。这失神昏乱的平抚镇压足足费去了我十载的光阴。在这中间，一错再错，一误再误，从这一件愚事到那一件愚事地，说来哩原也是我自己的不谨慎之过，我竟对于那些我的运命的支配者们供给了以十足的材料把柄，他们也很巧妙地运用了这些，竟把我的运命永久不能变易地造成决定了。

我是已经在一个长时期内猛烈地，可也终于无益地抵抗力争过来的。不施狡计，不用术数，不事虚伪，不运深思，正直地，公开地，气急地，顺了我自己的一时的意气，我的奋斗的结果，却终于成了更加紧了我自己的束缚羁囚，与更连续地给了敌人一些新的攻击我的把柄，对于这些攻击的材料的获取，他们是原在用心候着，不肯放松一着的。最后，感到了我的全部的努力都是无用无益的空图，不过是在苦我自己而促致我的完全的灭亡，我才采取了这个到此是已经成了我的可取的唯一的手段，就是决心服从顺受着我的运命，对于不可避免的必然不再空事反抗的这一回事情。在这一个完全绝望的断念之中我却寻出了对我过去所受的一切苦恼的补报，就是因这断念而得来的恬静沉着的心境，这心的恬静沉着和那苦痛的，并且同时也是无益的不断的反抗奋斗，原是不能联合在一起的东西。

所以使我能得到这一个心的宁静的原由，另外是还有一件事情在的。在他们对我的全部洗练精究过的仇视疾恶之中，我的迫害者们却把一件事情忘却了，这原系是他们对我的深恶痛绝的敌意使他们忘记了的；就是他们应该再巧妙一点，把对我的仇恨的效果适当地分点渐次加浓的程序出来，应该时常加我以些新的打击，而得常使我不断地感到新的悲痛的这一件事情，这一件事情他们竟忘记了做了。假如他们能够再乖巧一点，巧妙地留给我以一线希望的出路的话，那他们就只在此也尽可以擒捉羁系住我了。他们尽可以用着些假的诱饵来玩弄我，使我因为我自己所属望的期待幻灭了的原因而感到新的苦闷，因以再使我的肝肠寸裂的。但是他们太没有耐心了，在起始，老早就把他们自己所有的种种手段耗用得干干净净，正因为他们把什么都从我这里剥夺了去，不再留剩一点点的希望之类的东西给我之故，结果就等于他们对他们自身所有的一切也都夺去了是一个样子。他们所投盖上我的身来的诽谤，嘲弄，压迫，侮辱，已经到了一个使我不能感觉到增加或减轻的程度了，我们两方面是同样地失掉了能力——他们的一方面呢，不能再加恶我的处境，我的一方面呢，当然也不能够将此身脱出这一个状态。他们因太急躁了，竟将使我苦恼的不幸罗致到了极度，终至于以全部的人力，即使再加以下界的全部诡计，也不能再加上以些什么更狠的东西。就是肉体的痛苦，也不能够再增添加大我的苦恼，倒反而可以成一种散心的慰安。绞榨着我，使我不得不放声哭喊的这一件事情，或者可以免了我的苦闷的呻吟，而我的肉体的拷敲绞榨却正是可以使心灵的拷敲绞榨得一时暂停的一个方便法门。

到了一切已被他们做尽做绝的现在，我还有什么要再怕他们呢？不能够再使我的境遇变得更恶了的他们，哪里还能够再引起我的其他什么的怕惧呢？他们已经永久地将我从不安与恐怖这两件灾难里救度出来了；这在我常是一种无上的慰安。真真的灾难是不大能够苦我的了；我所经验身受的灾难，却是常能克服忍受的，可是将来而未来的恐怖中的灾难，我却不能够耐受。我的饱受惊怖过的想象，会将这些灾难联合起来，翻旋转来，伸引扩张开来，把它们增加到很大的地步。恐怕它们到来的那一种期待，实在是比这些灾难的实际的临头还百倍地难受，这一种将来而未来的威胁，实在是比实际的打击还更其可怕。等这些灾难一旦临头，则实际的事件就将一切想象中的事情马上消去，倒反会把它们减归到它们的真正的实价上去。于是，我觉得它们本身，倒比我所想象中的它们，来得更轻；所以就是当我正在受难的当中，我倒也反无时不感到身心的轻快。在像这样的状态之中，免除了各种新的恐怖，摆脱了不安与希望之后，对于一个无论什么也不能够再使它恶化的境遇，一天一天地反使它易于挨忍过去的，就只须一个习惯便万事都足了；而阅时既久感情日渐地消退下去，这些灾难就也渐渐地消失了它们的唤醒感情来的手段。我的迫害者们因无限地放尽了他们对我的仇恨的毒箭之故，在这里倒反给与了我一点唯一的好处。他们已经把他们自己对我的一切权利剥夺了，所以以后倒是我反可以翻过来嘲弄他们的。

自从绝对完全的安宁恬静在我的心里重行恢复以来，到现在还没有两个足月的样子。过去已经有一个很长的时期我早已不再怕惧什么了，可是我终还怀抱着有一缕的希望；而这一缕有时觉得可以固信，有时觉得完全断绝的希望，却成了激动起我的千万种热情的罗网。当一件空前未见的悲惨的事件起来之后这一缕希望的微光也终于从我的心里消失了，而使我终于看到了今后在这世上怎么也不会变更的我的运命的决定。从这一个时候起，我就毫无疑义地将己身完全寄交了断念的绝望之中，而重复获得了和平的心境。

当我一看穿了这事情的范围全部之后，我马上就永久地想在我生之前把大众再唤回和我在一起的念头消失了；而且就是这一个大众的来归，早已经不是两面相互的事情，所以这在今

后可以说是完全无益的事情了。人类也许会再回到我这一边来
的，可是他们即使回到了我这一边，他们也是不能再寻出我来
的了。因他们已在我的心里惹起了轻恶嫌弃之情，再和他们去
夹在一道实在是一件无聊而且累赘的事情；我的一个人地沉浸
在孤独里，却比再能和他们去处在一道，更是百倍地幸福。他
们已经从我的心里将社交的一切乐趣尽行篡夺了去了，这些乐
趣，在我的一代之中，是再也不能发芽成长的了；时机已过，
已经来不及了。所以，让他们去，不管他们对我是为善为恶；
凡是他们的一方面的事情，在我都是不关痛痒的，无论他们做
些什么事情，我的同时代的大众对我是一点儿也没有什么的，
就只如风马牛的相关而已。

可是我从前对于未来仍旧是还没有绝望的，从前我仍在盼
望着后来的一代，以为他们对于这一代的人所加于我的判断是
非，想更能比较明白地辨悉得清楚，而这后来的一代的对我的
行为处置，或者是容易和那些前代者所行施的谲诈诡计成一个
显然的区别，而最后或者也能看出真正的我的为人来的。正因
为是有了这一个希望，它终使我写成了我的《对话录》，更使
我想出了千万的愚策来想把这《对话录》可使留传至于后世。
这一个希望，虽则是很遥远的这一个希望，却激动起了我的心
灵的兴奋，和当时我还想在这一个时代里寻出一个真实的心的
共鸣者来时所激动的兴奋一样；而我的寄托在很遥远的未来的
这些希望并且也同样地成了使我变作现代众人的玩弄物的原
因。我在我的《对话录》里曾经说明了我之所以要有此期待的
种种理由。可是我却是错了。但幸喜我及早发见了这着，还可
有十足的时间寻出一个完全安静与绝对休息的中隔期间来在我
的毕命之前。这一个中隔期间的开始，就是我现在正在说述的

时代，并且我还有理由可以相信，相信这期间是往后再也不会得中断的了。

新的回想使我确信了我的还在盼望着大众的回到我这一边来，即使是异代的大众，也是如何的一种错误的想头；这一个新的回想的对于我的错误的唤醒，去现在还只不多几日的事情；因为关于我的事情，另外的时代的向导者们原系是一般常在不断地使他们自身更新化入在憎恶我的团体中的人，被这一般向导者们所引导的另外的时代，也就可想而知了。一个个的个人是要死的，但是团体的集团是不会死的，和以前一样的情感会永久地继续下去，和吹煽这憎恶之情在他们中间的恶魔一样，他们的热烈的憎恶我的感情永也不会消灭，将永久地一样地在继续活动的。我的特殊的个个的敌人虽则会死，但是那些医生们和奥拉多良（Oratorians）教徒们却仍旧是活着下去的；当我的其他的迫害者们已经没有，只剩了这两个团体的敌人的时候，我一定知道他们在我的死后对于我的回忆也决不会予以和平的，正将同在我的生前他们不给与我的身体以一点和平一样。或者，经过了时间的间隔，那些实际上我所得罪过的医生们，也许会和平下去；但是那些我所热爱的，尊敬的，曾经予以全部的信赖而从来也不会加以侮辱过的奥拉多良教徒们，恐怕是不会的；这些教会中人，也是半僧侣的奥拉多良教徒们想是永也不能谅解我的，造成我的罪状的，原系是他们自身的不公平的私心，然而他们的自负心却永也不会使他们饶恕我这本系由他们的私心所造成之罪；还有世人大众哩，这些他们在竭力地鼓吹起对我的敌意且在使这敌意永不消灭的世人大众，大约总也是不会和平下去的了。

在这世上我是什么也完结了；无论何人，现在对我还能再行什么善什么恶呢？我在这世上，既没有什么东西可以希望，我也没有什么东西再可以怕惧，现在沉入了深渊之底我却落得个沉静清闲，虽然是一个可怜的不幸的人，然而我却泰然不动心了，简直可以同上帝一样，荣辱升沉，毁誉褒贬，都不能激动我了。

凡是我身外之物，外界之物，今后与我是毫不相干的了。我在这世上也没有邻人，也没有族类，也没有相亲相爱的弟兄们。我的寄生在这地球之上，仿佛是从一个我所住惯的游星里掉落下来，掉在这一个完全不识的游星上面的样子。若在我的周围我还见认到些什么东西的话，那这除非是些摇撼我的心恼乱我的意的对象而已；我不睁开眼看则已，我若一睁开眼睛，则与我接触，绕在我周围的，总没有一件不是使我恼怒的侮蔑的物事，或使我悲痛的伤心的种子。所以，权让我将这些无益而又悲伤地和我周旋得很久的惨痛的对象移开吧，权让我将这些对象全部从我的心灵里迁出吧。我的余生只想清清静静一个人孤独地来过，因为我只在我自身之内才寻得到慰安希望与和平，我不该再，也不愿意再和别的相周旋了，除了我自己自身之外。正是在这一个境状里我现在在着手著述那一部真率严格的著作的续篇，那一部著作就是曾经叫它作我的《忏悔录》者是。我想将我的晚年供献在我自己的研究之中，打算不得不将我自身修结出来的总账预先来准备清算它一下。让我完全将我自身沉酣在和我自己灵魂对话的禅悦里吧，因为只有这一着，只有这一个灵魂是他人不能来剥夺我去的东西。假如，因对于我的内部倾向的考察，而得将这些内部倾向理一理整齐，若其中有不是之处，得因此而更一更正，那我的沉思默考或者也未始不是完全无用的东西，并且虽则我在这世上已经是无用之人了，可是我的晚年也得因此而不至于完全成为空费。我在我的每日闲步的中间，每有快乐的默想涌上心来，但可惜这些记忆是就要消失的。我现在想将这些今后还能来我心头的默想录下；每次将它们来重读的时候，想来一定总能给我以新的快乐无疑。梦想想我的心灵所应得的真价的报酬，大约是可以把我所受的愁苦，我的迫害者们，我的不名誉之类的事情忘去的。

　　正确地说来，这些记录，不过是我的沉思的一种无形式的日记。这里面的大部分都是关于我自身的问题，因为一个沉思默想的孤独者，必然地他之所想总是以关于他自己的事情为多。此外，凡在我的漫步之中经过我脑里的各种无论什么思想，都想也同样地在此地录下。我将把从我脑里经过的想头一点儿也不变易地照它来的原样在此地写出，并且各种思想的联络也许有不甚紧接之处，不能如平常一样地昨日的思想观念一定会和次日的衔接联系着的。但是结果，从现在在这一个奇异的境况之中的我的灵魂每日所寄托的感情和思想的知识里，至少也可以看出我的天性和情趣来，对我的天性和情趣至少也可以发生一个新的了解。所以这些原稿也可以当作我的《忏悔录》的补遗看的，可是我却不以这一个名字付给它们，因为我现在已经再没有什么值得说的事情可说了。我的心已经在艰难的熔炉里锻炼得纯洁清虚，就是仔细地测量搜寻起来，我觉得也不见得再寻得出一点尚可非难的倾向存留在那里。这世上的各种情爱都已被剥夺毁尽了的我，更还有什么可以忏悔呢？我对我自己没有什么可以颂赞，也没有什么可以谴责。今后我在众人之中只等于一个无，等于一个"什么也没有"，这就是我的一切，和他们众人已经是没有一点实际的关系，没有一点真正的交谊存在着了。偶行一善也终会变恶，不动则已一动就要伤及他人或害及自己的我还有什么，就只有禁止我自己的行动无为过去而已，这就是我的唯一的义务，而我也想就这义务之所在而竭尽我的力量去奋勉躬行。可是，身体虽则在这无为的不动之中，但我的灵魂却仍在活动的；它可仍在继续着生出感情和思想来的，并且因为地上的现世的一切关系都断绝了的原因，这内部的精神的生活，反而是更加增加了活力的样子。我的肉体对我只是一种累赘，一种麻烦的障碍，我将及早在可能的范围之内先把我自己解脱开来。

像这样奇特的一种境遇，的确是值得研究，值得描写的，我将我晚年的闲日月想全部奉献出来的，就是对这一个研究的事情。要想把这事情做得好好，就非先按顺序方式地依次前进不可；但这一件工作却是我所不能做的，而且这也是与对我自己想把我灵魂的变化和变化的连续记录下来的目的不符，若要那么做去的话，那简直要把我弄得远离开我的本来的目的。物理学者为想知道每日的空气状态之故对空气所施的实验，我将对我自己到一个一定的程度为止来施行见看。我将对我自己的灵魂装置一个测验气压的晴雨计表，这些实验只教运行得好，长时间内反复地多试几回，我想总也可以得到和科学上的实验一样地正确的结果的。可是我的计划也并不想扩张到这一个地步。我只教把我的实验记录下来就满足了，我并不想把这些实验归纳起来做成一个系统。我将实行同蒙泰纽（Montaigne）一样的计划，但是目的将完全和他的相反，因为他是不为他人就不写他的文章的，而我将我的沉思写下来却完全只是为了我侬自己。假使，到了我的衰极之年，临死之前，万一天从人愿，我还能保持着现在那么的情绪，那么把这些沉思的记录拿来一读，必能将当我写下它们来的时候的快感重唤回来，这样岂不是我的过去的日子的再现么？换一句话说，岂不是我的生活的二倍化么？不管世人大众的如何，我于是还能享受一次社交的乐趣，我虽则是衰老龙钟，但还可以和另一时代的我自己欢聚在一道，这正如和一位比我年轻的朋友在一道是一个样子。

当我从前写我的《忏悔录》和我的《对话录》的时候，我是在一个不断的忧念之中的，这忧念就是为了若可能的话想将它们传交给后代的子孙之故，因此务须想出要如何方能从我的迫害者们的贪暴的手里把它们争夺过来的方法。可是关于这一部著作，这同样的不安却不再苦我了；我晓得这一种不安忧念是不中用的；在众人之中要被人家大家更晓得一点的这一种欲望已经在我的心里消失了；关于大约是已经永久地全被销毁了的，我的真实的著作和证明我的无辜的证物作品之类的运命，在我的心里只留存着一种极深的漠不相关之感而已，此外是什么也没有了。让他们来侦察我的行动，让他们去为这些沉思的记录之故而劳心，让他们来将这些记录原稿擒抢了去，让他们去压迫销毁，伪造涂改，总之今后是无论什么对我都是一样的。我不想把它们来藏匿，我也不想把它们来公表。假如它们在我的生前被人家夺去了的话，那我的已经把它们写下来了的这乐趣人家总不能来夺去的，关于它们的内容的记忆总也是夺不去的，那些孤独的沉思默想总也是夺我不去的，这原稿本就是这些沉思默想所结的果实，而这些沉思的根本源泉却是永也不会消灭的，除非要和我的灵魂一道消灭才可以。若是，当我的第一次的祸难临头的时候，我并不向我的运命施行反抗，早就采取了我今日所取的手段而安处入如今日那么的境遇里的话，那他们众人的全部的努力，他们的全部的可怕的阴谋诡计，将成了对我一点儿也不生效力的东西；那么他们即使用了他们的全部的计划也不能够搅扰我的平安的，正如今后不管他们有千千万万的成功也不能够再来搅乱我的和平一样。让他们去满心的欢喜来享乐我的不名誉吧，他们可再也不能够来阻挠我的享乐，我自己的无辜洁白了，不怕他们是大众全部的，他们可也不能够再来阻挠我得在和平里以终尽我的天年了。

一九三〇年十一月六日

第二漫步

这样的，已经定下了想把在一个人所能遇到的最奇特的境遇里的，我的灵魂的平素状态叙述出来的计划之后，我觉得要实行此计划除了将我的孤独的漫步和在这中间的沉思默想忠实地记录下来之外，再要简单确实的方法，另外是没有的了。在这样的时候里，我的头脑完全是无拘无碍，让我的思想观念一点儿也没阻挠、一点儿也没有困难地在顺着它们的径路走去的。一天之内只有这几个孤独和默想的钟头，完全是恢复我自己、隶属我自己的时间，没有丝毫外界的牵引，没有半点任何的阻障，只有在这里，我可以实实在在地说，我才是造物所造的自然的我。

不久之后我马上就感到这计划的实行实在已经是稽延得太久了。我的想象力，已不如从前的富有生气，当想到了使它活跃的对象的时候，也不如从前一样地能燃烧兴奋了。我在冥思默想的幻梦里沉醉的事情，也已经比从前减少得多；在现在的想象力所产生的东西里，只是回想的一方面的来得多，创造的一方面的来得少。微温的疲劳，弱尽了我的全部的能力。生命的精神也在我的身内渐渐地在消失，我的灵魂要想从它的狭隘的樊围里跳跃出来除非要苦斗一番才行，并且，对于觉得我正有权利所应得的那一种状态的希望之情也已经完全没有，总之现在的我的存在，除了在过去的回忆里活着以外，是什么也没有的了。像这样的，所以，为想在我的衰徂之前来把我自己静观一下的原因，至少也就非回溯到几年以前的时候去不可。就是应该回溯到正当我失去了在这世上的一切希望，而在这地上是已经不能够再寻出可以养我的心灵的食料，渐渐地我在自家练习惯来把它自己的本质来作它的养料，而试在我的己身之内寻出它的全部食物来的那时候去才行。

这个方法，我虽则是寻见得太迟了一点，但却已变得这样地丰硕，致使它马上就足够补偿我的一切而有余。没入在自己一己之内的这一种习惯终于使我忘失了感情，甚至使我对于过去的灾苦患难的记忆都一并失掉。像这样地我以自身的经验终学知了些下述的事情，就是真真的幸福之源是在我们自身之内的，对于一个知道如何地愿望幸福的人，则旁人即使想使他不幸也是办不到的。四五年来我竟不断地尝到了这些内心的喜悦，这些只有可爱的柔雅的灵魂在默想里所能得到的内心的喜悦。像这样地我在独步之中时时得到的这些欢愉，这些狂喜，实在可说是我的迫害者们所赐予我的悦乐；假使是没有他们的话，那大约我是决不能得到也决不能晓得这些怀在我己身之内的宝藏的。处身在这样大量的富裕的境里，如何能记下一个忠实的记录来呢？在试回想起这许多甘美的沉思梦想之时，我却不能够把它们来写出而又重新没入到这些沉思梦想中去了。这原系是对于过去的回忆所驯致的一种状态，而也系一个人若完全把感觉这一件事情停止则马上将不能了解的一种状态。

　　这一个结果是在我当决定了想写我的《忏悔录》续篇的计划之后而在试行许多次的漫步的中间实际感到的，尤其是在一次我底下正要说及的漫步之中，在这一次的漫步里一件万想不到的事变出来了，终于将我的思想的线路打了一个断，在相当的时间之内却给与了我的思想以一个另外的方向。

　　在一千七百七十六年十月二十四日礼拜四的午后，吃过了中饭，我沿了大街走到了须曼物爱儿街（Rue du Ohemin-Vert）上，从这里又走上了美尼儿蒙旦（M'enilmontant）的高冈；更从那里经过了许多通过葡萄园及草地等的小道，我一直顺着了在微笑似的风景而到了夏隆内（Charonne），这微笑似的风景系界在两村之间而在作它们的襟带的；然后我又择取了另外的一条道路，打算绕一个圈再回到那些原来的草地上去。我满怀着大凡风景住处所常给予我的快乐与兴趣在这些草场之上徘徊游乐，有时候且还要停下来将草中间的植物来辨认研究它们一番。这中间我却认出了两种在巴黎附近是很少看见，而在这地方一带却是很多的植物来。一种是属于菊类的辟克利斯·歇爱拉可候特斯（Picris hieracoides），一种是属于伞形科的蒗泊留刘姆·法儿喀丢姆（Bupleurum falcatum）。这一个发现使我快乐高兴了好久，而落后终于又寻出了一种更奇异的，尤其是在高地上所少有的植物，那就是开拉斯丢姆·亚夸的寇姆（Cerastium aquaticum）。这一株植物虽则经过了在这同一天之内所飞临到我身上来的奇祸，但后来我却又在一本当时在我口袋里的书中寻了出来，收入在我的植物的标本册子之中。

　　详详细细地观察了一番其他的许多我看见还在开花的植物之后，这些植物的形态与类别原是我所熟悉的东西，可是对我也还是很有趣味的，是以详细地观察了一番这许多植物之后，最后，我就渐渐地中止了这些琐碎的观察，想把我自身没入到一样地有趣但是更觉得动人的，由那风景全部所给与我的印象中去。在数日之前，葡萄的收割也已经完了了；从城里来的漫步者们也都已经回去了家里，到冬天的劳作期为止田野里的农夫也没有在那里工作的了。一乡的原野，虽仍还是绿色缤纷同在那里作微笑一样，可是有几部分却也已经凋落了树叶，而并且几几乎连人影都一个也没有，无论哪里都在呈示出景象的寂寥与严冬的逼近。从这一乡的野景而生的印象，是一种悲哀与甘美混合在一处的东西，实在和我的年纪我的命运太相像了，不得不使我把它来应用到我自己的身世上去。我看到了自己的已在凋落期中的洁白无辜坎坷不幸的一生；灵魂里虽还是充满着泼刺的情感，精神上虽还有些鲜花装载在那里，可是忧患频来，悲怀难遣，我的一生也已经是干枯到行将萎谢的地步了。影单形只，为众所弃，我已经感到了令人起栗的初冰的寒冷。我的日就衰落的想象，也已经不能再从心所欲地来创制些人物以慰我的孤苦了。一声长叹，我只自己对自己说："我在这地上究竟是做了些什么？"我是为生之故而被创造出来的，可是生也还没有生着，而已在渐渐地死下去了。归根结蒂这也不是我的罪愆，因世人之不许，我虽则终于做不出良好的工作出来，然而对于创制我的造物之主，我至少也可以带回下列诸贡品去奉献给他，就是一心的善良而被阻抑尽的意志，一腔健全而终被弄得不曾有结果的情感，与夫对于众人的轻侮蔑视有以挨忍过去的一种忍耐的坚心。回想到此我真不觉涕泗之潜然；重行反省，我又把自少年期以后的灵魂的经历回顾了一场，想起了壮年当日，我的不得不与人类社会相隔绝的种种，和在这垂老的暮年，也还不得不长期韬晦以终我的余日。我满怀了快乐回省起了我心里的一切的情衷，回省起了非常柔美但又非常盲目的心的一切的牵爱，回省起了数年之间曾做过我的精神的养料的，与其说是悲哀毋宁说是慰抚的种种观念与思潮，并且我还打算能够感着和我将自己沉酣在它们中间的时候一样地满心快乐而充分十足把它们一切都回想出来来供我的叙述。我的这天午后是在这些和平的默想里过去的，而我也正抱了我对这一天所感到的满足在回去的途中，忽而，在我的沉思的正中心里，竟被下面就将记叙的这件事变推挤了出来。

当六点钟的光景，我正从美尼儿蒙旦，差不多正对着了伽蓝·贾儿弟尼爱（Galant Jardinier）在走下来的中间，忽而有几个走在我前面的行人突然间避开了路，我看见了一只丹麦大犬在一辆马车的前头用了全部速力在向着了我飞奔前来，当它看见我时它已经没有制止自己的速力或转向道旁去的余裕了。我想这时我的可以避免被冲倒在地上的唯一方法只有用力纵身向上地试一大跳了，因为跳起之后我在空中的时候那只大犬就可以在我的底下经过的。这一个在危急之前的最后的想头，来得比电光还要迅速，我也竟没有以理性来判断或把它来实行的时间，事变就起来了。直到重省人事回复了意识的一瞬间为止，我对于这一次的打击，骤然的颠仆，和其后接续起来的种种事情，简直一点儿也不曾感到点什么。

我回复意识的时候，差不多已经是晚上了。醒了转来感到我自己正躺在三四个青年的手里；这几个人就把过去的事情告诉了我一个详细。那只丹麦狗因自己不能制住它的突进之势所以就冲上了我的两脚，以它的身体和速力的冲击我就头翻朝下被冲倒在地上了。载着我的全身之重的上腭，打上了非常不平的石砌地道，而且因为这路是下山之路，而我的头比我的脚还要跌倒在底下的原因，所以倾仆的势头来得格外地大。那只狗所属的马车就紧跟在它的后面的，若不是那御车的马夫在这一瞬间立刻将马制住的话，那这马车可真已经从我的身上辗过去了。

这是我从几个救我起来而当我回复意识的时候还扶抱我在手里的人的口里听来的一切。我在那一瞬间里感觉到的自己的状态，实在是太奇妙不过了，就想在底下把它来叙述一下。

夜已经深了。我辨认出了一弯天，几颗星，和一点儿绿色的草来。这最初的感觉却是愉快的一瞬间。我在由它们这几件物事而来的感觉之外便什么也没有感到。我在那一瞬间之内又得着了重生的生命了，并且我觉得似乎以我的渺小的生存把我所辨认出来的对象全部都充塞满了的样子。完全置身在这目前的一刻之中，我无论什么的记忆都没有了；关于我的自我个性我也没有了明晰的观念，在我自己的身上究竟出了怎么样的事变我也一点儿想头都想不出来；我不晓得我自己究竟是谁，也不晓得我究竟在什么地方，灾难，恐怖，不安等感我也没有感觉到一些些儿。我看见了自己的血在流仿佛是同看见了一条小河在流一样，连这些血是似乎该属于我的那一种观念都一点儿也不曾发生。我只在我的全身之内感到了一种销魂的狂喜，每想到此，我觉得我在我所知道的一切快乐的活动之内是没有什么可以拿来与这一种销魂的狂喜来相比拟的。

他们问我是住在什么地方的；对此问语我简直不能够回答。我问他们我是在什么地方；他们说是在奥都波儿纳（Haute-Borne）的高崖之上；这仿佛等于他们对我说我是在亚脱拉山上（on Mount Atlas）一样。我不得不继续问他们我是在哪一乡哪一镇哪一区的地方；可是这还不足以使我清醒而想起我自己来；为记起我的住所和名氏之故我还不得不再经过一歇从那里走起直走到大道上为止的全段路程的时间。真亲切地陪我走了一歇的一位我所不识的先生，听到了我的住在这样远处的住址之后，就忠告我，劝我还是在汤泊儿（Temple）叫一乘马车坐了回家去的好。虽则我口里接连着在吐出一口一口的血来，然而走路却已经很轻松地可以走了，我并不感到痛楚与创伤。但是身上起了一阵冰冷的颤栗，致使我的松动的牙齿很不舒服地尽在轧轹鸣击。走到了汤泊儿的时候，我想我的走路是并没有什么不便的，与其坐在马车里头而将身体去冒受足以致死的寒冷的话，倒还不如继续着步行回去的好些。于是乎我竟毫无不便，避去了来往的混杂和车马，同在完全健康时候一样地择取了去路，安然走尽了界在汤泊儿与泊拉屈利爱儿街（Rue Platriere）之间的五六里地的路程。我到了家了。开了装置在街门上的锁，我就在黑暗之中走上了楼梯，终于除了我的倾跌和其后继起的事情等之外，另外也并不发生什么别的事变而竟安然地到了家中，关于这倾跌和其后继起的事情之类我就是在那时候也还不曾感到点什么。

我的女人于见我之后放出来的许多叫唤才使我觉到我的受伤比我之所想的伤势还要来得重大。这一晚上我既不晓得也不感到我的不幸事变就一夜过去了。是到了第二天的早晨我才晓得这事情，感到这伤势的。我的上嘴唇的内部直裂到鼻孔为止破裂开了；外部因为有皮肤较好地保护在那里之故，所以嘴唇还没有全部分裂开来；上腭有四个牙齿曲向到里面去了，面上包在上腭外面的皮肤全部却肿得非常、伤得很重。右手拇指打得粉碎肿得很大，左手拇指割裂伤得很深，右臂压破，左膝也肿得很高，而且因受了很重很痛的创伤之故完全伸屈都不能够了。可是，虽受了这样的灾难打击，但一处也没有折损的地方，就是牙齿也没有打落一个；在像这样的倾跌之中而能得到这么的结果，实在可说是一宗同奇迹似的幸运。

这是很忠实的我的这次遭遇奇祸的记事。不多几天，这故事就改头换面地传遍了巴黎了，内容的改窜改到了这一个地步，甚至于连这故事的本来面目都一点儿也再不能够辨认出来。本来对于这事实的变形捏造我也是应该预先估量到的；但是附加上去的奇突的事情来得这么地多，暧昧的说话与附随着的仿佛是不敢全部吐露的隐语来得实在太多了；终至于人家对我谈到这事情的时候也带着了一种含着微笑的慎重的神气。这一切的不可思议的秘密倒弄得我不安起来了。黑暗的秘密之类本来就是我所深恶痛恨的东西；因为这些黑暗的秘密自然要引起我的恐怖来的缘故，这一种恐怖就令我有了世人在这许多年中尽将秘密黑暗包围在我的周围的经验也是不能够轻减几分的。在这一个时期里的一切奇怪不可思议的事情之中我只教将其中的事件报告一件出来，就尽够用以推测其他的种种了。

我和他向来是没有关系的某氏，为寻问我这一次的事情，竟差了他的秘书来到了我的地方，并且还恳切地说出了他的愿为我而效力，他的这些自愿效劳的好意在当时的状态之下对于我的恢复慰藉，我实在觉得并不是十分有用的。他的秘书殷殷恳笃，硬地要我接受这某氏的好意，并且甚至于说到了我若不信任他那我可以直接写信去问某氏的极端的话。他的这种非常恳切之情和与此附结在一块的确信的态度使我想到了这事情的底下大约一定伏着有些秘密在那里，但这秘密究竟系伏在何处我却终于捉摸不出来。要使我发生恐怖惊疑是并不必要怎么样地大动干戈的，尤其是当我的不幸事变之后，身上正因此而在发热，头脑是正在兴奋混乱中的这个时候。我就把己身没入了千千万万的不安与伤痛的推测之中，于是在我周围所起的一切动静事件都成了促我说出许多解释来的原因，这些解释言语简直是为热病所催昏了的人所说出来的梦话，并不是一个头脑冷静对什么都不感到兴趣的人的谈吐。

另外还有一件事情起来之后，我的心境的平静就完全被搅乱了。好几年来某夫人就已经在寻着我了，我真不能猜出她的究竟是为了什么。许许多多的琐碎的赠品，常常来谒的屡次的访问，也没有理由也并不快乐的这些赠品与访问，在这里面想必有一个秘密的目的在那里，但她却并不对我说出这目的究竟是在何处。她说起了她为献给女皇之故想写的一本小说。我说出了我对于女流作家的意见。她又告诉我说这一个计划，是以回复她的运命为目的的，对此她实在是在需要保护；对于这点我就没有回答她一句什么话。随后她又说，因为她不能得到接近女皇的机会，所以她已经决定把她的书去发表给大众了。她并没有来向我请教什么，当然我也没有给她以忠告的理由，并且正因如此，即使我自荐地忠告了她，她也一定是不会听我的。她说她在出版之前想将原稿来给我看一下，我请她不要做这种事情，后来她就也没有拿来。

当我正在恢复期间的有一天晴朗的日里，我接到了她的这一本完全印刷好，并且也装订好的书。在这书的序文上一看，我看见了那些实在是粗野过度的对我的称赞，这些赞辞真真是非常笨拙地故意骄矜地表现在那里，致使我吃了一惊之外还感到了不快。使人容易感到的卑野的谀谀决不会和仁爱的厚谊联在一道的；在这一点上我的心是决不至于再被欺骗的了。

数日之后，这一位某夫人和她的女儿一道来看我了。她告诉我她的那本书因为有了一段惹人注意的解释在那里之故正在引起大家的注目；我当时只飞快地把那本书读了一下所以并没有注意到这一段的解释。等某夫人走后，我就把它来重读了一遍，细细参究了一回它的辞句里的幽意；我觉得她的屡次的访问，她的诡谲，她的序文里的卑野过实的颂赞的动机都被我寻出了。我断定这一切的一切，另外是没有什么理由的，不过是想向世间的人表示出这解释是我做的，结果，关于这小说的出版的事情之类万一社会上对于作者若有非难的时候，那这责任也就可以推诿在我的身上。

我没有方法来破坏这种由她所造成的风说和由这风说而生的印象；我的所能做到的全部不过是想以后不再给这风说以有力的支持，不再让这某夫人和她的女儿继续那些虚饰的用以夸示于人的频繁来访而已。为此之故，我写给那母亲的短简是像下面那么的一条：

"卢骚，对于无论哪一位著作家的来访都是不接待的，谨谢谢某夫人的好意，并请她以后再不要赐以赐谒的光荣。"

她的对我的一封复信在形式上虽然是很郑重的，但是里面的辞意却和无论何人在这样的同一状态之下写给我的书简是一样的东西。总算是我野蛮之至，这么地竟把一柄短剑刺入了她的多感的柔心里去了，而由她信中的语气看来，则对我是抱有那样挚热那样诚实的感情的她，对于这一次的绝交，似乎是非要经过一番同死也似的苦闷才能忍受得下去。在这一个世界上，对于各种事情的直截坦白公明正大原是与可怕的犯罪行为毫无出入的样子；而我也因为不能合污同流地同世人一样地装作虚伪假义之故，所以虽则并不犯有什么罪恶，但在我的同时代者的眼里却终是一个凶险狠毒的恶人。

　　我已经出外去走了多次了，并且还常走到铁由璃（Tuileries）去散步，当我看到了许多遇见我的人的惊异的脸色之时，我就晓得另外总还有些我所不晓得的关于我的消息流布在那里。后来我却终于听到了，知道一般的人在说的风说，是说我已经为倾跌之故而死去了；这一个风说并且还传布得这样地快这样地坚确，到了我听到之后的半个多月宫廷里还在当作一件实际的事情而在谈论。据有一个人费了心写给我的信之所说，则亚未吟的报知（the Courier of Avignon）新闻报在这一个好机会里竟想率先地报道出那些凌辱与侮蔑来，这些凌辱与侮蔑原是预备于我的死后为纪念我之用取一个送葬哀辞的形式来发表的。

　　与这一个消息附带着的还有一件事情，更是奇怪了，这事情我不过是偶然知道的，所以它的详细的一切终于不能够晓得。这就是同时有人在开始预约集款，说是打算来印行我的大约是在我的屋里将被找出来的未刊行的稿子之类的。从这事情一看我才悟到了他们总已经有一大部分假作的稿子收集在那里，专预备于我的死后来发表说是我做的；因为实际上假如从我这里找出了真真的原稿来，果真去忠实地替我付印的这一件事情，只有失掉了理性的疯人才肯干的愚事，对于这一件事情的必没有人会干，我的十五年来的经验却是确确实实地在作保证。

　　周到深沉地一件一件地做下来的这些注意，另外还有许多同这些一样地令人惊异的事情并合到了一气，把我的自己以为是衰竭了的想象力可也惊醒转来了；并且这些一步也不肯放松只在我的周围再三增加上去的黑暗的谣诼，重新把它们当然要在我的心里唤起的恐怖全部催唤了起来。我为想把这些事情完全予以种种的解释，与想将他们故意弄得使我不解的秘密分析看取之故，简直是弄得我自己到了精疲力尽的地步。这种种猜不透的哑谜的唯一不变的结论，就只有一个，就是使我更确实信服了从前我所下的全部结论的这一件事情。就是我知道了我自身的运命与我的名誉永远地经现代一代的人的全场一致把它们决定了，在我的一方面是无论如何地挣扎也不能够逃避掉这些的了，因为要想把一件文件记录不经过这一个时代的全部只在想把它抹杀来的人的手而传到后代去的这一件事情，在我是完全不可能的事情。

但是这一次我可更不对了，这许多意外的事情堆积到了一起，我的最惨酷的敌人又全部兴聚成了一道，总之，执政当局的诸人，左右舆论的诸人，从公服务的诸人，特从对我怀有私仇密怨的最厉害的人中间选出的享有信用的诸人，全部聚集了拢来，合作组成了这一个对我的共同计划，说起来大约总只可以说是由于运命的了；这一个全体大合作的共同一致实在是太异乎寻常了，无论如何总不能说它是出于偶然的。

只教单有一个人能够不参加在这大阴谋里，只教单有一件事情能够是与此相反，只教单有一宗不意的事变能给予这计划以一个阻障，那就尽够足以破坏这企图而有余的。但是全部的意志，全部的宿命，运命，全部的运行都只巩固了这人群的工作；几几乎是空前绝后的伟业的这一个可惊异的大合同简直要使我确信它的大成功是写在上帝的永远的决议文上的。不管是过去的或是现在的许许多多的特殊观察的结果，只使我确实信定了这样的一个意见，就是今后我对于这上述的工作无论如何只能当它作一件天的秘密来看，而不是人的理性所能了解的，对于这同一的工作，我到现在为止还不是这样的看法，还只在当它作人群的恶意的果实来看的哩。

这一个观念，对我却完全不是一个惨酷的割心的观念，反而倒是安慰我，镇抚我，助我把希望割断使我安心乐命的东西。我可并不同圣奥格斯丁（St. Augustine）一样，他是只教是上帝的意志的话，那就是被罚到地狱里去也是安心的。我的安心乐命却是从一条老实说虽然不免有点利害打算，但可是纯洁的源泉里流出的，照我的意见说来，则我这安心乐命倒要比他的更应是为我所崇拜的完全的"存在"所喜悦的东西。

上帝是公正的，我的应当受苦是他的意志，而他也晓得我是洁白无辜的。我的信念的动机就在这里；我的心我的理性在叫喊着说，这信念是决不会欺骗我的。让群众和运命尽他们的力量去摆布吧；让我们不放怨声地去学习受苦吧；一切的一切到头来终于要回复到秩序上去的，或迟或早我的序次总归是会轮到的。

一九三〇年十二月

第三漫步

"我在常是不断地学着的中间一年年地老了。"

所龙（Solon）到了他的老年时代这一句诗是常在反复讽诵的。在有一种意义上我在我的晚年也可以把这一句话来说着；可是二十年来的经验使我得到的这一个知识，实在是一个极其悲惨的知识；在这一点倒反还是无知不识的更可欣羡。当然，艰难不幸原是一位伟大的老师，可是这一位老师的功课的教授之资实在取得很贵，每使一个人从这些功课里得来的益处不能和牺牲的代价相抵偿。并且还有，在由这样迟迟的功课而来的益处全部得到之前，一个人可以把它们拿来使用的适当时机却早已就过去了。青年时代是学求智慧的时代；老年时代是实地行使智慧的时代。经验是常在予我们以教训的，这事情我也承认；但是除非当一个人在未来的前面，还有相当的时间的时候，那经验在这一段时间里当然是有用的，否则经验又哪能够给一个人以益处呢？

到了一个人不得不死的时候，这时候难道还是一个人的去学在过去应当如何生的时候么？

啊啊！这样迟迟其来而又这样惨痛地在我的运命、在它的结果就是我的运命的他人情绪之上得来的这知识，到头来对我终究有点什么益处呢？我之所以了解认识他们得越清者，正因为他们所摆布陷害我的悲惨的感情感到得越切的缘故；这一个认识，虽在暴露着他们所设的一切的陷阱，但终不能使我避去了这些陷阱的危害。使我在这许多年数之内封围在他们的全部阴谋策略之中而决不发生一点疑念，使我在这许多年数之内成了我的许多友人们的牺牲和玩具的这一种愚极但也很安适的确信，我为什么就不永久地保持着它而沉酣在这确信里的呢？我实际上是他们的玩物和牺牲，这是实实在在的事情；但我当时却相信他们是在爱我，我的心曾在他们对我所引起的友谊里欢欣跳跃过，而对他们亦曾施引以同样的深情。这些甘美的幻象现在是被破坏了。在使我感到我的不幸之中，时间和理性所显示给我的那伤心的事实，令我看透了这实在是无可奈何没有办法的事情，除了安心绝望之外我是什么出路也没有的了。像这样的所以到我这一个年纪为止的这些个年岁的经验全部，对于在这样状态中的我，是现在也没有一点用处，将来也没有一点儿益处的。

我们当一生下来就踏进入竞争之场，直到死的时候方才走出。到了我们的一生将终的末日，再学知了我们如何能够较善地立身处世，那更还有什么用处呢？到了这时候，除了我们将如何地脱出此生之外，另外是没有什么可以思考的。对于一个老年人，若他还有什么事情可做的话，那他的研究就只是关于死的学习；可是正是这一着却是在我那样的年纪的一般人所不做的事情；人每会思虑到另外的种种事情而总不肯想及到这一着的高头去。全体的老人总比小孩子们还更固执着生，而去这世的时候，总比青年还更带着难堪的神气，这是因为，他们的辛勤工作的全部都系是为了此生之物，到了九九归源他们就看到他们的辛苦终归乌有了。他们的一切的营求，他们的一切的财产，他们的由苦战恶斗而得来的一切的果实，当他们去世的时候他们是要抛弃的。他们在生存中的时候从不曾梦想到过获得些临死时可以带去的东西。

我的说出这些是在正是应当说的时候全部说过的；纵使我不曾更好好地知道了如何才能从我的思考里得着益处，但这却并不是因为我不能及时反省，与不能十分把这些思考反省融化之故。从儿时的幼年，就被卷入在人世的旋涡之中，我老早就从实际经验上晓得了我并不是为生活在这世上而被创造出来的，我老早就晓得了我的心之所欲的那一种境遇状态是得不到的。所以把我觉得终于是寻不到的幸福停止不再向人世中去追求之后，我的热烈的想象力就超越过了生命的空间，宛如从一块和我完全不相识的土地而来似的，勉强飞渡到了一处我能将自己安定下来的平静的地方去求安息。

为从孩提时期起的教育所熏陶，又为我的充盈着悲惨和不幸的长续的一生所强化的这感情，终使我变成了无论何时比无论何人更热心更注意地只在努力解剖分析我己身的性质和运命的一种习惯。我及身曾见到过许多比我更饱学的从事于哲学的人，可是他们的哲学，简洁地说起来，与他们却是风马牛不相关的。只在打算比他人更博学一点，他们的研究宇宙的存在配列，正同为纯粹的好奇心所动，譬如当他们看到了些奇异的机械之后而去研究这机械是一个样子。他们的所以要去研究人性者为的是可以去贤明地说出其所以然，并不是为了想知道他们自己；他们是为了想教别人而在努力的，并不是为了想从内部地启发他们自己。他们中间的一大部分除去只在想写着一册书而外是什么也不顾到的，只教这一册书著出来能够受欢迎，那其他便什么问题也没有了。当他们自己的书著成了出版之后，那除了去运动他人将这书来引用赞许，与被攻击的时候为这书作一番辩护之外，这书的内容是和他们却全无关系的。此外，则只教不被人家非难，那他们是自己也不想从这书里取些对自身的特别的用处，甚至于内容所说的为真为伪都一概不问的。至于我自己哩，那当我想学得些东西的时候，却只是为了想知道知道我侬自己，并不是为想去炫学教人；我是常是抱有这一种信念的，就是去教他人之先，总要先为自己己身十分知道明白了才好说话；在我的平生与众人相处之间试做过的种种研究之中的任何一种研究，我想即使我处在一个无人的孤岛之上，即使我处到了一个不得不禁锢在那里孤独地送我的残生的孤岛之上，那我也一定同样地做了无疑。我们之所做大半是系于我们之所信的；而在一切凡不系属于自然的第一要求的事情之中，则我们的意见便是我们行为的规定。依照了这一个主义，这原系常是我的主义，依照了这一个主义，我为了处理我自己的平生事业之故，曾常常也很久地为探求了解人生的真目的而努过力，但是其后不久我就感到了这一个的目的探求是不必要的，因此对于我自己的不善处于斯世的才能缺乏也就被慰抚了下去不再有所悲恨了。

生落在遵守着风纪和信仰的一家旧家的家庭，其后又在富有智慧和宗教心的一位牧师之家柔和地被抚育而成人的我，从小时很早就接受了许多主义、箴言——旁人或者要说是偏见——之类的东西，这些主义与箴言从没有过完完全全地离我而去的一回事情。当我还是孩童的时候，被弃而成了孤独，为爱抚所沉醉，为虚荣所诱惑，为希望所欺倒，为必要所逼迫，我成了罗马加特力克教的教徒，可是我却常是一个基督教的信者；不久之后，为习惯所克服，我的衷心就很纯真地归依了我那新的宗教。伐兰夫人（Madame de Warens）的教导和榜样使我巩固了这归依爱着的心。我的如花的青年时代在那里过去的乡村田野的寂寞，我满心倾倒日夜耽读的许多好书的研钻，更在她之旁坚固助长了我的自然的天性与挚热的感情而使我变成了一个几乎像飞奴龙（Fenelon）那么的宗教笃信家。在隐僻之处的沉思默想，自然的研究，宇宙的考察等事，终于驱使得一个孤独者不断地趋向着万物的创造之主，怀抱着一腔愉乐的不安而去探求他所见到的一切的终局与所感到的一切的原因。当我的运命把我抛入了这浊世的洪流的时候，我在这世上竟不曾找到过一件可以娱我心意到一时半刻的东西。我对甘美的闲居时代的悼惜回思处处追随了我，在我的周围所及的一切事物之上都投上了无趣与可憎的外观，就是可以使我幸福与光荣的事情，我也觉得毫无意义而要讨起嫌来。对于我的不安定的欲望自己也没有明确的把握，我的希望减小了，我的所得几乎没有了，而我就是在成功幸运的一刹那间也还觉得是这样，即使把我得到了我以为是所寻求的一切的时候，可是在那里要想寻到我自己不晓得该怎么才能分辨出它的对象来的那个我的心愿的幸福，终也还是不可能的。像这样的就是当弄得我完全与世绝缘的那些大难不幸还未来临之先，一切已经合聚了起来把我的对这世间的种种牵系柔情剥夺了去了。浮沉在贫穷与幸运，贤明与错乱之间，满具着习惯上的恶德而并没有一点恶的倾向存在我的心头，生活在偶然乱杂之中而没有些由我的理性所规定的主义，并且，并不是蔑视义务而忘掉了义务，不过常常实际上并没有了解它们，我就达到了四十岁的这一个年纪。

　　从我的青年时代起，我就将这一个四十岁的时期决定作我的为立身而努力的一个期限，而决定为我的各种企图的达成期限的；我是曾经十分坚决地决定着的，想达到了这一个年龄之后，不管他我所处在的是任何地位境遇，总不再去奋斗前进，但只日度一日地终老我的余生，不再去为将来而操心费虑了。这期限到来了，我毫无疑难地就实行了这个计划。并且这时候虽则我的幸运似乎还在示我以尚能前进而得一更确实的地位的机兆，但我却非但略无遗恨，反而真正满心愉悦地弃绝了这一个机会。我从这些全部的诱惑、全部的空虚的希望里解脱了出来，而将我己身完全地付予了无为无虑，付予了灵魂的安息，这无为无虑的灵魂的安息原常是我的最强有力的趣味与最根本的愿望。我弃去了世界和一切世上的繁华。我弃绝了一切华美的服饰与衣装；不再带剑，不再要表，不再用白的袜儿，金的织物，和冠冕之属；一具素朴的鬘和一袭好的粗呢的衣裳也不用了；并且比这些一切更有甚者，就是从我的心里把给与这些我所弃绝的一切以价值的贪欲想念也连根地除去了。我当时所有的那个本来就怎么都不适合于我的位置也抛弃了。于是我就开始着来抄写几文钱一页的乐谱以谋生，对于这一个职业，我却常是有着绝对的趣味的。

我的改革不仅仅止乎在外表的事物之上。我感觉到了这一个改革本身就必然地在要求另一个当然是更为痛苦但却是更为必要的改革在我的心意之中。并且，已经决下了心来，为想一劳永逸使这事情不至于做第二次之故，我就将我的心的内部付了一次严厉无比的检验试探，这严重的试验是往后终我之生可以规定我的心的行程，可以使它变成当我临终之日希望它应当是怎样的那一种状态的。

在我心内起来的一次大大的革命，显示到我的眼前来的一个另外的精神世界；并不曾预先见到我自己的将如何变作它们的牺牲而已经开始感到无聊不通的那些他人的无意识的判断；文学上的虚荣本来就只须一触着这气息便要使我嫌恶的东西，在这种文学上的虚荣之外的一种另外的善的只在增长起来的要求；比我前半生已经较好地经过了的那条路还更要确实稳固，最后可以使我的余生遵从着它而过去的一条大道的渴望；一切的一切都在督促我实行了这个我已经老早就感到必要的大计划，就是对我自己己身的这次大大的检阅。当时我就把这计划实行了，而我为完满地实行这计划之故，凡在我的能力以内的一切却是一着也不曾放松过。

我的完全把世界弃绝了的日期实在是从这一个时期起的，而这一个强烈的孤独的况味，自从那时候起从还没有离开过我。我所计划的那工作若不在绝对的隐遁之中是不能实行的；它所必要的是长时间的和平的默想，这一着却是在世间社会的喧扰之中所办不到的事情。因此在一个时期里我不得不依着另外的一种生活方法而生活下去，这生活方法我觉得实在是快乐得非常，所以从那时候起除非是被强力所阻止或不得已而暂时中断之外，我马上就一心地重来经营开始，在可能的范围之内一刻也不迟延地极容易地将我限住在这生活之中；故而最后当大家迫害着我使我不得不孤独过活的时候，我倒反而觉得在这想使我受苦的放逐之中，他们却为我造成了我自己所想不着得不到的幸福。

我以对于这事情的重要和我所感到的要求两者都相称的一种热心而专心致志地没入在我所企图的那一种工作之中。当时，和我在一道者，系与古代的哲学家等完全不相像的一群现代的哲学家。他们不但没有解答了我所怀疑的疑问与解决了我所不能决的诸问题，并且连我所急宜知道而自以为很有把握的诸点都被他们弄得荧惑不定了。因为他们都是无神论的热心宣传者与很专制的独断论者的一群，凡是对于任何的一点有人敢和他们所想的设或不同者，他们却是决不能抑压愤怒而肯大量相容的。我却老因为不喜争论的缘故，总只很软弱地辩护防御了我自己，又老因为才能的不足不能坚强地支持着我之所信。可是对于他们的那一种那么狂暴的教理我却从来也没有赞同采用过。而对于这些本来是别有他们自家的用意的偏激的人们的反抗，也就是招致他们对我的敌恨心的大原因的一个。

他们并不曾说服了我，可是他们却使我感到了不安。他们的议论摇动了我，但决不曾使我信服。我从没有找到过一个好好的答辩，可是我却觉得一定是有一个的。我对我自己并不感到是我有谬误，不过是软弱一点罢了，而我的心却比我的理性更满足地答覆了他们。

我终于这样地想：我将永远地被这些最有名的雄辩家的诡辩所嘲弄了么？对于这些人所宣传的意见，他们在那样热心地想使他人信服的意见，我却还没有十分地知道，简直不知道这些意见是不是他们自己的，与为他们自己的。笼罩在他们的教义之上的那些热情，想使人信服这个或那个的他们的那一种关心，简直使人不能够晓得他们自己所信的究竟是什么。对于一党的首领人物们我们究竟能不能够在他们的身上找出真正的信条来的？他们的哲学是为他人的哲学；而我呢却是必须有一个为我自己的哲学的必要。是以且让我去用了全力，当时候还来得及的中间，为在我自己的晚年能得一个确立的行动方针之故去努力寻找吧。现在我是正在我的成熟期的顶点，我是正在我的理解力的全盛的时期；已经也就快临近到衰落的时期去了；我若再待之稍久的话，那以我的迟慢的考虑，恐将不能运用我的力量的全部；我的种种智能恐将已经失去它们的活力了；我的今天所能最善地做到的，将来怕将不能和现在那么完好地做到了；我且来把捉住这一个最好的时机吧，这是我的外部的物质的改革之期，让它也变作了我的智力的精神的改革之期吧。让我且用了诚意一劳永逸地把我的意见我的主义确定下来吧；且让我在我的晚年成一个当熟虑之后正不得不如此的人吧。

　　这一个计划我徐徐地屡次三番尝试着地把它实现出来了，但系用了我的可能的全部的努力和全部的注意。我确切地感觉到了我的晚年的安心立命和我的运命的全部都是系属于此一举的。最初我陷入了那样的一个混乱，困难，反对，迂曲，黑暗的迷途之中，大约总有二十次的光景几至于想把一切都抛弃了，我已经打算将那些无益的研钻抛弃，在熟虑之中，去遵行着平常的谨慎的规则做人，而对于费了那么些的困难想阐发出来的主义之类不再去从事追求了；可是这个平常的谨慎对我是那样地无缘，我觉得自家是那样地不能和它适合，想把它拿来作我的向导恰正如既没有舵又没有南针而入大海的怒涛之中，去试寻一座并不能指示给我以湾岸的不可接的灯塔是一个样儿。

我顽强地固执了下去。在我一生之中总算是第一次我奋发起了勇气。对于从那时候起开始包围在我周围的那可怕的运命之所以有能力支持过去者都是这勇气之所赐，虽则在我心中关于它的疑念本来也就一点儿都没有的。经过了一番大约是人类所曾做过的中间的最热烈最真率的研求之后，我才决定了终我之生将牢把着那些对我本来是必要而不可缺的感情意向，并且即使我的行为的结果终是不好的话，那我却确实地知道我这错误并不能算作是我的罪恶；因为我对于罪恶是尽我所有的力量在竭力防止的。我当然也自己知道，这是的确的，就是少年时代的那些偏见和我心里的种种私密的愿望曾使水平的秤衡倾向了最能安慰我的一边。要想禁止一个人对于他自己那样热心地追求的事情不生信仰之心本来是不容易办到的。并且，对于他生的判断或者是嘉纳或者是否拒的利害关系是对于大部分的人各依了他们的希望和恐怖而确定他们的信念的这事情，又有谁能够稍怀疑虑呢？这一切或许也会迷乱我的判断，这事情我是承认的；可是无论如何却总改不了我的真的信念；因为在一切事情之上我只在怕我或欺骗了我自己。假如一切都系包含在这生的种种习惯里的话，那至少当我还来得及的中间，免得完全被他人所欺骗，在我能力所及的范围之内为选取对自己最善的部分之故而学知这种种习惯，却是一件很重要的事情。但是，在我那时候的心的状态之中，对世界所最觉得怕惧者，却是为了这世上的利禄享受之故而把我的灵魂的永久运命去付之孤注一掷的这件事情，这世上的利禄之类，由我看来，原是从来也没有过多大的价值的。

我须自白，我承认对恼乱我的一切疑难常不曾给与以称心的解答，而这些疑难也就是我们的那些哲学家们每以此而来搅扰我的耳鼓的东西。但是，已经决定了最后须在人智所不能捉摸的事物上来求解决，而在各方面又逢着了不可入的神秘和不可解的反对，我对每个问题就直接采取了由我看来似乎是最可靠的直觉情意，对于我所不能解的异论也并不曾有过迟疑停顿，这些异论可也是和它们一样地有力的反对论在相反的方面存在在那里的。在这些事物上的独断的论调不过是适合于诈欺师的论调而已；但是对于一个人的自己必须有一个为自己的情意，而对于它的选取又必须尽用着个人所有的成熟的判断力来行使这几点，却是最紧要也没有的事情。若说此外我们再至陷入谬误的时候，那因为这并不是我们的罪，我们的因此而受苦难却是不公平的。这就是在我的心之所安的根底里的不可动摇的原则。

我的艰勤辛苦的研钻的结果实际上就是我在萨伏亚未喀（Savoyard Vicar，见卢骚所著的教育小说《爱弥儿》中）的信仰告白里所发表的东西，这一部著作在现代虽则是理不该地受了侮辱的亵渎，但将来若健全的理性和真的信仰能在人类中再生的话，那总有一天是要在人类中唤起革命来的无疑。

自从那时候起，恬静地信赖着在长时间的默考运想之后所采获的根本大义，我就由此而定下了一个对我的行为与信仰的永久的准则，不再为那些我所不能解决的反对论，或我所不能预见而时时更新地显现到我的心里来的反对论等恼乱我的心身了。它们有时候也曾使我感到过不安，可是它们却从没有使我感到过动摇。我曾屡次地对我自己说过，这些实在都不过是形而上学的冗论与玄虚，比到那些由我的理性所采取，被我的心意所确定，在我的情感的缄默之中受到我内心赞可的封印的根本原理，则它们是一点儿也不足重轻的东西。在这些决非人之悟性所能企及的事物之中，仅仅的一个我所不能解答的反对议论，哪里就能够马上把这样确实坚固的教理全部都推翻呢？这确实坚固的教理系于那么细心的思考和注意之后那样完全地被连系结成的，它对于我的理性、我的心意、我的全存在又是那么适合，而且还是被我觉得是我所独有他人所无的内心的赞可所坚实化了的；这确实坚固的教理又哪会被全部推翻呢？不会的，空虚的议论决不会将存在在我的不朽的灵魂与这现世的组织之间的谐调，和在那里支配着的物理的秩序破坏的；在与这物理的秩序相对的精神秩序之中，我寻出了为支持我生命的不幸之故所必需的那些支柱，说起这精神的秩序的方式，原系是由我的研究的结果得来的。处在除此而外的无论哪一个方式之内，则我将毫无根据地活着毫无希望地死去了；我将变成一个在生物之中最可怜的动物了。不管那些运命与迫害我的世人们的如何，且让我固守着只此便足使我幸福的唯一方式吧。

这个熟虑和从此而得的这个结论，看起来真是老天爷的意旨，真是为使我对付在前面候着我的运命，与使我处入到对此也能挨忍过去的境地里去的老天爷的意旨。假使，老是没有一个避难之所使我得从毫无宽恕的迫害者们的手里避掉，他们在这世上所加于我的污辱没有伸雪的一天，我所应得的正义终于没有得到的希望，我就不得不眼看着自己的委身于一个比任何人在这世上所受过的还更惨酷的运命的话，那陷入于正在等候着我的可怕的苦恼之中，处身在我晚年不得不在那里过去的这说了也人家不会相信的境遇之内，我可不知道已经变成了怎么的一种样子了，就是今后也不知将变得怎么样哩。在另一方面，我因为自己的洁白故而平心静气地，曾只在梦想着世人对我的尊敬和亲爱的；可是当我的大公而易信人的诚心正在披肝沥胆向朋友弟兄们倾注的中间，谁知有许多阴谋者们已默默地用了在地狱底里炼成的网子将我围捆起来了。在不幸之中为人最所意想不到的不幸，对于一个自尊心很重的人的最可怕的打击，无缘无故也不知是何人的作弄忽然向污泥里的横被拖入，一个污辱的深渊里的陷落，上面只有邪恶的对象罗列着的黑暗的包围，被这种种所惊骇而压倒，当我初次受打击的时候我简直是茫然不知所措了；假如我不是事前曾保存着些倒了之后也能支持我起来的力量在那里的话，那我从那个被这些意想不到的不幸所投入的绝望的渊里怕是再也不能够恢复转来的了。

直到了多年的苦恼烦闷之后，最后终于回复了我的精神，而在开始恢复我自己的时候，我才知道了我所用以抵抗不幸的力量的价值。关于一切概须由我判别的事情都已经下了决断，把我的主义箴言拿来和我所处的境遇地位一比，我看出了我的对于一般人的无聊的批判与这一个短短的生涯里的许多细事等太看得不相称地重大了；这人生原不过是一种艰难受苦的状态——假使是理数所前定的这些艰难的结果定然会出现，和因此之故，这些艰难来得愈大愈强愈复杂的时候，倒对于如何忍受它们的学知反愈为有益的话，那当然这些艰难的为如何如何的一种等事情是毫没有关系的。无论如何深刻的苦痛，对于一个能在这些苦痛之内看出伟大的必然的报偿来的人是会失去它们的效力的；而对于这一个报偿的确信，却是我从以前的默想里得来的重大的效果。

我觉得在各方面都受着攻击，于无数的凌辱与无限制的轻侮之中，实际上的确是时时有不安与疑惑的时间来摇动我的希望搅乱我的安静的。那些我所不能解答的有力的反对论等，于是就更强而有力地显现到我的心上来了，正当我于已经不能担负运命的重压，势将陷入于绝望之际，这些反对论的出现，却

正是来完成我的没落的新力；常常还有那些我所能造成的新的
议论会回复到了我的心里，来帮助那些已在苦我的反对论的势
头。在心的苦闷已将把我窒死的时候，我曾经叹着说，啊啊！
假使在此可怕的运命之中，我在我的理性所给与我的慰藉之内
只寻出了妄想；假使像这样的理性破坏了它自己的工作，反背
了它所给与我的一切希望和信赖的支持的话，那么更有谁还能
救我出绝望的深渊里来呢？在这世上除我之外对什么人也不能
给与以慰藉的幻影还能支持点什么呢？现在的这完全的一代，
他们在支持我疗养我的情感之中是只能看出错误和偏见来的，
他们在和我相反对的方式之中，倒反能够看出真理和实证来；
他们并且还不能相信我之取此是出于我的诚意的；而我自身的
全心全意地拳拳于此也曾遇着了许多不能抑制的困难，这些
困难系我所不能解决而又不能使我不固持着这所信的。难道在
人类之中，只有我是智慧明白的么？只教它们能合我的胃口，
就可以相信一切事情是如此的了么？在由他人看来并不确实的
外见之上，而在我自己哩，若我的心意不支持我的理性之时也
觉得是虚幻的外见之上，我究竟是能够予以开明的信仰的么？
并不同他们一般的见识而打发他们开去，只在我自己的幻想之
下而成为他们的狡计的牺牲者，并不采取他们的主义而用了和
他们同样的武器来对抗那些迫害者们的我，究竟是胜一筹的事
情么？我自信我是聪明的，而实际只是一个空虚的谬误的玩弄
物、牺牲者与殉难者而已。

　　当疑惑与不安袭来的瞬间，我曾经有几多次地预备将己
身完全委付给了绝望的深渊！假若是在这一个状态之内我曾经
连续经过去一个足月的话，那我的生命我的自身就早已完结
了。可是这些危机，其后虽则也常是袭来，但它们的期间却总

是很短的；到了现在，虽则我还没有完全从这些危机里解放得了，可是它们已经来得次数非常之少时间非常之速，没有能力再来搅乱我的和平了。它们现在正如一根羽毛的倾落入江而不能改换这江水的流程一样，不过是些决不能再来搅乱我灵魂的小小烦恼而已。我觉得对于从前我已经决定过的诸点，再来加以二次的断定，是对于我自身的一种新的光明的希望，是比在当我苦心研究之时所得者更为完善的判断，与对真理的更挚烈的热情；因为这些见地各异的诸事件之中没有一件是能适合于我自身的，所以无论以如何坚实的理性，我也决不能弃去了当我在壮年时代所采用的那些主义情意，而来适从这些在驱除绝望之时只能增加我的惨苦的种种意见。说到当我壮年时代所采用的那些主义，却正在我的精神全部圆熟之期，是加以最审慎的反省之后，而当我一生之中除了追求认识真理之外，更没有一个再较为有力的兴味在支配着的沉静期间所得的。到了我的心是为苦痛所绞榨，我的灵魂是为无聊所累疲，我的想象力昏乱到了不可思议，我的头脑是被包围在我周围的许多可怕的秘密所扰乱的现在；到了我的全部能力都为老年与烦闷之故变得十分衰弱而失去了它们的力量的现在，我岂能甘愿地把我所保有的各种资源尽行舍去？我又哪能够为使我自己陷入于不应当受的不幸之故而去信赖我的日就衰落的理性，而对于能将我所不该受的不幸施以报偿的完全的有力的理性反置之不信呢？不然的；我现在比当时将这些大问题下决断的时候并不见变得更为贤明，更为深刻，更有了较确实的信念；我在当时，对于目下在烦扰着我的这些纷争并不是不曾晓得；这些纷争并不曾阻挠住我，假使另外更有我在当时所不曾觉察的新的纷争出现的话，那这些不过是琐碎的形而上学的诡辩，这种诡辩是不能与永久的真理来对立的，是不能够摇动着这个古往今来为所有的圣贤们所承认，为无论哪一个民族所共仰，以不可磨灭的文字刻印在世人心上的永久的真理的。我在把这些事情沉思默虑的中间，晓得人之悟性各方面都为感觉所局限，是不能把这些事情的全部都包括在内的；所以我只固守着在我的能力所及的范围以内，而不去涉及到超出这范围以外的事情。这一个选择是合乎理性的；我在从前就遵守着它了，而我的内心和理智也在承认我如此地固守着它。当这许多有力的动机在使我不得不固守着它的今日，我又凭什么要来弃绝它呢？跟从着它过去我有什么危险呢？弃绝了它我又有什么利益呢？我难道该采用着我的这些迫害者们的主义，而又学取他们的气风道德的么？这气风道德实在只是些无根无果，只由他们在他们的书里卖弄夸耀，或在些舞台的动作上用以欺眩众人的东西，在这里头是毫无一点物事足以洞入内心深入理性的。或者难道我该学取另外的那种阴秘残酷的气风道德的么？这就是凡系他们的徒党所采用的一种内部的主义的意思，对此则其他的一种只能充作装饰外部的面具而已，这个阴秘内部的气风道德只有他们当行为动作的时候在遵行着，也即是他们对我的时候曾经那么巧妙地运用过的东西。这一种气风道德完全是不适用于防御而带有攻击性的物事，除了用以侵略之外，是什么地方也不能用的。对于处在这一个由他们所迫入的境遇地位里的我，这又有点什么用处呢？在穷愁痛苦之中所借以支持住我者只有我自身的洁白无辜的一念；假若我自己竟把这唯一的有力的资源来剥夺而代入以一种邪恶的话，那我正不知将陷人于何等更甚的不幸哩？在加害于他人的技术一方面我难道能胜得过他们的么？即使我在这作恶的一方面成了功，那我所能给与他们的一种不幸究竟是什么东西，难道这就能够安慰着我解放我了么？我怕将因此而失去我的自尊之心，此外怕是一无所得的哩！

是像这样地，我自思自考，终得将我的主义保住而不致被那些诡辩的议论，不可解的反对论，及许多在我的了解力以外，或者简直也可以说是在人的心意所能了解以外的种种纷争所动摇。我的心意立脚在我所能给与的最坚实的地盘之上，在我自己的良心的保护之下习惯稳处得那么之安，终至于或新或旧的奇说异论无论哪一种也不能来使它动摇，就是片时一刻，我的安心静息也不会再被搅乱弄翻了。陷入了精神的倦怠与忧郁之内，我简直把我的信念与格言所由来的那些推理论断都忘掉了；但是从它们那里得来的结论，为我的良心和理性所赞许的这些结论，是永也不会忘记的，我是嗣后一直保守着在这里。让世上的全部哲学家都来说出对此反对的议论来吧；他们怕将空费掉些他们的时间与劳力而已；终我的余年，在无论哪一点上，我将固守着当我在最适当的位置里而决定的这正当选择的一边。

在这样的安排里静闲息着，我却喜竟得着了对我的境遇上是必要的希望和慰安。这样完全无缺，这样永久不变，而在它的本身又是这样可伤的这一个孤独，现代一代全部的人的那些过敏的活动的敌意，与这一代的人向我不断地在罗织的种种侮辱与欺凌，这一切的一切，要说它们简直一点也不会把我赶入到绝望的深渊里去却是不可能的；有时候简直希望也被摇动，而使人意气沮丧的疑惑也会袭上身来，因这些的时常来复，每致恼乱我的精神而将无边的忧患充填入我的精神的全部。是在这样的时候，我的心意就不能再行活动，为使我自身再得着安心起见，我就得想起从前的种种决断；为取得这些决断而生的忧虑，注意，和心意的率真等于是得再回到我的记忆中来，而我的信念又得因以复活。我对于一切新的观念的拒绝，如同拒绝邪恶的误谬一样，因为这些是只有一个假的外观，除了扰乱我的静息以外是一点儿也不中用的。

像这样地，在我从前所有的很狭的知识范围里固守着了，我简直像所龙一样的一天一天学着而老下去的这点愉快都无从得到，并且我还更不得不对于今后是无论如何也不会十分知道的东西的一种学得欲加以谨戒而使我得脱离那个危险的自负之心。但是即使在有用的知识方面我很少有希望着新的获得，可是在对于我的境遇状态是必要的道德方面，却是有许多重要的获得物在那里的；是在这一方面我将有充分的时间去获得着些东西来丰富与装饰我的灵魂，只有这一种获得是灵魂能够和它本身一道地永久保持过去的。当冲犯着灵魂而使灵魂盲目的这肉体终焉的时候，看到了真理的最后暴露，灵魂才会看出我们的那些假圣贤们所那么在虚夸着的一切知识的空虚，到此灵魂才会悼伤在这一生中为获得这些知识之故而费去的时间的无益。可是忍耐，柔和，安分知命，廉洁，和不偏的公正等，是我们怀在我们本身上的美德，是可以不断地用以丰富我们自己，就是死的来临也可以不怕致使我们失去价值的美德。我的晚年的余日将对于这一个唯一而又有用的研究来作一个圣神的奉祀。假若我自己已身得渐渐地进步而学得着脱离此生时，虽不会较好，因为这是不可能的，但比较我初得此生时更为有德的话，那我的快乐幸福就最大也没有的了。

（第三漫步完）

出家与自杀

〔日〕细田源吉

今年的五月中旬，宫岛资夫君①出家了。在新闻纸上见到了这消息的一部的时候，觉得他终究是走到了不得不到的地方了。

在这数年间，与宫岛君细谈的机会也不曾有过，但对于他的似乎在细读佛经这一件事情，却曾抱有着若干的兴味。从我这里把《大藏经》拿去的这一回事，总大约是四年以前的事情了吧？

《送夫君去到佛门》，这是宫岛君的夫人丽子在《妇人公论》上发表的一篇文章。依这一篇文章看来，则宫岛君的出家，似乎是他的多年的宿愿。出家后他送给夫人的信的一节里，有"我想更奋发勇气，早一日透过那放身舍命、大死一番的境地"之语。并且对他儿女的信中，更有"我的此次的事情，决不是只为了无聊的厌世悲观的结果。只因为想实行决定

---

① 宫岛是日本初期的社会主义小说家，仿佛是由劳动界出身的，著有小说多种。——原注

人生的一件大事的多年宿愿之故，所以奋发志气而到了此地"
等语写在那里。

由洛西田嵯峨①送给家庭的信里，似乎是充满着"若能几
回地透过大死一番的大难关而大悟彻底则幸甚，为此之故，虽
有无论怎样的苦行，亦有所不辞"等文字在那里。这一篇足以
传达他的出家前后的消息的夫人的手记，是近来使我想到种种
事情上去的文件之一。但是对于宫岛君的出家的具体理由，却
仍旧是捉摸不到。

宫岛君的怀疑心，本来就是如同两面锋利的宝剑那么地
锋锐的。和他在接近的中间，我有许多次因为他的辛辣的批判
的难堪，曾有过想远离开他的想头。而他自己，也仿佛是到了
一个除非是把自己杀了就另无出路的一个境地。可是在他的身
上，更还有那一种对友人炽烈的情谊，使人对于和他的亲近决
不至于发生后悔的那一种厚谊在那儿。

在夫人的手记之中，有"他是在他的幼时，就曾从他的母
亲处，被注入了许多的佛教思想的。一见仿佛是粗野的样子，
但却是纤细的神经的保有者，是很强硬的样子却又来得非常之
气弱胆小，喜欢孤独而又很怕孤独。富于矛盾，非常复杂的，
就是他的性格"等语写在那里。

宫岛君虽多年在辛酸之中，而也还是有同拳头似的强固的
自我之人。这拳头似的自我终于到了不得不到的地方去的，就
是今日的宫岛君。

安那其主义者的他的前半生，与成了佛徒的他的后半
生——而且更是，更是。……

————————

① 是日本京都西部，大丛林很多之区。——原注

同拳头一样的他的自我，当透过了他的所谓心身脱落、脱落心身、丧命失身的难境之后，究竟将对我们说些什么？现在的我们却只见到了他的在深雾之中而去的一个背影，只在目送他去。而我的足迹，却一步也不想向他的那一个方向而前进。

今年的同一月里，生田春月君在濑户内海里投身死了。宫岛君与生田君是好友，思想的系统也是一样的。宫岛君的出家对生田君究竟给与了些什么，我们一点儿也不知道。但是像生田君那么使人感到自己的水死水葬的爽快的人怕也是很少的了。

在石川三四郎氏的个人杂志《地那密克》（*Dynamic*）①上，载有生田君生前的一首诗：

> 九十九与一，
>
> 对九十九之一，
>
> 一切就悬在这一之上，
>
> 我们的努力，
>
> 我们的苦斗，
>
> 一切万事之失望，
>
> 这在已经是觉悟之前的今日，
>
> 既晓得是世上原一切皆空也，
>
> 但还要奋发，
>
> 还要恶战，
>
> 这才是人生的大愚的，

---

① 《动力》。——原注

极顶的可尊的地方。

人生的事业的成果，

不过是偶然，

偶尔的一中，

悟到了这般，

就连这一点也不算什么。

啊啊，对九十九之一呀。

……

仿佛是见到了清澄的生田君的本来的投影的样子，生田君因为想永远把这对九十九之一联系过去而选择了死，在生田君的情形之下，这对九十九之一却是死。

但是——？

在我辈的情形之下，这对九十九之一却是无论如何总须坚持到底的生。从生田君所见到的"不过是偶然"悟到的"偶尔的一中"之中，我们却非要来看出必然，判别过程不行。

图书在版编目（CIP）数据

浮浪者 / 〔爱尔兰〕奥弗莱厄蒂等著；郁达夫译. —济南：山东文艺出版社，2014.6
（旧译珍藏）
ISBN 978 - 7 - 5329 - 4495 - 8

Ⅰ. ① 浮… Ⅱ. ① 奥… ② 郁… Ⅲ. ① 散文集—世界—现代 ② 短篇小说—小说集—世界—现代 Ⅳ. ① I11

中国版本图书馆 CIP 数据核字（2014）第 054281 号

浮浪者

〔爱尔兰〕奥弗莱厄蒂等著　郁达夫译

主管部门	山东出版传媒股份有限公司
出版发行	山东文艺出版社
社　　址	山东省济南市英雄山路 189 号
邮　　编	250002
网　　址	www. sdwypress. com

读者服务	0531-82098776（总编室）
	0531-82098775（发行部）
电子邮箱	sdwy@sdpress. com. cn

印　　刷	山东德州新华印务有限责任公司
开　　本	880 毫米×1230 毫米　1/32
印　　张	8　插页 / 2
字　　数	168 千字
版　　次	2014 年 6 月第 1 版
印　　次	2014 年 6 月第 1 次印刷
书　　号	ISBN 978 - 7 - 5329 - 4495 - 8
定　　价	25.00 元